文学名著的
翻译、改写与调控

〔美〕安德烈·勒菲弗尔 著

蒋童 译

商务印书馆

创于1897　The Commercial Press

译者导言：勒菲弗尔其人其学

安德烈·勒菲弗尔（André Alphons Lefevere，1945—1996），比利时人，是当代欧美比较文学界与翻译研究派的代表人物。1964年至1968年，勒菲弗尔在比利时根特大学（University of Ghent）就读本科。23岁毕业后，便负笈英国埃塞克斯大学（University of Essex），攻读文学硕士，于1970年25岁时获得硕士学位。之后，他留在该校教书并继续攻读博士，于两年后的1972年获得博士学位，其博士学位论文题为"Prolegomena to a Grammar of Literary Translation"（《文学翻译语法导论》）。其实，在硕士毕业后，勒菲弗尔曾任香港大学讲师（1970年至1973年），主讲欧洲文学。之后，他回到欧洲，出任荷兰安特卫普大学教授，讲授英国文学长达11年（1973年至1984年）之久。这一时期，他发表了众多的论文，同时也有著作译作出版，加之他在香港大学与安特卫普大学任教的经历，使他形成了自己独特的教学风格。他开始在文学翻译与比较文学领域崭露头角并迅速为学界所熟知。也就在这个时候，勒菲弗尔开始关注中国、希腊、阿拉伯、非洲，他的视野超越了欧洲，这标志着他开始成为具有世界眼光的学者。

1984年以前，勒菲弗尔曾七次赴美国纽约州立大学宾汉姆顿分校、纽约大学、波士顿大学担任访问教授，进行比较文学研究。在这些卓有成效的学术交流的基础上，1984年，他来到美国得克萨斯大学奥斯汀分校（University of Texas at Austin）人文学院，担任日耳曼语系（现为日耳曼研究系，Department of Germanic Studies）教授，讲授荷兰文学与文化研究、德语研究、比较文学及翻译研究。在 1984 年以前，他似乎穿插行走于世界各地，从事科研、教书、译书、撰写论文、参加并主持各种学术会议；而在定居奥斯汀后，虽从未减少参加各种学术活动，但他渐渐停下"奔走"的步伐，稳定了下来。因此，奥斯汀分校可以看作是他事业与人生的分水岭。

那么，在此，我们不妨把勒菲弗尔任教奥斯汀分校之前的岁月称为"前期"，而将之后到他不幸患病去世的 1996 年的 12 年称为"后期"。这样硬性的分期，也只是为了将他的人生、学术、教学看得更清晰吧。

作为学者，勒菲弗尔总是带着激情投入写作，其笔锋犀利，文风流畅，高质高产。51 年的生命，他献出洋洋洒洒专著 11 本（前期 3 部，后期 8 部），教材 2 部（均为后期所著），合编著作与合编期刊 6 种，在他人合编的著作中贡献论文 35 篇，自己独立发表论文 39 篇，在各种工具书中撰写词条 34 个，译著 12 部（前期 2 部，后期 10 部），翻译文章 36 篇（前期 17 篇，后期 19 篇），撰写书评 16 篇（皆为后期所撰），在各种学术会议做主题发言或受邀讲座 90 余次。

作为教育工作者，勒菲弗尔总共指导硕士论文 24 篇（在香港大学指导 1 篇，在安特卫普大学指导 6 篇，在奥斯汀分校指导 17 篇）；指导博士论文 19 篇（在香港大学与安特卫普大学各指导 1 篇，在奥斯汀分校指导 17 篇），其中 5 篇是在他去世后由其他老师接续指导完成的博士论文〔以上数字皆引自勒菲弗尔的同事约翰·邓顿（John Dendon）所撰的《纪念勒菲弗尔》〕。在这些近乎"可怕"的数字背后，我们看到的是一个兢兢业业、勤劳肯干的知识分子形象。他是一位为学术、为教育、为写作而生的知识分子。

作为教师，自从勒菲弗尔任教奥斯汀分校后，他就创办了荷兰文学文化研究项目（the Netherlandic literature and culture program）。由于勒菲弗尔博学多才，他吸引了众多本科生与研究生进入该项目学习。他将大量的课余时间投入到对本科生与硕博研究生的指导上，其中很多是一对一的单独辅导。一分耕耘一分收获。对研究生所提出的有关比较文学、荷兰文学甚至非洲文学的问题，他都投入大量时间一一解答。在这基础上，他给学生开出比较文学与翻译研究的讨论课，在当时的奥斯汀分校成为常态。勒菲弗尔在讨论课上营造的轻松惬意的氛围，不断催生出新思想，加之他毫不费力地完成了大量工作，总是令人鼓舞，使他的教学（包括学术）生涯显得非常轻松。他良好的情绪、友好的态度以及异乎寻常的幽默感，极大地促进了日耳曼语系的工作环境改善与比较文学项目发展。不难看出，科研与教学，构建了他短暂而完美人生的两大部分。

可惜，天妒英才！勒菲弗尔于 1996 年罹患急性白血病，于是年 3 月 27 日去世，享年 51 岁。这不仅是得克萨斯奥斯汀分校的损失，是学生的损失，也是国际比较文学与翻译研究领域的巨大损失。此前，他还打算于 1996 年 4 月在意大利做巡回演讲，并将出席于 4 月 24 日在罗马举办的由他、苏珊·巴斯奈特与朗贝尔共同发起的翻译大会……

如前所述，勒菲弗尔一生撰写了 11 部著作，除了 3 部之外，其他 8 部都是用英语撰写的著作。[①] 按时间顺序排列如下：

1. *Translating Poetry: Seven Strategies and a Blueprint*（《译诗：七种策略与一份蓝图》），1975

2. *Literary Knowledge*（《文学知识》），1977

3. *Translating Literature: The German Tradition*（《翻译文学：德国传统》），1977

---

① 约翰·邓顿在《缅怀勒菲弗尔》[André Lefevere (1945–1996): A Brief Recollection] 一文之中分门别类细致整理了勒菲弗尔的学术成果，感兴趣的读者可登录网址 https://minio.la.utexas.edu/webeditor-files/germanic/pdf/lefevere.pdf。

4. *Essays in Comparative Literature*（《比较文学文集》），1989

5. *Translating Literature: Practice and Theory in a Comparative Literature Context*（《翻译文学：比较文学语境下的实践与理论》），1992

6. *Translation, Rewriting, and the Manipulation of Literary Fame*（《文学名著的翻译、改写与调控》），1992/2016

7. *Translation/History/Culture: A Source Book*（《翻译、历史与文化论集》），1992

此外，还有与苏珊·巴斯奈特合著的 *Constructing Cultures*（《文化建构》），加上这一部，便是 8 部英文著作。

可以看出，这次选译的是上述的第 6 部著作 *Translation, Rewriting, and the Manipulation of Literary Fame*（《文学名著的翻译、改写与调控》[①]），是勒菲弗尔的代表作之一，由卢德里奇（Routledge）出版社于 1992 年出版，2016 年 11 月再版。在该作中，勒菲弗尔将翻译行为放置于意识形态、政治、经济与文化的大背景中进行考察，深入探讨了翻译过程中影响翻译策略的诸多因素。这也是他的理论相较于其他理论家最具特色的地方，也是他引领"翻译研究派"（translation studies）最重要的著作之一。

勒菲弗尔该著作的核心概念是"改写"（rewriting，一译"重写"）以及改写者（rewriter）。初版"主编前言"认为，翻译是对原作的一种改写行为。这一看法，就是以勒菲弗尔的论点为依据的。他认为翻译是最重要的改写行为，因为改写者（译者）受到三个限制因素（constraints）的调

---

① 四川大学教授曹明伦在辨析该作两种汉译书名的基础上，认为书名应当译为《文学名著之翻译、重写及其调控》，本书译者从之。见曹明伦《当代西方翻译理论引介过程中的误读倾向》，《上海翻译》，2005 年第 3 期，第 4-9 页。由于近些年学界将 rewriting 越来越多的译为"改写"，而不译为"重写"，故本译作题名最终定为《文学名著的翻译、改写与调控》。

控（manipulation）：意识形态（ideology）、诗学（poetics）①与赞助行为（patronage）。需要说明的是，勒菲弗尔所说的意识形态，不专指政治上的意识形态，而是一个更宽泛的概念，指的是规范行为的形式、传统、信仰的集合。改写指的是在各种不同的历史条件下，对原作进行的翻译、编选、批评以及编辑等各种加工与调控行为。这些行为都会受到意识形态、诗学与赞助行为的限制。改写者（译者）总是要对原作进行某种程度的调控，以便使其符合改写者所处时代占统治地位的意识形态及诗学。这样，被改写的作品（译作）就会发生各种变形，不再是原作的样貌。改写的终极目的在于被尽可能多的读者所接受，但是，改写是不是能最终达成这一目标，却还需再做更进一步的、更细致的研究。

　　《文学名著的翻译、改写与调控》由十二章构成，其中"序章"提纲挈领、开门见山说明本著作研究的核心是居间者（the middle），即改写文学的人。在人类两千多年的文明史进程中，我们周边一直存在着改写者与改写行为。理论界的女权主义、严肃文学与通俗文学、宗教经典（《圣经》）的翻译、阿拉伯文学的英译，等等，都能看出改写（者）所起到的调控作用。以上诸种就是勒菲弗尔要对改写进行深入研究的动因。勒弗菲尔对理论给予足够的重视，但他更注重对文本的细读、详读。只有通过细读、详读文本，才能发现问题。因为重要的不是词与词如何连接，而是为何词与词会以特定方式相连，是什么样的社会、文学以及意识形态让译者那样翻译，译者通过翻译行为（改写）到底想要达成什么样的目标。他认为，改写正在翻译、文学史、编纂文集、评论与编辑诸种行为中发生作用。又由于翻译是最为显著、最易识别的改写形式，而且最具影响力，所以之后的

---

　　① 可参见复旦大学中文系教授杨乃乔关于西方"poetics"与汉语"诗学"的讨论，见杨乃乔《论中西学术语境下对"poetics"与"诗学"产生误读的诸种原因》，《天津社会科学》，2006 年第 4 期，第 106–111 页。

四章（第二至第五章）将研究翻译文学。

第二章"系统：赞助行为"详细阐释了俄国形式主义理论家引入现代文学理论的重要概念：系统。系统分为小系统（system）与大系统（the System）。文化是大系统，文学是组成这个大系统的系统之一，是一系列对读者、作者、改写者的具有限制力的集合。这种限制有内外之分：首先是内部的限制，指的是专业人员，包括译者、教师与批评家，等等，这些专业人士偶尔会压制文学作品，因为某些文学作品会公然反抗占主流地位的诗学与意识形态；其次是外部的限制，指的是赞助行为，包括权力与权力机构，因为权力可以深化并阻碍文学的阅读、写作与改写。这样我们就可以清晰地看出两条路径：其一，专业人员调控诗学形态；其二，赞助行为调控意识形态。赞助行为由三个因素构成：意识形态、经济因素与地位因素。赞助有时可以识别，有时则不能识别。在本章行文过程中，勒菲弗尔深入探讨了莎士比亚、《丹东之死》、乔叟、希特勒、凯末尔革命、托马斯·曼、布莱希特、杜·贝莱、卢卡奇甚至未通过科举考试的中国人的例子，用以佐证上述理论。这里，理论与个案水乳交融，互相印证、互相提升。

第三章"系统：诗学"论述制约翻译的第二个因素"诗学"。诗学并非指诗歌研究，它涉及整个的艺术、审美与文化领域，由两种因素构成：一是文学手法、样式、主题、原型特征和环境以及符号的集合，二是在社会的大系统中，文学所扮演的角色与文学观念。诗学规范一旦形成，便具有稳定性与保守性，这势必会对系统产生影响，于是文学实践就会先于理论而生。十四行诗写作的年代，马是最快的交通工具，但到了喷气时代，人们还在写作十四行诗。亚里士多德的诗学以戏剧为基础，但时间进入中世纪，抒情诗已发展为时代的主流。欧洲三种基本样式的诗学，即史诗、抒情诗与戏剧，本身就是新势力篡权成功的例证。日本文学的短歌，被连歌与俳句取代、继承，也是绝好的例子。同时，某一时期占统治地位的不同诗学，又会以不同方式评判、改写作品。庞德即是一例。同样，改写还能起到推动诗学形态改变的功用，并且深深影响文学系统的相互渗透：圣·盖莱引入的阴阳韵交替，被后来的龙萨所使用；十四行诗在 20 世纪 20 年代由冯至引入中国……

　　从第四章开始，勒菲弗尔专注个案研究，从文本细读中自然生发理论。第四章"翻译：范畴"涉及阿里斯托芬《吕西斯特拉忒》各种译本中的改写。译者的意识形态及译者所拥有的诗学观念，调控着文学作品在翻译中的形象。意识形态会决定译者在翻译过程中所使用的策略，因此也规定了两个问题的解决方法：一是在原文中所表达的话语世界，二是原文本所使用的语言。阿里斯托芬戏剧的结尾处，女主人公说，他如果不把手交给你，就抓住他的"sathes age"（阴茎）。但是，为了回避这个"不雅"的词汇，不同时代的不同译者采取了不同的译法（生命线、鼻子、腿、把手，等等）以期能获得更多的读者。非洲文学、宗教经典、古希腊文学的翻译，都会在某些"性"场面、不雅、个人用语、多典故的地方，采取"改写"的方式。某些译者为了补救这些改写行为的"不忠实"，会使用解释性的注释，以使读者尽可能接近原作的风貌。但无论如何，经过改写的译作，再也不是原作了，原作的思想意识、社会风貌、文学特点在译作中无从寻觅。在本章结尾，勒菲弗尔言明，本章所分析的是特例，因为它凸显的是意识形态因素。在这种情况下，可以最清楚地记录对文本的调控。他最后追问了一个普遍的问题，"如果所有的文学作品，在某种程度上都以同样的方式调控传播，会出现什么状况呢？"

　　勒菲弗尔在第五章"翻译：意识形态"与第六章"翻译：诗学"继续深入论述意识形态与诗学对翻译行为产生的巨大影响。《安妮日记》是德国犹太少女安妮在躲避纳粹藏身密室两年时间里写下的日记。1947 年出版了日记的荷兰语版及其英译本，之后又出版了德译本及不同语种的再版。勒菲弗尔比对了不同语种、不同版本后发现，安妮本人在其日记出版前就曾改写过日记，勒菲弗尔将之称为"自我编辑"。这种行为有两个目的：个人目的与文学目的。除了安妮本人，她的父亲在战后也充当了改写者的角色。勒菲弗尔认为这些编辑行为所引发的改写，可以归为三类：一是个人行为的，二是意识形态的，三是赞助行为的。个人行为体现在改写"性意识"的部分，意识形态的改写主要体现在妇女解放问题上，赞助行为主要体现在出版社的改写。这些不同形态的改写，有助于写日记的安妮成长为作家安妮。

第六章论及伊斯兰文学中的卡西达没有受到欧美诗学改写的原因。卡西达是赞美诗、挽歌或讽刺诗的意思，在伊斯兰文化中被认为是文学的最高准则与典范。遗憾的是，这一术语居然未收入西方文化最重要的工具书《不列颠百科全书》。勒菲弗尔认为，造成这种悲惨状况的原因，不应怪罪卡西达的作者，而应在欧美诗学中找寻，因为卡西达这一艺术形式并未"归化"进欧美体系中。欧美译者认为卡西达不雅，其所含有的文学程度还不如《鲁拜集》与日本的俳句，因而无法在欧美诗学中找到一个安放卡西达的合适位置。

第七章"翻译：话语世界"通过比较帕特罗克洛斯葬礼的翻译与伊多梅尼乌斯的军事功绩，探讨译者对原作中所表达的话语世界的态度及其与译者所处社会的话语世界的关系。话语世界指的是作品的全部内容，包括原作的对象、习俗与信仰。自我形象较低的文化，会欢迎翻译或改写为比它较优越的文化。例如，法国文艺复兴时期的文化毫无保留地仰望荷马，但是到了 18 世纪，法国自认为文化已经成熟，甚至优于古希腊文化，因而不再像之前那样崇拜荷马。英国的情况也大致一样。因此，勒菲弗尔详细分析了达西尔夫人、拉·莫特、巴宾、比托贝译文中的改写行为。这就说明，原作的地位与译入文化的自我形象，会对翻译产生重要影响与限制。

第八章"翻译：语言"指出，无论是原文还是译文，都要通过使用语言来产生影响。这表明勒菲弗尔在本章将回到翻译的终极问题（语言）上去。翻译策略再合适，也会在翻译过程中"丢失"某些东西。这是原作与译作所使用的语言不同于主导地位的翻译诗学的两个不同因素造成的。勒菲弗尔以 19 世纪卡图卢斯第二首诗的不同译文为例，说明原文并未用韵，但译文却都用了押韵的方式，反而使得译文"失去"了原文的特点。但是，对于大多数读者而言，阅读译作就是在阅读原作。因此，相较于原作，译作对读者的影响会更大。所以，不同形式的改写往往最终决定了一部作品、一位作家、一种文学或一个社会，在不同于其原文化的文化中的接受程度。

以上八章是该著作的主体部分，周详且细致地论述了作为改写的翻译行为及其所受到的意识形态、诗学、赞助、语言等方面的限制。为了思维与逻辑的圆满，勒菲弗尔另辟四章（第九至十二章），分别讨论编纂文学史、编选文（诗）集、批评与编辑行为。这些是改写另外的四种形式。通过这四种形式，我们可以更清楚地看出，为了能更好地契合当时的社会、文化、经济及历史条件，许多文学史上的名人名作都曾受到不同程度的调控。同一原作，在不同时期改写者的手中，在不同的时代呈现出不同的样貌。这四章继续将文学、文学翻译行为放置在更大的文化背景下考察，更加深化了该作的立论。

第九章"编纂文学史"的副标题是"从畅销书到非人：威廉·福肯布洛赫"。大凡开设过世界文学史课程的老师或修过该课程的同学，都会提问：福肯布洛赫是何许人也？这也是勒菲弗尔要解决的问题。根据他的描述，福氏是 17 世纪荷兰著名的诗人兼剧作家，他的功绩之一是将滑稽剧引入了荷兰文学。他去世后大约一个世纪里，其作品很受欢迎，诗集、剧作再版八次，且售价不菲。但在其后的一个世纪里，福氏便开始从荷兰文学史中淡出，作品跟着开始绝版，戏剧也不再上演。是什么原因造成了这一状况？勒菲弗尔引入文化编辑行为这一概念来对此做出解释。诗学方面，福氏的滑稽剧不符合专业人士的诗学观，不能证明荷兰语的成熟，更不能成为新独立的尼德兰联合共和国话语世界的载体。当然，福氏也不愿意成为官方诗学的诗人。意识形态方面，由于不同时代的得体观会发生改变，也能揭示福氏几乎被遗忘的原因。他抽烟、喝酒、睡觉、吹笛子、拉小提琴、长谈与写诗，老本行当医生从未成功……这些因素使他归为"受诅咒的诗人"的行列。这一形象，与当时阿姆斯特丹是建设者、发现者、严肃商人、诗人理想家园的形象难以贴合。故而，编撰文学史的盖斯比克、考布斯、沃普、布雷德罗、布兰登、埃弗茨、闵德拉等人，便是出于自己头脑中所固有的诗学与意识形态观念将福肯布洛赫逐出文学史的幕后操纵人。而这就是副标题"非人"的含义。

　　类似的情形也发生在非洲诗选的编订。这就是第十章"选集：制作非洲的诗集"要进一步论述的话题。在非洲，出版选集的篇幅是由出版社决定的，因为篇幅可以反映市场的需求。当今非洲诗选的受众，大多是白人，所以出版社会尽量吸引更多的读者购买自己发行的诗选。这无意中带来了竞争，为了迎合潜在读者的意识形态与诗学品味，出版商使出各种手段，在诗集中收入新人新作，以提高读者选择的多样性。这就清晰地说明在制作诗集的过程中，诗人与作品的地位受到了不同因素尤其是赞助行为的调控。需要补充的是，勒菲弗尔熟稔非洲诗人、诗集，他关于这一偏门之学的追究与探究，不禁令人叹服。

　　第十一章"批评：斯塔尔夫人的性别及其他"考察不同的文学批评对作家与作品形象产生的重大影响。勒菲弗尔研究了从1820年到1987年之间发表在法国的批评文章，认为只有进行长时段的研究，才能发现差异。斯塔尔夫人于 1817 年去世，之后三年，即 1820 年，其堂姐萨苏尔就出版了她的传记，把她塑造成集天才、天分与美德于一身的圣洁偶像的形象。可是，后来不少批评家都发现她与很多男人都有染，而且她还有着男人一般的身材与容貌。当然，斯塔尔夫人家族极为富有，家人在很短的时间内就亲自或找人杜撰出几本斯塔尔夫人的评传，以应对不利于她的言论。事与愿违，她并没有得到法国改写者们的礼遇，因为之前的影响是不容易摆脱的。不论后来的批评家是否认同她的形象，他们为斯塔尔夫人投射出的形象，仍然都来自其堂姐萨苏尔。这些评论家无法超越萨苏尔，只能把斯塔尔夫人的名声，归咎于莫名其妙的传记猜测与无端的流言蜚语。

　　第十二章"编辑行为"精研德国剧作家毕希纳《丹东之死》的两个改写本，因为原版在奥匈帝国首相与德国统治者的时代，想要出版极为艰难。为了早日出版获得读者并再版，古茨科的版本主要从意识形态方面对原作进行了改写；为了早日将该剧搬上舞台，弗朗茨的版本主要从诗学方面对原作进行了改写。这两种改写行为，就是本章标题中编辑行为的意思。勒菲弗尔还把这两个改写本与当今最流行的德语雷克拉姆版做了对照。所有的改写，所有改写本与原作的不同，都被勒菲弗尔视作对原文的毁坏。之后，勒菲弗尔无奈地指出，改写者（编辑行为）并非从一开始就有意毁坏剧本。他们别无选择，只能这样做。果然，古茨科的版本再版了，弗朗茨的版本也于毕希纳的百岁诞辰（1913 年）之际再版。不久以后，《丹东之死》在舞台上获得了极大的成功。毕希纳作品的命运，是改写（改写者）拥有权力最为明显的例子。如果古茨科与弗朗茨都不作为，现在将会有迥异的毕希纳，或者根本没有毕希纳的存在。改写者所拥有的权力，似乎总是受限于另一种权力，一种更明显的权力。

目　　录

初版主编前言

20 世纪 80 年代，翻译研究作为一门独立学科迅猛发展，这一事件令人欣喜。该学科在世界各地都得到了蓬勃发展，显然，这一态势还将持续至 21 世纪。翻译研究整合了诸如语言学、文学研究、史学、人类学、心理学以及经济学等诸多领域。这一丛书将反映翻译研究工作的广度，有助于读者了解翻译学科当下正在发生的诸多新动向。

翻译是对原作的一种改写行为（rewriting）。所有的改写，不论有何意图，都反映出一种意识形态及诗学，并在特定的社会以特定的方法调控着文学所能起到的作用。改写就是这种调控，它服务于权力。其积极方面，在于有助于文学与社会的发展。改写还能引入诸多新概念、新样式、新手段。在此基础上，翻译史也是文学革新史，还是一种文化假借权力塑型另外一种文化的历史。但是相反，改写也会压制革新，当诸多改写行为合而为一时，还会扭曲并遏制对文学过程调控本身的研究。翻译即是例证，它有助于思索我们栖居于其中的这个世界。

这是有史以来第一套有关翻译研究的丛书，因而我们就很关心入选该书系的著作。这套丛书中选择出版的书籍都是以往撰写的，但关心的却是当下；该丛书既有理论性较强的著作，也有兼具个案分析的作品，因为这些作品列举出了大量体现在各种文学中的改写式调控的个案。这套丛书的本质是比较性质的，因而兼顾西方以及非西方的多种文学传统。通过改写与调控这两个概念，该丛书着眼于作为塑型因素的翻译所起到的核心作用，旨在揭示文学及社会中的意识形态、变革以及权力等问题。

苏珊·巴斯奈特

安德烈·勒菲弗尔

再版前言：一本书的来生

　　书籍重印会唤起一本书的来生。的确，选择重印一本书，标志着它已经不再是初版时的样子了。《文学名著的翻译、改写与调控》即是如此。当然，很多读者可能是第一次捧起这本书，但更有可能的是，这些读者会踏上别人走过的"道路"来阅读它。在这个神奇而可怕的数字时代，人们很快就会认出这条道路。例如，"谷歌学术"搜索引擎显示，该著作被引用超过2700次；引用这一著作名称的书籍与文章是多语言的，并且讨论的主题范围惊人，包括中国、俄罗斯、荷兰、南非、英国、德国、印度、西班牙、法国和古典罗马文学的翻译，甚至还有电影与其他媒体。通过强调改写者所拥有的权力，勒菲弗尔的著作阐述了多种媒介在世界文学传播中的影响，并预测了与当代世界文学研究相关的问题。任何现代翻译研究史都会提到安德烈·勒菲弗尔，因为这是他最重要的著作。接下来，我将考察这本著作一生及来生的各个方面，还将阐述作者在学界的重大意义。我不可能做到绝对客观，因为勒菲弗尔是我的良师益友，但我将竭尽全力做到实话实说。

　　安德烈·阿方斯·勒菲弗尔出生于比利时，在英国埃塞克斯大学获得博士学位以后，曾一度任教于香港与安特卫普。接着，他来到美国得克萨斯大学奥斯汀分校。安德烈·勒菲弗尔在翻译研究界大名鼎鼎。可能不为人所知的是，他于1984年初来得克萨斯大学奥斯汀分校时，担任的是荷兰语研究教授，而并非翻译研究教授。[1]事实上，是他组建了荷兰语课程，还与他人合编了荷兰语教材。[2]终其在奥斯汀分校的整个任期，他讲授的课程包括了从入门级的语言课程到研究生的研讨课。他还积极参与比较文学课程。[3]当然，他给研究生开设的比较文学与翻译课也极受欢迎。

　　他的翻译研讨课激发了学生强烈的求知欲。情况的确如此，他办公室的大门总是敞开的。许多日耳曼研究的学生对翻译产生了兴趣，也有许多比较文学的学生进出他的办公室。无论学生们对欧洲语言、中国文学或任何世界其他地方的语言或文学感兴趣，他们都会在与勒菲弗尔的交谈中发现对自己的研究有价值的东西。勒菲弗尔的办公室里有一个书柜，上面摆满了关于翻译的著作。经过一番讨论，他会站起身，走到那个书柜前，略微思考后，便挑选出一两本著作。尤其当选择的是选集或文章时，他会拿出一支铅笔，在目录中圈出某些具体章节。"把这些章节读完，再回来和我讨论"。这样的过程会反复好几次。有时，书上会有一个隐约可见的轮廓，表明他在过去的某个时候，也为其他学生选择了相同或不同的章节。有一天，一个研究生的目光从勒菲弗尔的肩膀上越过，看向书架，他注意到的是一本新出版的著作，勒菲弗尔的名字赫然在目，就是这本《文学名著的翻译、改写与调控》。他手里拿着一本其他学者的著作，但他允许我（就是那个研究生）也可以借阅他的著作。跨过他办公室门槛的学生来自世界各地，他自己的职业生涯带他跨越了大洋和大洲，而他的书涵盖欧洲古代和现代不同的文化以及中东和非洲的个案研究，彰显出他广泛的兴趣。该著作的另一个特点，是它没有使用过多的专业术语，而是以一种即便不通晓翻译领域学者的争论也可以理解的方式来书写的。

　　在勒菲弗尔的著作中，翻译不仅是一种语言迁移（a linguistic transfer），也是一种文化过程（a cultural process）。翻译是另一种类型的改写（与选集、史书、批评等一起），被目标文化中拥有某种权力的人的意识形态以及诗学所催生，这些人希望利用改写来获得权力（勒菲弗尔称其为"赞助"）。

改写所发生的特定时间和地点的意识形态，与占主导地位的诗学观念相结合，共同决定了翻译作品所投射出的形象。改写者不仅可以创造某部作品的形象，还可以创造作家、样式甚至整个时期等的形象。虽然我当时还不知道，但勒菲弗尔使用"系统"作为一个启发性概念，其部分是源于伊文-佐哈尔（Even-Zohar）的多元系统理论。[4] 在勒菲弗尔当时的思想中，"系统"既是中性的，又是描述性的，意指具有共同特征且相互关联的元素，这将它们与被认为不属于系统的其他元素区分开来。勒菲弗尔的许多观点直接或间接地与我在其他比较文学研讨会上所学到的批评理论有关，但在参加勒菲弗尔的研讨和阅读他的书之前，我从未想到他会将它们结合起来，并以这种方式将其应用于翻译。在讨论 20 世纪 70 年代末翻译研究方向的重大转变时，苏珊·巴斯奈特（Susan Bassnett）曾写道，在这一转变之前："从文学理论研讨会过渡到翻译研讨会的时间点，就是从 20 世纪末到 20 世纪 30 年代。"（1998: 124）与巴斯奈特本人一样，勒菲弗尔也是主要参与者之一，他不仅将翻译的讨论推向了一个更富有成效的研究方向，而且使翻译与其他学科的对话更加成为可能，而且不可避免。1992 年，卢德里奇不仅出版了《文学名著的翻译、改写与调控》，而且还出版了勒菲弗尔编辑的《翻译、历史与文化论集》（*Translation, History and Culture*）与其成为姊妹篇。如果有人想列举他撰写的多篇论文及他与苏珊·巴 x 斯奈特合作出版的翻译研究书籍，那么，可以说，勒菲弗尔在上世纪 90 年代前五年成果斐然。他当时的著作似乎不仅在翻译研究中产生共鸣，而且还引起了许多文学和文化研究学者的共鸣。

在出版《文学名著的翻译、改写与调控》之时，勒菲弗尔还通过美国现代语言协会（MLA）出版了《翻译文学：比较文学语境下的实践与理论》。翻译与比较文学之间的联系在翻译研究的早期非常重要，因为翻译研究领域开始成为一门独立的学科。勒菲弗尔帮助美国高校的比较文学

系与研究项目树立起了强烈的翻译研究意识。1995 年，他编辑了一整期的
《比较文学》杂志，其主题就是翻译。在他去世两年后的 1998 年，美国比
较文学协会（ACLA）在得克萨斯州奥斯汀举办会议，以此来纪念勒菲弗
尔，会议的主题是"文学文化翻译与交流"。在此，我们可以看到，这是一
个漫长过程的开始，它逐渐提高了人们对翻译的认识，也使人们认识到翻
译在文学研究中的重要性。时下，我们仍然可以看到这一进程在起作用，
例如，十年后的 2009 年，现代语言协会举办会议的主题是"全球范围内的
翻译任务"；2015 年协会公约上有一个特别小组，专门讨论这一进程的后
续行动，讨论翻译与协会间不断演变的关系。其中两名成员是 2009 年现
代语言协会主席凯瑟琳·波特（Catherine Porter）与 2009 年美国比较文学协
会主席桑德拉·伯曼（Sandra Bermann）。2014 年，她们共同编辑了一本翻
译研究手册，撰稿人是世界各地知名的翻译研究学者。2016 年夏，现代语
言协会在德国杜塞尔多夫主办了题为"其他欧洲：移民、翻译、转型"的
国际研讨会。2011 年，现代语言协会通过了同行评审指南，将译著作为学
术研究成果进行评估。这一举措的意义重大，因为许多语言与文学系仍然
经常不将翻译作为一种学术活动来评估其终身教职与职称晋升。如果翻
译本身的价值如此微小，那么对它们的研究也将如此。尽管翻译研究在美
国仍在继续努力建成一门独立学科，但早期与其他专业学术组织建立的
联系不仅对翻译研究领域的发展至关重要，而且对该领域在美国的生存
也是至关重要。当然，有很多人参与了这一正在进行的对话，但勒菲弗尔
在两个世界都能与权威对话，这对于帮助建立这些重要关系的基础而言
至关重要。[5]

　　当时的一些翻译学者对勒菲弗尔的《文学名著的翻译、改写与调控》
持怀疑态度。1995 年，汉娜·阿米特－科查维（Hannah Amit-Kochavi）在翻
译研究期刊《目标》（*Target*）上发表书评，指出尽管它是在翻译研究系列

中出版的，但"直接涉及翻译问题的部分，只占著作的一半内容"（390）。
这篇短评是常见的样式，聚焦于评论者认为这本书的错误之处，并指出
该著作没有考虑到"如果材料要进行某些调整以适应目标文化的当前口
味与价值观，没有（跨）文化接触与翻译是不可能做出的"（390）。这一
观点相当奇怪，因为整部著作讲的正是如何调整。这本著作的内容如此
丰富，以至于人们在二十多年后仍在继续阅读并参考。西奥·赫尔曼斯
（Theo Hermans）于1994年撰写了篇幅更长且更为复杂的评论，他本人就
是该领域早期发展的重要人物。该评论不仅涉及《文学名著的翻译、改写
与调控》，还评述了勒菲弗尔的另外两部著作，即《翻译、历史与文化论
集》与《翻译文学：比较文学语境下的实践与理论》。然后，文章还附加了
对第四本书（不是由勒菲弗尔所著，而是由哈丁于1992年编订）的简短
讨论。然而，赫尔曼斯对《文学名著的翻译、改写与调控》的评论着墨最
多。从修辞上讲，这篇评论有些令人困惑，因为它一会儿赞扬，一会儿又
谴责，而赫尔曼斯对后者的阐述几乎把前者排除在外，甚至有时看起来
有点像阅读塔西佗讨论提比略。因此，文中会使用诸如"太初级""再明
确不过""太宽泛""前后矛盾""令人不安""糊涂""天真""选择不当"与
"令人愤怒"等这类字眼。这些词汇与"令人耳目一新、富有成效""他的
工作对学科至关重要""完全明智的方法""具有挑战性和重要意义"等其
他短语形成鲜明对比，并且常常并存。所有这些都是由"基本上同意他的
人"所使用的。此外，尽管赫尔曼斯在评论勒菲弗尔的作品时使用了负面
言辞，但是他在评论中添加了他人所撰的第四本书，显然是作为对比，用
以说明"勒菲弗尔的贡献斐然"。

　　从1982年勒菲弗尔提出"折射"（refraction）一词转变为"改写"，赫
尔曼斯本不该感到惊讶，因为他自己也于1985年编辑了《文学的调控》
（*The Manipulation of Literature*）的集子。其中就收有勒菲弗尔的一篇文章，

题为《为什么浪费我们的时间改写？论在另一种范式中，阐释的困扰与改写的作用》(Why Waste Our Time on Rewrites? The Trouble with Interpretation and the Role of Rewriting in an Alternative Paradigm)。在该文中，勒菲弗尔不仅开始使用较新的术语，还概述了将在《文学名著的翻译、改写与调控》一书中更为彻底阐释的思想。奇怪的是，赫尔曼斯与勒菲弗尔的思想过于接近，以至于他无法理解这本作品的旨趣所在，因为他的立场站在内部圈子的辩论之外，早年这些辩论一直持续不断，翻译学科就是在那会儿渐渐成型的。赫尔曼斯在该评论的最后指出，勒菲弗尔试图做出的工作，并没有"他希望我们相信的那样新"，而且他在文章的开头重申，"即使勒菲弗尔特别强调'意识形态''赞助人''诗学'这些也许很新的术语，但他所提供的整体方法与方法论都不那么新。"当然，勒菲弗尔拈出这些思想已过了至少十年，赫尔曼斯则会密切关注这一过程。勒菲弗尔的思维过程并不是在真空中进行的。然而，正是勒菲弗尔自己的"特别强调"，也正是由于他自己对在同一个知识环境中流通的旋风般的思想的独特解释，才使得他以及在这里重印的这本著作变得如此重要。

也许这本著作并不是同一学术圈中其他成员所希望的那样，但实际上，它的影响远远超出了这个圈子。对阿米特-科查维来说，它永远不会是"关于其重要主题的权威教科书"。当然，成为权威教科书也并非勒菲弗尔为这本作品所设定的目标。相反，勒菲弗尔将其视为一个序言："本书的目的就在于，不仅强调改写是文学发展背后的驱动力，还强调深刻研究这一现象很有必要。"（2）赫尔曼斯显然想要一本完全不同的、写给圈内的著作，详细阐述理论概念，而勒菲弗尔则希望其受众是学生以及专业人士："改写起到了调控的作用，且效果明显，故而应就此展开深入研究。事实上，研究改写，其意义会扩大到教育机构之外的领域……研究改写，不是告诉学生该干些什么；而是要向学生演示不允许他人对自己指手画脚的方法。"（6）勒菲弗尔认定的读者群要远超目前翻译期刊的读者群。他不仅成功地拓展了这一领域，而且尽管该作出版后不久就有了精当的评论，他的思想仍在启发与充实翻译学者。持续的兴趣连同评论一起，构成了这本著作来生的一部分。

杰里米·芒迪（Jeremy Munday）在其翻译研究的入门著作中，将"文化与意识形态的转变"一章（191-214）的大部分用于讨论勒菲弗尔的《文学名著的翻译、改写与调控》。韦努蒂编纂的《翻译研究读本》（239-255）则收入了一篇勒菲弗尔更早的文章《大胆妈妈的黄瓜：文学理论中的文本、系统与折射》。这篇创作于1982年的文章早已绘制出了意识形态与诗学这两个范畴，为日后《文学名著的翻译、改写与调控》奠定了基础。在这本著作中，勒菲弗尔对这两个概念进行了更深入的区分，并在其后的个案例研究中阐明了影响调控的诸多因素。《大胆妈妈》一文还介绍了后来发展成"改写"的"折射"概念，《文学名著的翻译、改写与调控》中引用最多的一段，是勒菲弗尔关于"改写"概念的扩展部分："这一相同的、基本的改写过程，在翻译、历史学、编辑文集、评论与编辑行为中正在发挥作用。"（7）勒菲弗尔还提到了其他形式的改写，"比如改编成电影或电视剧"，但他在著作中故意将其遗漏，因为他觉得这些改编超出了他的专业领域。这一"改写"概念拓宽了研究方法的范围，甚至那些以前没有直接参与翻译研究的人，也会注意到勒菲弗尔的方法适用于各个学科。

到目前为止，勒菲弗尔和巴斯奈特与翻译研究中文化转向的关系最为密切。克里斯蒂娜·玛丽内蒂（Cristina Marinetti）指出，这种方法将焦点从语言学与对等的概念上转移出来，坚持翻译是"历史的事实与目标文化的产物"（2011: 26）。她还指出，从语言到文化的焦点转移，使得人们能 **XIII** 够考虑权力与话语的概念（2011: 26）。芒迪也指出，这种对权力关系的关注为翻译研究与后殖民研究提供了交叉点（203）。玛丽内蒂认为："社会学中最近的'文化翻译'转向与比较文学中的'世界文学'转向，进一步证明了90年代'文化转向'的提法确实是独具创新性的，也几乎是预言性的：它不懈地倡导翻译是一个重要的概念，应当成为所有涉及文化交流研究学科的中心。"（2011: 30）巴斯奈特在1993年初版的比较文学著作中，更进一步地宣称，比较文学应该从翻译研究的内部着手进行，而不是从另一个角度来研究（1998b: 161）。这是她与勒菲弗尔在《翻译、历史与文化论集·导言》中提出的观念，他们就是在这部文集中倡导了"文化转向"（1990: 12）。

　　巴斯奈特与勒菲弗尔宣布的文化转向可能并不是这种方法的"诞生"，但可以肯定地说，这无疑是它的受洗日，它的命名日。多年来，不同国家的学者一直在寻找一种方法来替代受限的翻译的语言学方法，该方法的特点是强调对等与最适合机器翻译的规定性规则，是不涉及某些讨厌的人的理想翻译。在《翻译、历史与文化论集》中，巴斯奈特与勒菲弗尔收集并刊出了许多这类人的文章，向世人展示了正在发生的事情。虽然该文集中的文章来源广泛，但却显示出"目的的显著统一性"（1990: 4）。玛丽·斯内尔－霍恩比（Mary Snell-Hornby）的论文讨论了德国的情况，使用英语概述了当时主要的（或当时仅以德语出版的）著作。例如，她介绍了弗米尔（Vermeer）的目的论，还介绍了德国其他以文化为研究方向的理论家。霍恩比在其2006年出版的《翻译研究的诸多转向》（*The Turns of Translation Studies*）一书中，探讨了20世纪80年代文化转向的发展。在回顾弗米尔、赖斯（Reiss）、卡德（Kade）、霍尔茨－曼塔里（Holz-Mänttäri）等人的思想时，她追溯了文化因素的重要性在德国的发展，指出了文化因素对功能主义方法的重要性，并提出了"翻译行为理论"（translatorial action），继而才有巴西的"食人主义的方法"与"解构主义的方法"（47-68）。考虑到翻译研究领域在过去二十年中所走的诸多方向，值得提醒的是，这些学者都感到自己在从事一项共同的事业。然而，这些方法与其他类似的方法现在都在新的翻译研究著作中得到了单独的讨论。[6]

无论你是否读过斯内尔－霍恩比与其他正在流传的多部有关翻译研究的著作，都应该记住勒菲弗尔有关改写者创造新形象能力的见识。[7]例如，斯内尔－霍恩比更心仪勒菲弗尔的思想，而并非安东尼·皮姆（Anthony Pym）的《翻译理论探索》（*Exploring Translation Theories*）。皮姆也是当代翻译研究中的重要人物，因此，我将简要地阐述他是如何使用勒菲弗尔思想的，以便我对勒菲弗尔《文学名著的翻译、改写与调控》这一著作的来世发表正确的观点。皮姆的著作力图围绕将对等的再思重新纳入翻译理论展开论述，其中有一整章内容是关于文化翻译的，以最简短的文字提及巴斯奈特与勒菲弗尔的名字，即说明他们与"文化转向"的主张相关时只用了一句话（366）。该作对勒菲弗尔著作的参考极少，且分布在功能主义译论（"目的"）与描述性理论的章节（"描述"）中，而在论述文化翻译的章节中竟没出现。功能主义翻译专章对勒菲弗尔的思想一笔带过，说这一思想试图调和系统理论中的"系统"与行为理论中所理解的"功能"概念。"一种尝试可能是1992年安德烈·勒菲弗尔的系统观，其中包括与译者非常接近的因素（赞助人、编辑、出版商）。"（187）在描述性理论的一章中，在题为"描述性范式中概念的短名单"的方框中提到了勒菲弗尔，却没进一步阐述："如若理解翻译，理解各种'重写'，我们必须考虑社会背景，尤其是勒菲弗尔提出的赞助人这一概念。"（171–172）在其后的章节里，即在"参考文献与扩展阅读"中，皮姆写道："文学翻译研究更具娱乐性的是安德烈·勒菲弗尔的《文学名著的翻译、改写与调控》。"（220）在这里我的目的仅是要指出，如果有人以不同情勒菲弗尔立场的方式改写翻译理论，可能会淡化勒菲弗尔及其著作，但很难完全忽略。[8]如果一个人想继续从事从20世纪后半叶发展到21世纪的翻译研究，就必须在某个时间点与勒菲弗尔及其思想相联系。

很难确切地知晓，勒菲弗尔如果活着，会在过去的二十多年里创作出什么，或者他的思想会把他带到哪里。发表于他去世后的文章提供了一些线索。例如，他一直在研究（文本的与概念的）[9]"网格"（grids）这一概念，并将文本视为"文化资本"[10]。勒菲弗尔在学术休假时去世了，其间他经常出现在得克萨斯大学奥斯汀分校图书馆的一间办公室里，以便集中精力而不受打扰。他已经在那间办公室里查阅了很多卷剧本集，分别置放为几叠，桌上还放着一个笔记本，上面记满了引文与引语。关于翻译、改写和操纵文学名著的一个案例研究是阿里斯托芬的《吕西斯特拉忒》，他最著名的一篇文章是关于布莱希特的戏剧《大胆妈妈》的翻译。在发表于勒菲弗尔去世后的一篇文章中，他把布莱希特的戏剧作为"文化资本"的一个例子，考察了三种不同类型的改写（翻译、批评和参考作品）的相互作用如何创造出一个作家和文本的形象。[11]不过，他参看的是办公室中的多语言剧本。苏珊·巴斯奈特经常与他合作，她是戏剧翻译理论研究的先驱之一。时至今日，戏剧翻译仍是翻译研究中容易被忽视的一个领域。然而，过去的几年中，不仅举办过几次专论戏剧翻译的会议，[12]越来越多的文章与著作也探讨了这一话题，而且还探讨了表演和表演性与翻译的关系。勒菲弗尔会如何看待翻译中的"表演转向"（a "performance turn" in translation）呢？

自从勒菲弗尔的著作出版以来，翻译研究领域发生了巨大变化。例如，在口译、本地化以及与其他各种媒体相关的翻译研究方面取得了诸多进展。机器翻译和翻译软件也发生了翻天覆地的变化，很难想象有哪个专业翻译机构不使用某种翻译记忆软件的。但是，基于使用数据库的算法仅与输入的数据一样好。我们必须决定在某个时候翻译什么以及如何翻译，以便有可用的数据进行比较。我们也逐渐了解了不同文化对翻译和口译的看法，而不只是局限于几个世纪以来的西方文化（这是勒弗菲尔会张开双臂欢迎的事情）。[13]

现在已经有多个国家和国际组织致力于翻译了。在美国，勒菲弗尔的第二故乡，现在也有翻译研究的学位了。除了美国翻译协会（ATA）和美国文学翻译家协会（ALTA），现在还有美国笔译与口译研究协会（ATISA）。美国现代语言协会（MLA）与美国比较文学学会（ACLA）一如既往地大力提倡翻译研究。然而，目前在美国国内，该领域的主要人物与所有不同组织之间的对话并不像人们所希望的那样密切。随着这门学科的发展，出现了许多学派，学者们渴望用自己的形象改写这个专业。这些学者可以为自己的观点辩护，同时也可以带着一种"大帐篷"的感觉来研究这个领域，承认所有的声音不仅在一个组织或学科内，而是在多个组织或学科之间都被听到，所有的理论和方法也都被讨论过。在最后，我将恰当地引用苏珊·巴斯奈特的一句话："翻译就其本质而言是对话性的，因为它毕竟涉及不止一种声音。翻译研究与文化研究一样，需要多种声音。"（1998：138–139）

斯科特·G.威廉姆斯

得克萨斯基督教大学

得克萨斯沃思堡

注 释

1. 鉴于翻译研究在当时的美国学术界的地位不高，聘请他唯一的可能性，是他接任像这样一个已经确立名号的教职。这里也有同事从事翻译研究。莱斯利·威尔逊（A. Leslie Wilson）于 1978 年共同创立了美国文学翻译家协会，并编辑了双语德国文学期刊《维度》（*Dimension*）。克里斯托弗·米德尔顿（Christopher Middleton）是一位天才诗人兼翻译家。系外的学者，例如加农帕尔瓦（M. R. Ghanoonparvar）是波斯文学教授兼翻译家，斯皮瓦克（Gayatri Spivak）也曾任教得克萨斯大学奥斯汀分校。

2. 他与玛丽安·德·沃特（Marian De Vooght）合编了荷兰语初级教材《大学生荷兰语初级教程》（*Go Dutch!: A Beginning Textbook for University Students*）。该教材模仿伪黑色电影风格，还带有侦探扬·拉普（Jan Raap）的艰辛，因而编写极具智慧与神韵。

3. 得克萨斯大学奥斯汀分校的比较文学，是一个跨学科专业，并不是一个系。

4. 根茨勒著作的第 106 页至 144 页，论述了翻译研究中的多元系统理论。

5. 也许有人能列举出几个名字，但我想感谢在美国的一位重要人士，她在过去的几十年里，一直帮助促进跨学科的对话以及翻译研究在美国的发展。她就是玛丽莲·加迪斯·罗斯（Marilyn Gaddis Rose, 1930—2015），任教于纽约州立大学宾汉姆顿分校，美国第一个翻译研究博士学位点就建在该校。

6. 斯奈尔 - 霍恩比在评估该学科的状况时，饶有兴趣地研究过三本著作。一本出版于 1979 年，另外两本出版于 2001 年。每本著作都对该领域做出概述，揭示该领域的持续发展，但她希冀仍会有整合与合作的愿望。（159-162）

7. 我也在本书前言中论及。

8. 皮姆当然有能力直接反驳，但这不是他的策略。在其他场合，他更直接，认为勒菲弗尔基本上是同一团体的一分子。参见他 1995 年的文章，他指责勒菲弗尔把翻译研究局限于文学研究的想法。（20）

9. 例如，在巴斯奈特和特里维迪编辑的《后殖民翻译》一书中，他的文章题为《他者的构成》。

10. 这两个概念在巴斯奈特和勒菲弗尔合编的论文集《文化构建》中均有所介绍。

11. 参见《文化建构》中的文章《布莱希特的文化适应》。

12. 例如，克里斯蒂娜·玛丽内蒂于 2013 年编辑的《目标》杂志的戏剧与翻译专刊。可参考她撰写的文章，介绍表演和表演性。（307-320）

13. 例如，赫尔曼斯编辑了两卷本《翻译他者》，其中有多篇论文涉及非西方的翻译思想。

第一章 序章

> 于我而言，按照我的意愿来改动这些波斯人（的作品）是一种乐趣。他们（如我所想）还够不上诗人，不足以让想做改动的人望而却步，而他们又确实缺乏些许艺术来塑造自己。
>
> （Edward Fitzgerald xvi）

本书所聚焦的居间者（the middle），并非创作文学的男女作家，而是改写文学的人。之所以如此，是由于目前，这些改写者（rewriters）对文学作品在非专业读者群中的接受与阅读情况负有责任。非专业的读者在当今全球文化中占据了读者群的绝大多数，比作者的人数一点也不少。

所谓的文学作品"内在价值"（intrinsic value），通常没有想象中的那么重要。众所周知，约翰·邓恩[①]的诗作在其死后的三四十年间仍不为人所知，不曾被阅读，幸好后来为艾略特[②]及其他现代主义者所发现。可以毫不夸张地说，邓恩诗作的"内在价值"应该一直未曾改变。

[①] 约翰·邓恩（John Donne，1572—1631），17世纪英国玄学派诗人，曾在欧洲大陆游历。其诗《挽歌》（*The Elegies*）为世人熟知。（本书脚注均为译者注。）

[②] 艾略特（T. S. Eliot，1888—1965），英国诗人、剧作家和文学批评家。代表作品有《荒原》（*The Waste Land*，1922）、《四个四重奏》（*Four Quartets*，1943）等。《荒原》为他赢得了国际声誉，被认为是英美现代诗歌的里程碑，《四个四重奏》使他获得了1948年诺贝尔文学奖。

　　同样，很多初版于 20 世纪 20 至 40 年代的"被遗忘的"女性主义经典作品到了七八十年代又再版了。这些小说的内容至今仍然是女性主义的，因为我们面对的是同样的文本。这些再版的女性主义经典未被遗忘的原因，并不在于作品本身有无蕴含内在价值，而在于这些作品的再版，以女性主义批评浪潮的涌起为背景。这一浪潮宣传、融汇并支持了这些女性主义经典作品。

　　那些认同文学研究的目标是解释文本的理论家，要么对此现象不能提供合理的解释，要么或多或少会对使用如命运之类的模糊概念而感到尴尬。我认为文学作品被接受或遭拒斥、经典化或非经典化的进程，不是由模糊的因素决定的，而是取决于非常具体的因素。只要人们想找寻，这些因素并不难识别，也就是说，一旦人们回避阐释作为文学研究的核心，就会面对权力、意识形态、机构及其调控等诸多问题。人们一旦如此行事，就会意识到所有形式的改写，在上述多种具体因素中都占据着主导地位。本书的目的就在于，不仅强调改写是文学发展背后的驱动力，还强调深刻研究这一现象很有必要。

　　改写者一直存在于我们周围。从希腊奴隶把希腊文集汇编成册用以教导其罗马主人的子嗣，到文艺复兴的学者校编手稿及其残片以出版大体可靠的希腊或罗马经典；从 17 世纪不再以希腊语或拉丁语记录希腊罗马文学史的第一批编者，到为 19 世纪为越来越多无心阅读古典和现代文学作品的受众详解精妙之处的批评家；从 20 世纪尽力"带来原汁原味"文化的译者，与之前很多代译者所努力的一样，到 20 世纪"读者导读"的编纂工作者，他们为非专业读者提供作者及书籍的快速参考，但原书却越来越无人问津了。

　　改写者的角色一直在改变，究其原因，主要有二：第一，至少在西方文明中，书籍在写作与价值传播教学中占据中心位置的时代业已结束；第二，"严肃"文学与"通俗"文学在大约19世纪中叶出现了分野，这引起了几乎与之同时发生的"严肃"文学理论与"通俗"文学理论、"严肃"改写与"通俗"改写间的分野。

1986年，希利斯·米勒[1]向美国现代语言协会的会员发表主席演说，"我们共同的文化，尽管我们不愿意它是现在这个样子，但它正与书籍的文化渐行渐远，而越来越是电影、电视和流行音乐的文化了"（285a）。文学的专业读者（我使用该术语，来指代从事文学研究的教师以及学习文学的学生），认同正在发生的变化，或许他们能以义愤、讽刺或顺从的态度暗自应对这些变化。但是，他们中的绝大多数仍会一如既往地进行商业活动，尤其是因为他们在学校中所拥有的地位，让他们没有多少选择的机会：学位必须颁发，诺言必须实行，职位必须提供，升职必须兑现。

"严肃"文学仅在教育圈（包括中学与大学）中持续走俏，但它已不再是非专业读者所青睐的阅读材料。这一事实也日益限制专业读者对教育机构的影响。当今的批评家不论怎么做都不能继续保有（如马修·阿诺德[2]）一度所享有的声望。也许，解构对专业与非专业读者所产生的不同影响，已经为当今严肃文学与研究的脱节提供了最为清晰明白的解释。与此相反，专业读者或多或少相信解构的确已经消解了西方形而上

---

[1] 希利斯·米勒（Hillis Miller，1928—2021），美国著名文学批评家，欧美文学及比较文学研究的杰出学者，解构主义耶鲁批评派的重要代表人物。他的重复理论与解构批评的实践提示经典作品的丰富内涵和意义，这给读解文学作品带来无穷的可能性与潜在的多样性，对文学批评理论的开拓与建设做出了不可磨灭的贡献。

[2] 马修·阿诺德（Matthew Arnold，1822—1888），英国近代诗人、教育家、评论家，曾任牛津大学诗学教授，主张诗要反映时代的要求，需有追求道德和智力"解放"的精神。代表作有《评论一集》《评论二集》《文化与无政府主义》，诗歌《邵莱布和罗斯托》《吉卜赛学者》《色希斯》和《多佛滩》等。

学①的诸多基础，因而也不能下定论，认为非专业读者已过度关注这一重
3 大事实。可以肯定的是，他们对健康保险与金融机构稳定等世俗问题的
关注，也远远没有人们所说的那么多。

如果教育机构继续发挥"预留地"功能的话，那么在这块预留地上，严
肃文学与其读者及其践行者则拥有一定程度的自由。这些读者及践行者继
而也会对专业读者的分化产生影响。专业读者需要出版才能升职，而出版
的压力会一直带来"话题的渐进琐碎化"（the progressive trivialization of topics），
使美国语言协会的年会成为"民族出版界的笑柄"（沃尔特·杰克逊·贝
特②在《萨缪尔·约翰逊的成就》中使用的引语）。毋庸言明，这一"渐进琐
碎化"又进一步在教育机构所形成的象牙塔外削弱了专业读者的声誉。

然而，商业却能一如既往地在那些机构中运行，表现为大多数的文学
专业读者都没能把握这已经发生的极度吊诡的变化，因为他们通常不会
"委屈"自己去改写那历经几个世纪的有关某一国王的记载。他们只是将
其"真正"的工作视为在"渐进琐碎化"的标题下试图为非专业读者划分

---

① 形而上学（metaphysics）是西方原始哲学的一个分支，是对存在（on, ont, being）
的研究。该词原为亚里士多德一部著作的名称。该著在亚里士多德死后二百多年，由安
德罗尼柯把他专讲事物本质、灵魂、意志自由等研究经验以外对象的著作编集成册，编
排在研究事物具体形态变化的《物理学》（physica）一书之后，并名之为《物理学之后诸
卷》，拉丁文写作"metaphysica"。该词的前缀 meta 是"之后、超越、基础"的意思。此语
被拉丁语专家理解为"超物理科学"。"metaphysics"的中文译名"形而上学"，是根据《易
经·系辞》中"形而上者谓之道，形而下者谓之器"一语，由日本明治时期哲学家井上哲
次郎翻译。晚清时严复则采用"玄学"来翻译该词。后来清末留日学生将大批日制汉语
带回国后，"玄学"这一译法渐渐被"形而上学"所取代。严复拒绝使用井上哲次郎的译
名，根据老子《道德经》"玄之又玄，众妙之门"，把"metaphysics"一词译为"玄学"。但
是，由于日译词汇更为简单易懂，更容易被当时受教育程度普遍较低的中国民众所接受，
因此"形而上学"一词才扎根在了汉语之中。

② 沃尔特·杰克逊·贝特（Walter Jackson Bate, 1918—1999），美国文学批评家兼传
记作家，因给萨缪尔·约翰逊和济慈做传，曾两度获得普利策传记奖。

的那种形式而已。然而，可以肯定地说，这项工作根本就未曾接近过非专业读者。相反，象牙塔内接近非专业读者的唯一工作，恰恰正是大多数专业读者嗤之以鼻的改写工作。然而，翻译、编辑、编订文集、各种文学史与参考书的编纂，以及抵达象牙塔外的大多化身为传记与书评的各类作品的生产，都将不会在更为宽泛的专业与非专业读者、教育机构与整体社会的互动框架内，起到典型低级活动（typically low-level activities）的作用。此类的改写，过去常被认为是较为"辅助性的"活动，但它们绝非总是扮演这种角色，因为可以见证某些译作会给文学、社会及其他方面带来巨大影响，例如马丁·路德的《圣经》翻译。然而在当今，这些改写已经成为连接"严肃"文学与非专业读者间越来越微弱的生命线。

　　非专业读者阅读的文学，选看的越来越多的是改写者所改写的作品，而并非原作者创作的原作。情况历来如此，而当下尤甚。过去，多数人阅读钦定版《圣经》①，鲜有人阅读原语版本，《圣经》的手稿更是只有极少数人才能看到。可大多数读者能阅读到晚出的版本，就心满意足了。事实上，他们对译本是如此信任以至于偶尔会被不存在手稿的可信译本所误导，例如麦克弗森的《奥西恩》（Ossian）。② 拜伦及其同时代

---

　　① 钦定版《圣经》（King James Version of the Bible，简称KJV），是《圣经》诸多英文版本之一，于1611年出版。它是在英王詹姆斯一世的命令下翻译的。钦定本圣经不仅影响了随后英文版《圣经》，而且对英语文学的影响也很大。为了让更多受良好教育的普通人也能知晓上帝的旨义，该部《圣经》词汇量只有常用的8000个英文单词，因而较易理解。这个版本常被说成是"权威版"（Authorised Version, AV）。在世界很多地方，这个版本已经过时。但是在英国，由于"永久王家版权"（perpetual Crown copyright）的缘故，依旧享有版权。虽然钦定版《圣经》年代已久远了，但仍被认为是现代英语的基石，也是阅读最广泛的文献之一。

　　② 詹姆斯·麦克弗森（James MacPherson，1736—1796），是第一位获得国际声誉的苏格兰诗人。他用盖尔语记载的吟游诗人奥西恩的故事翻译成英文。1760年，麦克弗森收集整理并翻译的奥西恩诗歌集《苏格兰高地收集的古诗歌断片》（*Fragments of Ancient Poetry Collected in the Highlands of Scotland*）出版，诗集一夜成名。此后，麦克弗森（转下页）

的人，阅读的也并非德语本歌德的《浮士德》（*Faust*），而是斯塔尔夫人收录在畅销书《论德意志》（*De l'Allemagne*）法译本的缩略版。普希金崇拜拜伦，但他阅读拜伦是通过法文，而非英文，更不是俄文，因为他只跟仆人交流时才用俄文。埃兹拉·庞德为西方"创造"出了中国，其方式是编辑唐代诗人作品的"译作集"；塞缪尔·约翰逊显然影响了他在《诗人列传》（*Lives of the English Poets*）这一作品中所收入的诗人此后的接受情况。

以往和现在，改写者为一位作者、一部作品、一个时代、一种文体，有时甚至为整个文学创造出诸多崭新的形象。这些形象与其竞争的现实共存，但总会比相应的现实倾向于影响更多人。现在改写者们的确做到了这一点。然而，这些形象的产生及其所带来的影响，在过去并没有得到充分研究，时至今日也还没有成为深入研究的对象。这种状况极为奇怪，因为这些形象及其创造者支配着很大的权力。但随着时间的推移，这一状况变得不那么奇怪了。我们可以反思一下，改写行为服务于（或受限于）某些意识形态或诗学潮流，并且这些潮流并不认同将之仅仅塑造为其中的一次潮流是对其有利的。相反，改写者要是能与不重要但有好名声的支持者打成一片，倒是对其更为有利。改写者们就这样共同构筑了一个不可逆的"历史进程"（the course of history）。

试举一例。德国文学的非专业读者，如果发现 1933 年到 1945 年出版的德国诗集中收录有海涅的任何诗歌，很有可能感到极度窘迫。实际情况是，这 12 年中的所有诗集中只出现了他的一首诗，就是广为流传的《罗

（接上页）翻译出版了两部奥西恩诗集。1765 年，上述两部诗集结集出版，书名为《奥西恩作品选》（*The Works of Ossian, the Son of Fingal*）。1773 年，经过修订后又以《奥西恩诗集》（*The Poems of Ossian*, A new edition）为名出版。

累莱》(Loreley)[①]，该诗的作者却标注为"佚名"(anonymous)。显然，无论诗集编辑成什么样子，德国历史的专业读者都清楚，将这一佳作归在海涅名下，会有碍于自己的职位升迁。而如果在引言、脚注中言明为何会有这一行为，更是如此，如果有人以此来质疑他们的职业诚信，他们将不再有任何升迁之机。同时出版的多种文学史，或许会将相同的情况告知专业的与非专业的读者。阿道夫·巴特尔斯[②]在撰写德国文学史时曾写道："海涅极为虚荣自大，且德国人愚蠢至极，很久以来我们都深信海涅是那个时代最伟大的作家。"(335)正是由于巴特尔斯在1943年的文学史引言中的这些言论，给他带来了来自主流意识形态潮流的回报：他不仅获得了文化领域的最高成就奖章，而且就在那年生日的当天，他甚至收到了阿道夫·希特勒给他的贺信。

---

①　罗累莱是莱茵河中游右岸的一座山。德国人视莱茵河为母亲河、德法交界标记。莱茵河流经海涅的家乡杜塞尔多夫后折入荷兰境内，中游向北流过德国科布伦茨市后至圣戈阿尔豪森处，河流呈S形，右岸拐角处突然高耸达132多米，这就是罗累莱，古名Lurlei，lur是"细缓的水声"的意思，lei是"礁石"的意思。此段河水湍急，航船易出事，船夫一不小心，就会翻船丧命。于是就流传了金发姑娘罗累莱为了报复高官抛弃她之仇，跳进莱茵河变成水妖，以迷人的歌声令船夫着魔丧身的故事。1823年，海涅重新创作诗歌，收入1827年出版的《歌集》(Buch der Lieder)的"还乡"(Heimkehr)部分，诗歌未有题名，罗累莱是后加的，谱曲的是图宾根大学音乐系主任西尔歇(Friedrich Silcher)。纳粹德国时期，此曲仍流传全德，但因为海涅是犹太人，故歌集中只标明歌曲作者为西尔歇，词作者海涅的名字被抹去，改为"佚名"。此附冯至汉译的海涅诗：不知道什么缘故，/我是这样的悲哀，/一个古代的童话，/我总是不能忘怀。//天色晚，空气清冷，/莱茵河静静地流；/落日的光辉，/照耀着山头。//那最美丽的少女，/坐在上边，神采焕发，/金黄的首饰闪烁，/她梳理金黄的头发。//她用金黄的梳子梳，/还唱着一支歌曲；/这歌曲的声调，/有迷人的魔力。//小船里的船夫，/感到狂想的痛苦；/他不看水里的暗礁，/却只是仰望高处。//我知道，最后波浪，/吞没了船夫和小船，/罗累莱用她的歌唱，/造下了这场灾难。

②　阿道夫·巴特尔斯(Adolf Bartels, 1862—1945)，德国记者兼诗人，被视为反犹太主义的代表人物。

　　不可否认，上述例子有些极端，而 1945 年至 1989 年东德的例子也同样极端。然而，形象的存在，以及之前形象的建构，在这一进程中至关重要。改写者所建构出的形象，较之上述社会，在其开放的程度上扮演了更为重要的角色，而这恰恰是由于有很多形象可供选择。如果要问文学的非专业读者克里斯托弗·马洛[①]是何许人也，读者们不大可能去阅读马洛的集子。他们可能会在经过改写的《牛津英国文学读本》中找寻马洛这个名字，如若需要了解更多，则有可能寻找某些可获得的文学史资料。当然，他们也许还会想到找寻《浮士德》的舞台剧本或电视剧本。

　　文学的非专业读者（现在这个术语的含义应该清楚了，它没有任何价值评判的色彩，指的是当今社会中的大部分读者）声称自己"阅读过"某本书，这个词的意思是说，他们在脑海中有该书的某种形象、某种概念。这种概念并不牢固，因为他们只阅读了该著作的某些片段（这些片段有可能被高中或大学教育阶段的文集收录）而已，其他就此改写的作品可以充作其补充材料，例如文学史或参考书中的情节概述，报纸、期刊杂志或某些批评性质文章中的评论，舞台剧或影视剧，当然也包括译作。

　　由于目前文学的非专业读者接触文学更多是通过改写的作品，而并非原作，并且也由于改写的作品在以往各种文学的发展中，产生了不能忽略的影响，故而不能再忽视对改写的研究。从事这一研究的学者会问：谁是改写者？为什么改写？在何种状况下改写？为何种受众所改写？这些学者把西方文学中首次对"改写原则"（doctrine of rewriting）的阐明归在了

---

　　① 克里斯托弗·马洛，（Christopher Marlow，1564—1593），英国伊丽莎白时代著名的诗人，代表作有《浮士德博士的悲剧》《帖木儿大帝》《马耳他岛的犹太人》等。马洛与莎士比亚同年出生，曾革新了中世纪的戏剧，在舞台上创造了反映时代精神的巨人性格和"雄伟的诗行"，为莎士比亚的创作铺平了道路。有学者曾怀疑莎士比亚的剧作实际上是由马洛代笔。

圣奥古斯丁名下。当奥古斯丁面对《圣经》中有大量的内容不符合那时还年轻的基督教对教会成员的期望时，他建议应当解释、"改写"这些篇章，直至它们与教会的教义相吻合。奥古斯丁注意到，如果一段经文称赞邪恶或犯罪，或者责难公共事业或仁慈，那么这段经文应当被视为"比喻的"（figurative），并且"应当受到严格的审查，直至做出有利于慈善统治的解释为止"（93）。

　　奥古斯丁的处境是所有改写者的缩影。他显然受到在某一特定境遇中处在特定位置这一事实的影响，其他所有改写者亦然。生命大限到来之前，他在教会中早已位高权重，一直钟情于维护自己集团的既得利益与意识形态，并与很多敌对的意识形态斗争，力图将其消灭。其他改写者在政府、教育机构以及出版机构中也应该占据着某些职位。

　　如果说某些改写作品是受到了意识形态动机的激发，或在某些意识形态限制之下而出版的，取决于改写者是否发现自己与其所处时代占统治地位的意识形态相一致，那么，其他改写作品则是由诗学动机所激发，或在某些诗学限制下而生产出来的。当鲁弗斯·格里斯沃尔德①于1842年出版《美国诗人及其诗作》（*The Poets and Poetry of America*）时，在引言中，他声称美国诗歌"有着最为纯洁的道德特质"（Golding 289）。显然，鲁弗斯想让美国诗歌继续保持这种特质。他坚持拒绝收入道德特质有疑问的诗人的诗作，包括惠特曼的诗。因此，他编订的文集投射出一种带有偏见的形象，但是对于很多代专业与非专业读者来说，这一形象却起到了一定的现实作用。由于这一文集阅读广泛，也由于具有抱负的诗人将之视为模仿的范本，"这一文集，在经典诗作方面，有效地控制了道德与智力主题

6

---

　　①　鲁弗斯·格里斯沃尔德（Rufus Griswold, 1815—1857），美国人，文选编辑、诗人、评论家。曾任埃德加·爱伦·坡（Edgar Allan Poe）的文学编辑。

的范围"（Golding 289）。

1893 年，叶芝为威廉·布莱克与伊德文·艾利斯（Edwen Ellis）的诗集撰写了回忆录，硬是为布莱克"生造"了一位祖先："布莱克的祖父是爱尔兰贵族，名曰卓霍·奥尼尔（Joho O'Neil）。奥尼尔是他妻子的姓氏，本是'一个无人知晓姓名的女人'，因逃债躲牢狱之灾才成为'布莱克'的。"（Dorfman 205）通过给予布莱克一位爱尔兰祖父，使得布莱克有了凯尔特血统，叶芝就找到了布莱克与"凯尔特的曙光"（Celtic Twilight）[1]的连接点，这在他的诗歌发展阶段中极为重要。毋庸说明，尽管叶芝也毫不掩饰地改写了他所认定的布莱克的低劣诗句，但是被叶芝和艾利斯"建构"的 1893 年版本，在读者心目中才是"真正的"布莱克。

本章所引用的题献，是意识形态、诗学形态动机与限制结合最佳的例子，选自爱德华·菲茨杰拉德[2]所写的一封信。他是维多利亚时代最负盛名的改写者，改写过波斯诗人莪默·伽亚谟（Omar Khayyam）的诗作。事实上，菲茨杰拉德的《鲁拜集》[3]是上世纪最有影响的改写作品之一。其影响在于英译本是译者与作者共同创作的结果。从意识形态角度来说，菲茨杰拉德明显认为波斯语逊于维多利亚时代的英语。这种心态让他敢于任意改写原作。他甚至想以此法来改写从未能改写过的荷马或者维吉尔。从诗学形态来看，他认为与他同时代的主流诗作一样，荷马和维吉尔的诗作应当拥有更多的读者群。

无论改写者生产的是译作、文学史、缩略版传奇、参考书、文集、评

---

① "凯尔特的曙光"，是爱尔兰诗人叶芝于 1893 年出版的浪漫主义散文集的书名，另译为《凯尔特的薄暮》。

② 爱德华·菲茨杰拉德（Edward Fitzgerald，1809—1883），主要作品有《鲁拜集》译本。

③ 《鲁拜集》（*Rubayyat*）是波斯古典诗中的杰出作品，1857 年被爱德华·菲茨杰拉德译成英语，大受欢迎。菲茨杰拉德曾五译此书。

论集，抑或编辑作品，他们都在某种程度上改编并调控原作。这些改写通常会让作品更加与当时占据主导地位的意识形态以及诗学形态潮流相适应。其次，在极权社会中，这种情况也许最为明显，而存在于更为开放社会中的不同的"诠释社群"（interpretive communities）[①]，也会以相似的方式影响改写的生产。举例说明：在最为开放的法兰西第二与第三共和国时期，在亲/反拿破仑与亲/反德国的背景下，斯塔尔夫人的作品被改写了。

改写起到了调控的作用，且效果明显，故而应就此展开深入研究。事实上，研究改写，其意义会扩大到教育机构之外的领域。改写是一种文学研究的方式，在文学研究作为一个整体消逝前，它可以保持当前社会相关性（immediate social relevance）的某些特质。当今的学生"生活在人类所经历过的最具调控性质的文化中"（Scholes 15）。研究这一牵涉改写文学的过程，并非告诉学生如何生活（也许学生会寻求屏幕的帮助，以期找到生活的范本），也并非告知他们如何才能更好地写作。当然，教会学生写作是传统意义上的文学研究方法。但是，改写也很有可能成为某种范本，它在某种程度上促进了"看透各种媒体上对各种文本的多种调控"（Scholes 15）。研究改写，不是告诉学生该干些什么；而是要向学生演示不允许他人对自己指手画脚的方法。

这一相同的、基本的改写过程，在翻译、历史学、编辑文集、评论与编辑行为中正在发挥作用。当然，其他形式的改写也在起效，比如电影及电视剧本的改编。但后两种形式在我的专业知识以外，故而不论。因为改写能投射出作者、作品在另一种文化中的形象，这会提升该作者与作品，将其影响力发挥到它们的原文化的边界之外翻译是最为显著、最易识别的改写形式，并也许是最具影响力的，故而本书将用四章专门研究翻译

---

① 又译为"解释性的共同体"，用来说明语言的社会性。

文学（translated literature），还有四章专研其他主要的改写形式。作为改写研究启发性的建构，我将使用"系统"（system）这一由俄国形式主义（Russian Formalism）研究者首次引入文学研究领域的概念。这一派别的研究者深信他们的模式能够"为将来的精研指明方向"（Morson 2）。之所以选择这一概念，原因有四：一是由于它的基本含义较易阐明，拥有鲜明的教学法优势；二是由于它承诺在揭示改写研究中的重大问题意义方面是"多产的"，因为其他启发性建构没有揭示功能；三是由于这一"可信的"概念还可用于许多其他学科，不仅可用于文学研究领域，其优势在于它还能对抗教育机构内部的文学研究中正在发展的隔离状况；四是由于在讨论权力塑造的权力及关系时，它持中立的非我族中心立场，并有可能从这种公平公正的研究中获益。在本书的第二章，我还将详述"系统"这一概念。

与阿拉斯泰尔·福勒[①]一道，我深信："最终，文学理论只能通过阅读，才是可资理解、深入犀利的"（引自 Cohen xiii）。故此，本书的材料取自不同的文学作品，包括古希腊、拉丁、法国以及德国文学。我希望此种做法能跳脱"一种对当下历史差异理论的反讽"，也即"这些理论基本忽视了不同的历史"（Morson 2）。最后，我在文学研究中，努力克服偏狭，甚至已将非洲英语与荷兰文学纳入视野。我也从中国文学、阿拉伯文学以及非西方的文学中列举出大量实例，旨在尽力不让本书沾染上文学研究偏狭的诸种症状，因为"偏狭忽视非西方的文学，［并且］也基本完全忽视西方的小国文学"（Warnke 49）。其结果是，某些所引用的资料假借最为明显的改写形式：翻译。所以，本书所引用的译文都是我自己翻译的。

8　　　目前看来，职业晋升与其他机构性的考虑仍然重要，甚至催生了各种

---

① 阿拉斯泰尔·福勒（Alastair Fowler），英国人，文学批评家兼编辑，以研究埃德蒙·斯宾塞与文艺复兴文学见长。曾著有《英国文学史》等著作。

权威人士所采用的推断式的文学"高级"改写（，而业内的很多有可能获得终身教职的年轻人情况则不同，他们会因不同形式的出版物而获得晋升，但那些出版物的写作方式有可能会使他们从自己讲授的写作课堂中被驱逐出去）。在这种背景下，我在构建本书论证时所用的材料都是能够落于纸面的，或者已经成为记录的内容。由于本书的普通读者有可能对某些材料不熟，就此，我将从某些权威资料中自由选定引文。

第二章　系统：赞助行为

若你赠我财富，

我将创作你未曾听过的诗行。

（Archipoeta 376）

系统这一概念是由俄国形式主义理论家引入现代文学理论的，他们将文化视为

一个复杂的"诸多系统的系统"（system of systems），由多个次系统（sub-system）构成，例如文学、科学以及技术。在这个总系统中，文学之外的诸多现象（extraliterary phenomena），跟文学的关联并非零星，而是在次系统中与其互动。这些次系统由它们所属文化的逻辑所决定。

（Steiner 112）

某些社会学批评的变量、某些基于交际理论的批评，以及不同观点的读者反映论，将文学置于系统中思索的路数，贡献巨大。克劳迪奥·纪廉[①]、

---

① 克劳迪奥·纪廉（Claudio Guillen，1924—2007），西班牙作家兼学者，曾在巴黎大学、牛津大学讲授诗歌。

伊塔马·伊文－佐哈尔[①]、菲利克斯·沃迪契卡[②]与齐格弗里德·施密特[③]，近来都致力于在文学研究内部详述系统论。文学研究之外的系统论，主要由尼克拉斯·卢曼[④]所捍卫。与此同时，利奥塔尔[⑤]的大作《后现代状态》（*The Postmodern Condition*）也从"帕尔森关于社会是一个具有自我调节能力的系统的概念"（11）中获得了方向。

不幸的是，正如迪特尔·施瓦尼茨[⑥]所指出的，"然而，让文学研究者接受系统论的一大障碍，就是这一理论令人生畏的概念化"（290）。当然，这在卢曼与施密特的个案中均已得到证实。然而，由于本书不将重点放在精研一般系统论（General Systems Theory）上，而是尽力使用该系统对于启发式建构的思考，我将引入系统思维（system thinking）的主要概念，以此彰显它们可以应用于改写的研究，而且将带来极大的收获。

我在本章中使用的"小系统"（system）一词，与"大系统"（the System）无关，原因在于这一系统在口语中出现的频次越来越多，指的是当权派（powers that be）凶险的那些方面。在系统思维的范围内，术语"系统" 10

---

① 伊塔马·伊文－佐哈尔（Itamar Even-Zohar, 1939—　　），以色列特拉维夫大学教授。以多元系统理论（Polysystem theory）闻名于世，是文化研究派的早期代表。

② 菲利克斯·沃迪契卡（Felix Vodička, 1909—1974），布拉格学派第二期的代表人物。曾著有《文学史：其问题与工作》。

③ 齐格弗里德·施密特（Siegfried J. Schmidt, 1940—　　），曾任德国卡尔斯鲁厄大学、锡根大学等多所大学教授，讲授哲学、语言学、文学研究与媒介研究。

④ 尼克拉斯·卢曼（Niklas Luhmann, 1927—1998），德国社会学家、哲学家，以系统论闻名于世，被认为是二十世纪最为重要的社会理论家之一。

⑤ 让－弗朗索瓦·利奥塔尔（Jean-François Lyotard, 1924—1998），法国哲学家，后现代思潮理论家，巴黎第八大学教授。他对意识形态的深刻批评扩展到美学、政治、经济、社会学等领域，对思辨叙事的怀疑是他思想的中心主题，也成为他所说的后现代主义的特征。主要著作为《后现代状态》。该作已由北京大学中文系车槿山教授译为中文，见利奥塔尔著《后现代状态》，车槿山译，南京：南京大学出版社，2011年。

⑥ 迪特尔·施瓦尼茨（Dieter Schwanitz, 1940—2004），德国作家兼文学研究家。

毫无卡夫卡式的弦外之音 ①（Kafkaesque overtones）。这一概念更是中立、描述性质的术语，用来意指一套互相关联的因素，这些因素碰巧有着与不属于该系统的其他因素不同的某些共性。施密特说道：

> 文学可以作为复杂的社会行为系统而分析，因为文学有某种结构，某种内外区别。它为社会所接受，并且具有这个社会的其他系统所不能填补的功用。

（563）

文学，一种文学，可以用系统术语（systemic terms）来分析。系统思维将文学称为"人为的系统"（contrived system），因其由文本（客体）与能动的人共同组成，而人又能阅读、写作，并且还能改写文本。即便教育系统给人留下印象，尤其在经典学中，天才所生产出来的作品在某些永恒的真空中停止了，却仍在继续陶冶我们。"经典作品，无论是不是由天才原创的，都已经被后世的学者以及批判家所创造并改写，因为他们也要靠这些作品为生"（Tompkins 37）。文学是人为系统的事实，提醒我们防范将文学强制比喻为物理或生物系统的企图，虽然物理与生物系统经得起更为严格描述的检验。

文学不是一个决定性的系统，不是会"全面接管"并"掌管事情"的那种系统，不会摧毁单个读者、作家以及改写者的自由。这种错误观念可以追溯到这一术语的口头使用，必须视为毫无关系。相反，从语言所能达到的最为充分的意义来看，文学系统是一系列对读者、作者以及改写者的"限制"

---

① 卡夫卡的作品被认为是神秘的。这种神秘首先来自其独特的写作方式。他的清晰、平静而单调的叙述，总夹带着一种惊心动魄却又妙不可言的弦外之音。所谓弦外之音，是指不明说、不直说的艺术，如象征、反讽。卡夫卡式的弦外之音可以投射出他自己的形象，从痛苦中可以看出滑稽，反过来又以滑稽衬托痛苦的自己。

（constraints）集合。本书的写作目的，不是造成误解，让人以为已经存在了一群无礼的、无原则的、过分狡诈的译者、评论家、历史学家、编辑以及文选编纂者，他们一边窃笑，一边系统地"背叛"正在被研究的任何文学作品。

与此相反，通常情况下，大多数文学改写者都是一丝不苟、努力工作、博览群书且真诚可信的。他们认为自己的工作是唯一的道路，即便历史地讲，数世纪以来，这一道路一直在改变。套用一句古话，翻译者即反叛者（Translators have to be traitors）①。但是，大多数时候，译者对此却并不知晓，他们也别无选择。因为任何人都注定生长在某种文化的边界之内。因此，对这些译者来说，他们确实尽力想做出影响该文化发展的事情。这也极为合乎逻辑。

以上有关改写者的阐释，也同样适用于作者。改写者与作者都可以选择适应该系统，不越出限制因素所划定的界限（很多公认的伟大文学就是这样）。或者，他们可以选择与该系统对抗，越出限制因素的界限，例如：以其他已被接受的方式来阅读文学作品，以不同于特定时间、特定地点的 11 那些约定为或已公认为可接受的方式来创作作品，或者，在特定时间、特定地点以不投合主流诗学或意识形态的方式来改写文学作品。

下面所述，即是莎士比亚必须面对的诸种限制：

> 与其他所有廷臣一样，他（莎士比亚）必须满足（或者说，至少不能得罪）王家权力及伊丽莎白女王的宫廷。有充分的理由相信，女王对君主制合法性的任何挑衅都很敏感，她说一句话，就可以终结莎士比亚的整个生涯。此外，他不得不避免伦敦当权的谴责，因为清教

---

① 此语源自意大利古语 Traduttore traditore，英文译为 "Translator, traitor"，钱锺书将其汉译为 "翻译者即反逆者"，见钱锺书等著《林纾的翻译》，北京：商务印书馆，1981年，第19页。该语还译为 "翻译即背叛"。

的教义认为任何戏剧的生产，都是堕落放纵、充满迷信并且轻浮不可信的，所以，清教想尽各种借口关闭剧院。莎士比亚是新兴意识形态企业家的一族，仍需在文学生产的传统赞助关系（traditional patronage relations）中行事，所以他不得不讨好来自王室的赞助人，即有权有势的官务大臣，因为该大臣会为莎士比亚提供政治保护，说到底，就是允许莎士比亚工作。同时，莎士比亚还得维持最为宽泛的公众（例如伦敦的商圈、手工艺圈等工人阶层）的兴趣。

（Kavanagh 151）

俄国形式主义理论家将文学描述为很多系统中的一种，这些系统组成一种文化的复杂"系统的系统"。换言之，一种文化、一个社会，是一种文学系统的环境。这种文化系统及属于社会系统的其他多个系统对彼此互相开放，也即互相影响。形式主义理论家认为，这些系统在子系统中互相作用，取决于它们所归属的文化的逻辑（the logic of the culture）。但是，究竟是谁在掌控这一"文化的逻辑"呢？

　　似乎存在一个双重因素，从而确保了文学系统不会离社会所组成的其他次系统太远。第一重控制因素理所当然属于文学系统的内部因素；第二重因素则属于文学系统之外的因素。第一重因素努力从内部控制文学系统，其控制的参数由第二重因素设定。第一重控制因素的具体术语，用"专业人员"（professional）一词来再现：

专业人员应当"提供服务"，而不仅仅提供商品。这种服务只能由专业人士提供。后者的专业性将其特有的权威与地位给予服务的从业者：在他们的特殊"领域"内，他们被认为只有他们才专享这种能力。

（Weber 25）

在文学系统内部，专业人士指的是批评家、评审、教师以及译者。这些人可能会偶然压制文学作品，因为某些文学作品，其一公然反抗占主流地位的文学应当成为（"被允许成为"）的概念，也即诗学；其二公然反抗社会应当成为（"被允许成为"）的概念，也即意识形态。但是，更为常见的，是这些人会改写文学作品，直至这些被改写的作品得到特定时间、特定地点的诗学以及意识形态的认可。卡尔·古茨科恰是一例。他改写了格奥尔格·毕希纳的《丹东之死》（*Dantons Tod*），"因为毕希纳落笔于纸这种事情，他许可自己所使用的那种表达，时至今日，已不能再付梓"（84）。此外，古茨科之所以这样做，是因为他很不愿将"引人入胜的段落带来的愉悦感给予审查官"（84）。他已经越过了专业人员的领地，因此，他亲自"履行了职责"（84）。换言之，因为他想让《丹东之死》拥有读者，又因为毕希纳本人既反对主流诗学，又反对主流意识形态，古茨科就对作品进行了调控，以便作品能为当时的诗学与意识形态所接受。作为作者的毕希纳，选择了对抗各种限制因素，但是改写者却通常会选择与之相适应。

第二个控制因素，大多数时候在文学系统之外运作，这里不妨称其为"赞助行为"（patronage），意指权力机构（powers，掌权人、权力机构）。权力可以深化或者阻碍文学的阅读、写作与改写。在此，从福柯的角度理解权力是极为重要的，或者甚至不能仅将其理解为一种压迫力量（repressive force），正如福柯所言：

> 确保权力发生效用的、使得权力能被接受的，恰恰是这一事实：权力不仅是一种禁止的"力"，这种力还横贯事物并生产事物。它能引发愉悦，形成知识，创造话语（discourse）。

（Foucault 119）

赞助人通常更为文学的意识形态而非为其诗学所吸引。可以断言，赞助人只"把权威委托"给关心诗学的专业人士。

赞助可以由人来履行（例如美第奇家族①、米西奈斯②或法王路易十四③），也可以由一群人、某个宗教团体、某个政党、某一社会阶层、皇室、出版商、媒体（报纸、杂志、大型电视公司）来履行。赞助人竭力调控文学系统与其他系统之间的关系，这些系统共同组成社会与文化。这些系统的运作是有规律可循的，是通过建立诸多机构共同完成的，包括科研单位、审查部门、评论杂志，其中最为重要的是教育机构。某一文学系统在特定时间内的发展中，代表"官方"的专业人士，都与赞助人的意识形态关系密切，因为这些赞助人在该文学所嵌入社会系统的历史中占据着主导。实际上，赞助人依赖这些专业人士，才能让文学系统与其意识形态相吻合、相适应：

> 这样，评论可以平息矛盾，封闭作品，成为意识形态的帮凶。评论将可接受的作品塑造为经典，接着又给这些作品提供了诸多可接受的阐释。此举有效地屏蔽了作品中所包含的多种与主流意识形态相悖的因素。

（ Belsey 109 ）

---

① 美第奇家族（Medici），意大利佛罗伦萨著名家族，创立于 1434 年，1737 年因为绝嗣而解体。该家族在文艺复兴中起到了非常关键的作用，其中科西莫·美第奇和洛伦佐·美第奇就是代表人物，后者还是文艺复兴盛期最著名的艺术赞助人。

② 米西奈斯（Maecenas，约公元前 70 至前 8 年），文学赞助人，曾赞助过维吉尔和贺拉斯。

③ 作为赞助人的法王路易十四，最大的功绩在于推动文化国家化以及国家对社会施予监控，从而建立了国家文化机构（皇家舞蹈学院）和推行国家资助制度，将社会领域的文化艺术活动和人才纳入到国家体制之内。所以，自他 1661 年亲政之后的十年，法国各种国家文化机构的发展，均达到高峰。

总体来讲，赞助由三个互相影响、互相作用的因素构成：其一，意识形态因素，限制着文学形式与主题的选择与发展。毋需赘言，"意识形态"的意旨，并不仅局限在政治范围内，"意识形态是规范我们行为的形式、传统以及信仰的集合"（Jameson 107）。其二，经济因素：赞助人确保作者与改写者能够过活，因为赞助人资助他们一定数额的钱财，或给他指定一个职位。例如，乔叟就成功地扮演了"国王的侍臣，在海关监管羊毛、兽皮及羊皮，（还）做过北佩特顿森林的副主管"（Bennett 1: 5）。另一方面，乔叟同时代的人，约翰·高尔（John Gower），给自己做了赞助人。他是"一个独立的乡绅，他有钱有才，他就用拉丁语、法语以及英语来写作"（Bennett 1: 6）。但是，他在意识形态层面并不独立，他创作的《一个情人的自白》①，是应理查二世之邀。高尔"撰写的最后一章，用来给国王歌功颂德。多年后，诗人发现，如果删除最后一章，则是权宜之计。因此，他增加了一个新序言，又对亨利四世大加赞扬。"（Bennett 1: 6）

赞助人在图书销售之后也会付版税，或者雇佣专业人士，如教师或评论家。其三，所涉及的地位因素。接受赞助，意味着融入某一资助群体，融入他们的生活方式，无论接受赞助的是费拉拉朝中的塔索（Tasso at the court of Ferrara），还是集结在旧金山城市之光书店的垮掉的诗人们。阿道夫·巴特尔斯就曾骄傲地宣称，他本人就曾接受过阿道夫·希特勒的授奖；还是中世纪意大利的阿奇波埃塔②，本章的题签就是出自他之手，改写为英语的意思是："若你赠我财富，我将创作你未曾听过的诗行。"

赞助有时可以被辨认出，有时则不能识别。换言之，文学系统由某种赞助控制，这种赞助本质上既是可辨认的，又是不可辨认的。一方面，当

---

①　《一个情人的自白》（*Confessio Amantis*），又译为《阿曼蒂斯忏悔录》，英国诗人高尔的长诗，始作于 1386 年，有 33000 行，以八音节诗行（octosyllabic couplets）著称。

②　阿奇波埃塔（Archipoeta，1130—1165），是一位匿名诗人的名字，意为"大诗人"。

三种因素，即意识形态因素、经济因素以及所涉地位因素由同一个赞助人提供时，赞助则不可辨认。这正如大多数文学系统中的例子，以往的极权统治者会让某个作家附属于他（她）的宫廷，并给这个作家发放一定的津贴，就如同当代的极权国家一样。即便宫廷已消亡多时，但至少，我在此使用的词汇，即补助金、津贴，却仍然存在。

另一方面，赞助可以辨认，当经济成就相对独立于意识形态诸因素，而又不必携带与之相适应的地位时，至少在自封为文学精英的人看来不是这样。大多数现代畅销书的作者，对此则有更为精准的阐释。

在不可辨认赞助的诸系统中，赞助人的各种努力都主要是为了维护整个社会系统的稳定，并且在那个社会系统中，文学产品被接受并被积极推广，还会继续深化这一目标。或者，至少不会积极地反对"某一既定文化形态的权威虚构"（White X）。那些当权者试图掌握文化塑型的权力，因为其手中的权力以此为基础。当然，这并不是说，在这一社会系统内，就不能生产出"其他"的文学，只是即使有也会被称为"异己的"，或类似这个意思的其他称谓。一旦开始文学写作，将会经历重大的困境，因为通过官方渠道出版是极其不易的，或者，会降格为"低级"或"大众"文学的档次。

因此，往往会出现一种实存的文学双语体状况（literary diglossia），许多赞助不可辨识的文学系统情况也正如此。这种情况，毫无疑问会引发文学小团体的出现，并在当权的赞助团体的轨道内运作。例如，奥斯曼帝国^①，就曾出现过这样的小团体文学。其主题以伊斯坦布尔以及经典阿拉伯

---

① 奥斯曼帝国（Ottoman Empire，1299—1922），是土耳其人建立的多民族帝国，因创立者为奥斯曼一世而得名。奥斯曼帝国极盛时，势力曾达亚欧非三大洲，领有巴尔干半岛、中东及北非之大部分领土，西达直布罗陀海峡，东抵里海及波斯湾，北及今日的奥地利和斯洛文尼亚，南及今苏丹与也门。

的实例为中心。然而，在该国范围内，以土耳其为原型所生产的文学，从未真正引起这一小团体的关注，因为这些文学当时被认为是"大众文学"而遭到排斥。待到凯末尔改革①引发赞助改变以后，这一所谓的"大众"文学，才升格成为了其所谓的民族文学（national literature）。

某些例子中，被认同为大众文学会面临很大压力，很多作家本人都倾向将自己作品的流通仅仅局限在小团体的成员中。都铎时代的英语文学就是绝佳的个案。依赖宫廷赞助的作家群体，如果其作品被认为投合的是街道上的民众，因而享有知名度，那么该文学作品的赞助就会有被撤回的风险。因而，这一情况多少有些吊诡，至少我们会这样想，一旦这种情况发生，自己拥有出版能力的作家，本来意在宣传自己的作品，却只好拒绝自己的作品付梓，他们转而在小团体的其他成员所组成的小圈子中，以手稿的方式来流通自己的作品。这自然不会有太大的不同。当然，这些其他成员都是有品位、有眼光的人，不会将其作品随意扔给俗人。俗人倾向在中世纪骑士文学与畅销书中找到自己喜好的读物，即在我们这个时代的文学史中难以存在的那种文学，而我们这个时代的文学史往往只关注为

---

① 穆斯塔法·凯末尔·阿塔图尔克（Mustafa Kemal Atatürk，1881—1938），又译基马尔、凯穆尔，土耳其革命家、改革家，土耳其共和国的缔造者，土耳其共和国第一任总统、总理。凯末尔于1915年率部粉碎了英法联军的进攻，成为土耳其人崇拜的英雄。1916年8月，因保卫奥斯曼帝国首都伊斯坦布尔，获得"伊斯坦布尔的救星"称号。1920年4月，在安卡拉成立了以他为首脑的国民政府。1922年8到9月，在伊兹密尔战役中一举将希腊军全部赶出了国境，取得了独立战争的完全胜利。11月1日，宣布结束奥斯曼帝国六百多年的封建统治。1923年10月29日，土耳其共和国宣告成立，凯末尔被选为共和国第一任总统。他执政期间施行了一系列改革，史称"凯末尔改革"，遂使土耳其成为世俗国家，为土耳其的现代化奠定了良好的基础。1934年11月24日，土耳其国会向凯末尔赐予"Atatürk"一姓。土耳其语"Ata"是父亲之意，"Atatürk"（阿塔图尔克）就是"土耳其人之父"的意思。1938年11月10日，凯末尔在伊斯坦布尔去世，享年57岁。

小团体服务的那些文学作品。都铎王朝①之后的很多年间，拒绝出版的状况仍持续了很久："邓恩的任何诗篇都没能在 1633 年以前印刷过，即他去世的两年后，在他生前曾经流传过的 25 首诗作的手稿里收录有他的诗作，却由此而被保存了下来。"（Bennett 3: 193）

　接受赞助，意味着作者与改写者要在赞助人设定的条件内履行职责，也意味着他们将愿意并有能力将其赞助人的地位与权威合理化，并且通过适当的方法证明它是最强有力的。举例来说，纪念并庆祝其赞助人伟大功绩的非洲赞歌作品集，具有相同目的的伊斯兰传统赞歌，为斯大林同志创作的赞歌，或者强度稍弱的品达②的赞歌。这些就是明证。在 18 世纪的印度还发现了同一现象的更为精巧的形式。因为那时的印度，"很多诗人甚至走得更远，即允许赞助人获取作品的著作权，或者至少帮助这些赞助人创作。这也许能够解释为何人们会在印度文学中见到那么多来自宫廷的作者。"（Glasenapp 192）

　当今文学系统的诸多发展（如欧美的状况）表明，不可辨认的赞助并非必然要建立在意识形态之上，过去的文学系统就是这样。经济因素、利润动机，如果含有不可辨认的赞助，会直接导致该系统的重建，下述即可证明：

　　出现了许多大型零售书店的连锁书店；零售书店中书商激烈竞争书架的空间；电脑化库存与仓储系统；迎来新形式代理商图景；图书作

---

① 都铎王朝（Tudor dynasty, 1485—1603），是在亨利七世 1485 年入主英格兰、威尔士和爱尔兰后所开创的一个王朝，统治英格兰王国及其周围地区。都铎王朝统治英格兰王国，直到 1603 年伊丽莎白一世去世为止，历经 118 年，共经历了五代君主。都铎王朝处于英国从封建主义向资本主义过渡时期，被认为是英国君主专制历史上的黄金时期。

② 品达（Pinda，约前 518—约前 438），古希腊抒情诗人，被后世学者奉为九大抒情诗人之首。他的作品藏于亚历山大图书馆，被汇编成册。

者当嘉宾录制电视谈话节目，产生巨大影响；传统书商构建娱乐集团，释放出强大的控制力；好莱坞积极涉足书籍出版业。

（Whiteside 66）

不同机构将一个时代的主流诗学用作测量当代文学生产的标准，以此来执行和强化主流诗学，或者说至少它们试图这样做。于是，某些文学作品在出版后的短时间内，就会升为"文学经典"，大多数作品都无此殊荣。随着主流诗学的变化，某些作品之后仍会忝列经典。重要的是，无论主流诗学如何变化，五个多世纪之前已是经典的文学作品，仍会保有其既有地位。这表明该系统本身有保守的偏见，也有改写的权力，因为当文学作品被奉为经典时，这虽是既定阐释，甚至是赞助不可辨认的系统内的"正确"阐释，对经典的阐释也会发生改变。换言之，作品一定会被改写，以适应"新的"占据主流的诗学。

东欧及苏联在社会主义改革后不同民族文学经典的重建，给这一过程提供了重要的例证。只要比较一下"二战"结束后，东西德已经经典化的作家，就会得出两个截然不同的清单。然而，按时间顺序越往后看，清单中所列出的经典作家重合的就越多。到最后，两个清单中所列出的作品竟会呈现一致，但呈现在受众面前的改写方式却不尽相同，有时还会大相径庭。经典作品的呈现，要与不同的意识形态和诗学相适应，这是常情。其顺序亦应如此，的确也会被迫为意识形态服务。因此很久以前创作出的文学作品，会因其经历过一连串互相矛盾的改写而"颇为自豪"。

当要决定哪些新作品会安全晋级为经典时，（任何）文学系统的保守倾向甚至有可能成为上述国家中最具争议的问题。由于当下的主流诗学源自19世纪，毫无疑问是"现实主义"的，而又由于这一诗学在衡量20世纪所产生的文学时被用作了标准，所以紧张与冲突就在所难免了。

16　　　科研院所、有影响力的文学期刊或者高眉文学（highbrow literature，另译"高雅文学"）公认的出版商，日益取代科研机构过去所承担的职责。如果这些机构中的某一机构在接纳新文学成为经典文学中扮演重要角色，那么，其他机构，比如大学和教育机构，主要通过在文学课上选取经典作品的方式以便让新选出的经典存在下去。简而言之，这些所讲授的经典会继续成为被印刷的经典，因此，能持续被印刷的经典，就将成为当代各个社会阶层中有机会接受教育的大众所熟知的经典。

选择经典的过程也会在某个作家所公认的全部经典作品中进行。某些作家的某些作品，在（高等）教育机构中被当作课堂中的主要素材，其获得渠道也相当广泛，而同样一些作家撰写的其他作品，除了在图书馆书架上摆放的那些极难集齐的版本外，将很难觅到。例如，在英语世界，托马斯·曼 ① 的《浮士德博士》(*Doctor Faustus*) 与《魔山》(*The Magic Mountain*) 刚一问世即成畅销书，长篇小说《布登勃洛克一家》(*Buddenbrooks*) 的销路则不及前者;《约瑟夫和他的兄弟》(*Joseph and His Brothers*) 即便曾被翻译、改写为英语，与德语原作同时出版，却几乎没有销量。托马斯·曼的所有其他作品境况亦然。

在英美教育体系的现状下，为文科硕士和哲学博士考试所指定的阅读书单，极佳地反映了当下历史时期的经典。这么说也许有些夸张。书单不仅列出了值得研究与效仿的英美作家，而且还列出了其他国家的文学作品。说得更准确些，所列出的都是那些允许进入英美系统的文学作品，

---

① 托马斯·曼 (Thomas Mann, 1875—1955)，德国小说家兼散文家。1929 年获诺贝尔文学奖。第一次世界大战时，曾一度为帝国主义参战辩护，但 30 年代又大力反对法西斯主义，1930 发表了中篇《马里奥与魔术师》，对法西斯在意大利制造的恐怖做了生动的描述。托马斯·曼是德国 20 世纪最著名的现实主义作家和人道主义者，其代表作是长篇小说《布登勃洛克一家》(1901)，被看作德国 19 世纪后半期社会发展的艺术缩影。

因为这些作品已为当今不同的主流意识形态及诗学所接受。换言之，大多数英美的高眉文学仍然是经典文学，当然，通过为（高等）教育机构指定阅读书单的方式，造就了一些人为的经典。教育机构反过来又会确保出版机构平装书的良好销量。

教育机构对文学系统所带来的保守影响，也许在伊斯兰系统中最为清晰。在这个系统中很长时间以来，诗人"只能从前辈诗人那里学习写诗"（Gibb and Landau 80）。然而，当诸多语文学派首先在巴士拉，然后在其他许多城市纷纷建立后，语文学家开始教授诗人如何作诗。这一举措成绩斐然：

> 这些诗人学会写诗，多多少少是通过语文学路径。他们接受使用语文学标准来衡量诗作价值，尤其要参考伊斯兰之前诗作中所体现的无法触及的崇高特质。或许这一发展，比起其他任何单独因素，更应该为之后数个世纪阿拉伯文学的形式化而负责。
>
> （Gibb and Landau 81）

（潜在的）经典化过程（canonization）极大地影响着一部文学作品的可获得性。先不说那些已经成名成家的作家，单只那些即将成为经典作家，作品也会由深具影响力的出版社出版（或者由赞助不可辨识的系统中的"挂牌"出版社出版），而那些与时代主流意识形态及诗学存在着极大差异的文学作品，则只能考虑在另外一种文学系统中的体制外的出版社（*samizdat*）出版。例如，很多黑人作家及南美有色人种作家的第一部作品，不得不凭借英语在东欧国家的出版社出版，尤其是在东德先行出版。17

与体制相左的作品也能在系统外出版，虽然这些作品公开宣称有应当在系统内流通的意图。例如，在18世纪的法国，很多具有颠覆性质的文学（和哲学）作品，在阿姆斯特丹或者斯特拉斯堡，即在文学系统权力以及这些作品质疑的政治系统司法辖域之外的领地都得到了出版。

经典化在高等教育的普及中极为明显、极为强大。出版商与高教机构的亲密合作，带来丰厚的利润，经典化已经创造出时至今日最为经典的、最为挣钱的作品。（用于诗歌、戏剧、小说课堂的）入门性质的文集提供了经典作品的断面，这些经典作品的序言通常是一个短小精悍的说明文，且符合主流诗学，以确保这一作品成为经典。这样一来，文学作品就从其历史语境中连根拔出，并且它们所归属的整个改写以及影响的谱系，也将遭到无声的擦除。这导致的结果是，在这一过程中存下来的，只剩下永恒的作品，这些永恒的作品，显然是不容质疑的。

对赞助机构固有的保守评价，也能在这些评价所涉及的作家的影响中发现，尤其是之前那些与机构唱反调，或者持先锋政见的作家。那些以首部（为数不多的）作品获得巨大（或令人不安）影响的作家，通常会发现自己慢慢融入了主流，原因很矛盾，他们能将一种崭新的元素引入主流诗学，或者因为他们对文学提出了全新的功能，或兼而有之。贝尔托·布莱希特①即是一例。

其他作家一旦接受并模仿这些革新，这些作家很快就会被打上"追随者"的标签，留作不同文学史的补充。这就产生出一种展示效应，多少会中和这些作家作品中新颖的东西可能会带来的恐慌。例如，1989年改编的

----

① 贝尔托·布莱希特（Bertolt Brecht, 1898—1956），德国戏剧家与诗人。年轻时曾任剧院编剧和导演，投身过工人运动。1933年后流亡欧洲大陆。1941年经苏联去美国，战后遭迫害，1947年返回欧洲，1948年起定居东柏林。1951年因对戏剧的贡献而获国家奖金。1955年获列宁和平奖金。1956年8月14日布莱希特逝世于柏林。布莱希特的作品有《戏剧小工具篇》《戏剧小工具篇补遗》《大胆妈妈和她的孩子们》《伽利略传》《圆头党和尖头党》《第三帝国的恐怖与灾难》《卡拉尔大娘的枪》《潘蒂拉老爷和他的男仆马狄》，以及改编的舞台剧《在第二次世界大战中的帅克》《高加索灰阑记》等。

布莱希特戏剧《大胆妈妈》(*Mother Courage*)，就与 20 年或 40 年前的大为不同。这当然已与作者毫不相干。事实上，作家本人会继续生活下去，并以荣誉顾问的身份继续工作，通常他们最后在艺术上的成就，与其初衷大相径庭。

　　教育机构及其各种项目常给作家个体的想象留下保守的印象。在这方面，将作家写出的宣言（他们撰写宣言的目的是为了商讨变革）与他们为解释宣言所写的真正作品相比较，会非常有教育意义。这一作品往往与经典作家的作品距离很贴近，而这些作家是"反叛的"教育的一部分。1549 年发表《保卫与发扬法兰西语言》(*Défense et illustration de la langue francaise*) 的作家杜·贝莱[①] 就是一个很好的例子。这一"宣言"通常被认为是"新"法国文艺复兴诗歌的先声，七星诗社[②] 的诗人们就反复练习写作宣言。杜·贝莱为了阐明他所倡导的诗学，创作了三组抒情诗，包括《罗马怀古》《橄榄集》与《悔恨集》。这三组诗"很大程度上是以他的拉丁语诗为基础的"(Forster 30)。之所以在法语体系内标榜为"新"，实际上是由于杜·贝莱在受教育的过程中曾经阅读过的很多文学作品，竟然是改写的版本。

　　文学系统的改变还与赞助密切相关。在这一文学系统的语境中，改变是一种让这一系统持续行之有效的功能。换言之，这一文学系统可能会对

18

---

　　① 杜·贝莱（Joachim du Bellay，1522—1560），七星诗社的成员，能用拉丁语、法语、意大利语写诗。1549 年，杜·贝莱发表宣言《保卫与发扬法兰西语言》，认为法语完全可以与希腊语、拉丁语媲美，完全可以用法语写出文学杰作；提倡至少在诗歌方面摹仿希腊拉丁作家，但不主张单纯地翻译古代作品。

　　② 七星诗社（the Pléiade），16 世纪法国文艺复兴时期七位诗人建立的诗社。其主要成员有皮埃尔·德·龙萨（Pierre de Ronsard）、杜·贝莱和巴伊夫（de Baïf）。诗社名字源于亚历山大时期的七大诗人与悲剧家组成社团的名字，七位诗人分别对应于昴宿星团的七星。

其生产出文学作品的环境产生影响，也必然会对这一环境中的改写产生影响。如果这些期望没有达到，或者这些期望屡遭挫败，那么赞助人就会要求，或者至少积极鼓励生产那些能达到他们期望的文学作品："必须持续提高并激发美学作品的潜能。这又势必会引来提高新颖性、不协调性以及其他对照变量[①]的压力。"（Martindale 232）

在赞助可辨认的系统内，结果是受众分化为数量越来越多的小团体。另一方面，在赞助不可辨认的系统内，读者的期待在范围上极度受限，并且不同作品的"正确"阐释，倾向于强调被改写的不同种类的方式。公元四五世纪的改写行为，在希腊与拉丁文学中就曾大量使用，旨在将改写的作品变成寓言，以便服务于新的基督教主流意识形态，因为新赞助人将会接受这一意识形态。这样一来，基督教便会免遭破坏。踏上回家旅程的奥德修斯，"真实地"再现了他朝拜天堂的精神。维吉尔在第五田园诗中所创造的这一"神圣孩子"的形象（旨在庆祝即将发生在奥古斯都家中的一件幸事，可是后来此事并未实现），被认为就是耶稣基督本人。后者的改写，在整个中世纪极大地提升维吉尔作为原始基督徒的地位。这从但丁将《神曲》的前两卷选为其导读的例子中就能明显看出。相应的马克思主义的寓言化已经被 19 世纪的批评家使用在了作家身上。例如卢卡奇·格奥尔格[②]坚持声称巴尔扎克是一位激进的社会主义分析者与社会评论家，即便几乎无人能从他作品的表面看出这一点。很显然，巴氏的作品一直都

---

　　① 对照变量（collative variables），生物学术语。自变量是指实验者操纵的假定的原因变量，也称刺激量或输入变量。对照变量指各组实验中，人为操作使各组不同的起相互对照作用的因素或条件，亦即自变量中的不同数值。

　　② 卢卡奇·格奥尔格（Szegedi Lukács György Bernát，1885—1971），匈牙利哲学家和文学批评家，是当代影响最大、争议最多的马克思主义评论家和哲学家之一。《心灵与形式》和《小说理论》是卢卡奇早期的两部代表作。因为匈牙利人将姓置于名之前，所以这里将其名字翻译为卢卡奇·格奥尔格。

在等待"正确的"阐释。

如果某一文学系统拒绝所有变革，那么，可辨认的赞助一旦到来，系统在环境的重压下将有可能崩塌。这种情况还有可能发生在与西欧启蒙运动国家相似的社会情况中，或在某一赞助种类被另外一个本质极为不同的赞助所取代的时候。在所有历史中已知的文学系统里，只有中国的古代文学系统在最长的时段中经受住了变革，其原因之一就在于不可辨认的赞助将文学的生产者与读者限制在了一个相对较小的圈子里，而这个小圈子则由朝廷及高官所决定。第二个因素是通过使意识形态和诗学成为一种要求，要想加入小圈子就必须达到这些要求，这样不可辨认的赞助就能推行其意识形态及诗学。

未通过科举考试的人，如同隐居者或流浪者般勉强度日，但仍为主流意识形态与诗学继续坚持写作。原因就在于从某种程度上讲，这些人多少会依赖于他们的同门或其他官员的赞助，而这些同门和官员又喜欢与文人结交（即便他们的出现可能会证明那一事实的错误），一边等待自己终老于穷乡僻壤。

这种情形仅在环境相对单一与安全时会持续，事实也的确如此。中国的文学系统凭借大多数人不再使用的语言持续不断地产出文学作品，而且大都与真实发生的事情无关。当这一环境受到来自外部环境越来越大的压力时，当新团体提供了更多赞助来源，例如新兴的资产阶级在其内部开始出现时，中国固有的文学系统就迅速崩塌了。其根基也遭到大量改写的破坏。改写最主要的来源就是对西方文学作品的翻译，大量的译作又都以日本作为中介，却在无意间给一种新诗学提供了不同的范本。

第三章 系统：诗学

一切不属于任何人，一切都是大家的。

只有像村学究那样愚蠢无知，

才自鸣得意，以为能在人间

说出一些前人没有说过的话。[①]

（Alfred de Musset 421）

诗学有两个构成因素：一是文学手法、样式、主题、原型特征、环境以及符号的集合；二是在总的社会系统中，文学角色为何或应为何的概念。第二个概念对文学的选题有影响，因为选题必须与社会系统相关，如果文学作品受到重视的话。在诗学开始谋划之时，它的形成阶段即反映了在某一文学系统中主流文学的生产手段与"功能观"（functional view）。

某种诗学一旦形成了规范（codified），就会对该文学系统的深化发展产生出巨大的协调该系统的影响力。厄尔·迈纳[②]认为：

在某一文学系统本身产生之后，当重要的批评观念基于之后兴起的

[①] 此处的汉译选自沈宝基译《缪塞诗选》，北京：人民文学出版社，1960年12月版，第44页。

[②] 厄尔·迈纳（Earl Roy Miner，1927—2004），普林斯顿大学教授，专攻日本文学、日本诗研究，主要著作有《比较诗学》。

且被公认的样式时，一种文化中就会产生出某种系统的诗学。正是由于柏拉图与亚里士多德将戏剧视为一种规范，他们才认为模仿是文学最本质的特征。

（350）

正因为他们这样认为，于是继续深化学说，最后发展出一套描述戏剧的批评术语，这些术语至今在欧洲的很多语言中仍在广泛使用，而它们其实是在两千多年前的古希腊语中形成的。

  诗学的功能构成显然与诗学领域之外的意识形态影响密切相关，并 21 由文学系统环境中的意识形态力量所产生。例如，在传统的非洲文学中，由于强调社会及其价值观，文学不应该有利于个人的名声。事实上，按照西方的标准，所有传统的非洲文学都是"匿名"的，并以部落（社区）的名义进行分类，而不是以个人、作者的名义进行分类，因为后者仍然是未知的。

  文学系统的诗学规范一旦制定好并开始运作，文学实践就会先于理论而生。制定规范发生在某个特定时间，这意味着在选择当下实践的某些类型的同时，其他类型被排除在外。制定诗学规范（codification of a poetics）是文学专业人士的职责所在，尽管它不一定是我们现在多少可以通过这一术语所能自动联想到的类型。制定规范在传统非洲文学中的确也发生过，即在撒哈拉以南的非洲文学中，它们从两千多年前开始，发展到后来白人的到来及以后。但是，非洲系统中缺乏书面记录，阻止了一批西方意义上的文学专业人士的崛起。然而，这（的确是一种清醒的思想）并没有阻止文学本身的产生。在依赖口头而非书面文字的文学系统中，文学批评可能是最直接与最有效的：那些表现欠佳的艺术家，时不时地会被告知停止创作，并在没有任何报酬的情况下遭到解雇。

　　"重要的批评概念"（important critical conceptions）在所有文学系统中都找不到明确的解释。在非洲系统中找不到它们，尽管它们肯定在与之合作，并且可能是最高程度的合作。依赖口语的文学系统，往往比依赖于书面语的文学系统更为僵化和保守，原因很简单，就是没有机会在以后的时间里"回去检查"：词一旦说出，就消失了。因此，社会将确保以"正确"的方式说话、讲故事与作诗。在依赖于书写的系统中更是如此，因为这些系统所产生的文学作品，倾向于将那些单独存在的"历史文本"也纳入进来。在依靠口头语言的文学系统中，文学作品与社会本身的身份有着错综复杂的联系。

　　中国与日本的文学体系中都没有明确形成"重要的批判概念"，至少没有西方文学读者所期望的那些概念。在中日两个系统的形成阶段，这些批判概念并不是用散文或诗的形式创作出来的，而是含蓄地包含在不同的选集中，例如中国系统中的《诗经》《楚辞》，或日本系统中的《万叶集》《古今集》。制定诗学的过程，在教授更多地依赖于书面例证而不是言传（precept）的系统中，要比以散文或诗的形式为规范的系统中更为明显，散文和诗主要是通过抽象化它们的"规则"来规范诗学的各种既有的实践，以便让未来的作家有章可循。这些"规则"保存在印度、伊斯兰，也存在于西方文学系统中常见的教科书诗学中。然而，诗学的制定，确实在上述这两个例子中都发生了，而且在这两个例子中，都是通过改写的中介过程来实现的。

　　诗学规范的制定也需要某些作家作品的经典化，这些作家的作品公认与规范的诗学几近一致，其作品被奉为将来作家所遵循的榜样，并在文学教学中占据中心地位。在某一文学系统中建立诗学，改写至少起着与原著同样重要的作用。两位"专业人士"负责建立古典希腊文学的经典，至今仍然屹立不倒，他们是两位不太知名的图书馆员，都生活在公元前三世纪的亚历山大：拜占庭的阿里斯托芬[①]与萨摩斯岛的阿利斯塔克[②]。他俩都曾在亚历山大图书馆工作，二人在编目工作中所制定的分类，被证明在遴选"古典"作家方面，以及在解释样式方面，都具有不可估量的重要性。

同样，在伊斯兰系统中，《穆阿拉卡特诗集》[③]这部由七首卡西达[④]组成的前伊斯兰经典，仅靠七位颂歌编者的努力，很难达到现在的地位。经典化至少是学徒诗人们（the rawis）努力的结果，他们就像专业朗诵者一样开始学习写诗，并且传播了他们所学习的大师的美名。

在赞助不可辨认的系统中，不同的批评学派会试图阐述自己的不同经典，而这些学派中的每一个都会试图将自己的经典确立为唯一的"正典"，即与其诗学、意识形态或两者相对应的经典。伊格尔顿就曾将这一进程中最新和最有影响力的例子描述如下：

> 《审查》杂志以惊心动魄的胆识重新描绘了英国文学的版图，用批
> 评界从未有过的方式。这张版图上的主干道穿过乔叟、莎士比亚、
> 本·琼森、詹姆斯一世时期的文学家和玄学派诗人、班扬、蒲柏、塞
> 缪尔·约翰逊、布莱克、华兹华斯、济慈、奥斯汀、乔治·艾略特、

---

① 阿里斯托芬（Aristophanes，约前446—前385），古希腊喜剧作家，相传写有四十四部喜剧，现存《阿卡奈人》《骑士》《和平》《鸟》《蛙》等十一部。有"喜剧之父"之称。古代雅典有三大喜剧诗人：第一个是克拉提诺斯，第二个是欧波利斯，第三个就是阿里斯托芬。

② 阿利斯塔克（Aristarchus，前315—前230），爱琴海萨摩斯岛人。古希腊第一个天文学家。他曾就学于雅典学园，提出了亚历山大里亚时期最有独创性的科学假说。

③ 《穆阿拉卡特诗集》（mu allakat），七首前伊斯兰阿拉伯颂歌的选集，据说是由罕默德·阿尔拉维亚收集并编辑而成。

④ 卡西达（qaṣīdah），前伊斯兰阿拉伯发展起来的诗歌形式，在整个伊斯兰文学史上延续至今。它是赞美诗、挽歌诗或讽刺诗，见于阿拉伯语、波斯语的许多相关文献中。

霍普金斯、亨利·詹姆斯、约瑟夫·康拉德和 D. H. 劳伦斯。这就是曾经的"英国文学"。

（Eagleton 32）

毫不奇怪，"'英国'包括两个半女性，艾米丽·勃朗特算是个边缘的例子；英国文学中几乎所有的作家都是保守派"（Eagleton 32）。

　　英国文学经典的改写者里维斯（F. R. Leavis），在剑桥通过教书传播了自己的经典；与此同时，T. S. 艾略特精心设计了自己的英语与世界文学经典，但他没有得到任何机构的支持。实际上，他"没能看到教育系统作为文化传承机构的重要性。艾略特最终的失败，证明他没能将任何受支持的大型文化项目进行到底，只能将受众局限在《标准》杂志的小范围内"（Baldick 131）。该杂志是他自己创办的。而利维斯却成功了，并继续努力，成为那一代人中最具影响力的批评家，还将之后数代的学生都变成了忠实的利维斯主义者。

　　诗学规范的制定发生在一定的时期，一旦发生了制定，文学系统的诗学往往会有自己的生命，越来越脱离其文学系统环境的后期发展。例如，伊斯兰的卡西达，是在诗人与部落同胞经常穿越沙漠时制定的（根据尚未在书中收集到的原则，诗人骑马穿越沙漠，发现了一个旧营地的遗迹）。诗人深受感动，因为这个地方让他想起了一段旧情，一场曾经发生在那里的战斗，或者是他在附近参加的一次狩猎。后来，当实际的生活方式在文学系统的环境中完全改变以后，"即便诗人不再熟悉沙漠或营地、战斗或狩猎，这种引入也将是强制性的"（Abd el Jalil 32）。

　　文学系统中诗学的变化很少与其所处系统环境的变化同步发生。十四行诗最初被创作时，马还是最快的交通工具，到了乘坐喷气式飞机旅行的时代，人们仍然在创作十四行诗，且变化不大。同样，欧洲诗学经历了从古代到中世纪再到文艺复兴的根本性变革。柏拉图与亚里士多德以戏剧为规范，并据此认为模仿是其诗学的本质功能特征。但中世纪从这个意义上对戏剧的认知很少。塞维利亚的伊西多尔[①]是中世纪最早创作诗学作品的作者。他认为"戏剧"意味着作者大声朗读自己的作品，而哑剧则只能将所读的内容无声地表演出来。这是一个饶有趣味，尽管还带有些许天真的努力，试图将诗学的教导与他从所参与的文学系统中所观察到的事实相互调和起来。换言之，他试图将手稿中所阅读的内容与窗外所看到的景色相互调和起来。

起源于普罗旺斯的中世纪文学建基于抒情诗，与亚里士多德以戏剧为基础的诗学毫不相关。它将成为整个欧洲中世纪文学系统的基础。这说明西方中世纪诗学的基本事件更接近于非西方文学系统的基本概念。其中，抒情诗恰好是诗学规范化时的主流样式，并最终影响了文学系统中的重要批评观念。在这一文学系统中，如果最终诞生了戏剧，将会出现得很晚。

诗学的边界超越了语言、种族与政治实体。这一事实也许最令人信服地体现在传统的非洲文学系统中。在这一系统中，撒哈拉以南的4000多种语言共享着一个共同的诗学。此外，共享这种诗学的社区，生活在不同种类的社会、政治组织中，从南非的狩猎者和采集食物的人组成的圣班人[②]，到以高度集权为特征的独立的村庄、王国或帝国，在其中一些地方，文学艺术家甚至可以选择成为专业人士。然而，大体上，非洲诗学的目录与功能成分，与传统的南非祖鲁文学、西北部的约鲁巴文学、东北部的阿科利文学、中部的巴刚果文学与马达加斯加岛的梅里纳文学，都是相同 24

[①] 伊西多尔（Isidore of Seville，560—636），塞维利亚学者，出任塞维利亚大主教三十多年。19世纪历史学家蒙塔勒姆伯特认为他是"古代世界最后的学者"。

[②] 圣班人（San bands），非洲南部的小型觅食人群，分布在安哥拉、博茨瓦纳、纳米比亚、南非等国家。圣班人的亲属关系与爱斯基摩人的亲属关系相似，有着与欧洲文化相同的术语，但也使用了姓名规则和年龄规则。

的。而埃及和马格里布的情况则不同，因为它们属于伊斯兰系统，并不是非洲系统。

伊斯兰系统本身也表明，任何试图将文学局限于某一特定语言的努力都是徒劳的，尽管以这种方式提及某一既定系统可能很方便。相反，文学系统的真正边界，往往由它们共同的意识形态所划定。而这些意识形态往往是通过征服而延伸，或由当权者所强加，或是通过一系列的社会系统演化或同时调适形成。就其目录部分而言（其功能部分的确正在经历微调），伊斯兰系统的诗学是由阿拉伯进化而来的，并以其文学作品作为基础。

当伊斯兰教从阿拉伯向外传播时，这种诗学被其他语言、民族与政治实体所接纳。一种"适合"阿拉伯语（闪米特语的一种）的诗学，后来就被印欧语系的波斯语、芬兰－乌戈尔语系的土耳其语以及乌尔都语（波斯语和印地语的混合体）所取代，形成了一种新的体裁"鲁拜"（*roba'i*，英语改写作"四行诗"）。在这个过程中，诗学并没有"屈从"来"适合"任何一种语言；情况却恰恰相反，无论诗学对这些语言产生了何种影响。这种影响在土耳其语中尤其明显。当这种语言"适应阿拉伯－波斯的格律形式时，对其本质实施了暴力，因为这是一种不适合数量格律的语言"（Bombaci 48）。

最后一句话指出了与西方制度的相似之处，这一点不容忽视。事实上，只要有人愿意，就会看到伊斯兰系统与欧洲系统之间惊人的相似。在两种情况下，诗学规范都会用某种语言（希腊语、阿拉伯语）制订，然后在其他语言（拉丁语、欧洲的不同方言、波斯语、土耳其语、乌尔都语）中改编，而不存在任何一种包含所有这些语言的政治单位（political unit），至少在几个世纪之内是这样的，而且在这两种情况下，诗学都超越了个别语言的界限。当然，这两种情况中都有地方变体，但总体情况仍是清楚的。欧洲诗学后来被输出到大西洋彼岸，并在不同的环境中存在了很长时间，依旧没有发生明显变化。

　　本书的读者很少能"看到"欧洲系统与伊斯兰系统的相似之处，原因在于，一百五十年前欧洲诗学的功能成分（functional component）的发展存在着错综复杂的关系。浪漫主义本身就是诗学超越语言、民族与政治实体的极佳例子。它一贯认为语言的确能体现一部文学作品的主要特征，它还能体现该文学作品受其创作语言的限制。吊诡的是，以上原因同样适用于浪漫主义批评家往往忽视的那些文学系统，包括例如中国与日本的系统，但与其他文学系统相比，这些只是例外而不是规则。

　　浪漫主义在将其自身的功能成分投射回过去方面非常成功，从而有效地"单语化"了文学史，产生了德语、法语与英语文学史。这些文学史通常大部分源于自身的历史时期。在不同的时期内，在不同语言中（其中一种通常是拉丁语）且根据共同诗学的诉求，文学在德语、法语以及英语的土壤中都产生了出来。

　　浪漫主义将自身的功能成分向过去投射的这一策略，最成功之处也许是构建"三种基本样式"作为诗学的组成部分，即"抒情""史诗"与"戏剧"。这一策略本身就是一个"新"学派成功篡夺传统权力的杰出例证：

> 很难克制住不把"现代"诗学的基本表述投射到古典诗学的创始作品上来。事实上，这通常是实情，结果证明又是浪漫的，而且也许会带来有害的理论后果，因为通过篡夺这种遥远的血缘关系，相对较新的"三种基本样式"理论不仅把自己归因于一个它所没有的时代，一个永恒、因此极为明显的表象或假定。
>
> （Genette 8）

下面的例子进一步证明了诗学不受语言限制的观点。印度次大陆上使用的由不同印欧语言所产生的文学诗学仍然非常相似，尽管这些语言本身已经逐渐变得更加分离。印度南部与斯里兰卡的达罗毗荼语文学亦然。在希腊文学中，有着不同地理渊源的作家操用着不同的母语，但在某种程度上都得遵守希腊诗学。这种趋势在罗马帝国的文学中将持续下去。在罗马帝国统治时期，希腊语和拉丁语都遵循这种诗学的规则。同样，普罗旺斯语的文学作品也是用一种从未真正使用过的语言写成的。操用不同变体或不同语言（意大利人与摩尔人用普罗旺斯语写作）的人将遵循该语言，他们将继续遵循中世纪欧洲各种语言（英语除外）中所体现的普罗旺斯诗学。最后，在日本文学系统的形成阶段，文学不是由日语生产，而是出自汉语。中国诗学将在日本文学系统的进一步发展中占有一席之地，这也与拉丁语在欧洲中世纪的地位有异曲同工之妙。因此，应当"立即明确，文学创作的传统，完全独立于根据历史上流传下来的某种矩阵的口头传统，也即独立于历史上发展起来的个别语言"（Coseriu 40）。

26 　　一旦某一文学系统的形成阶段过去了，它的诗学组成成分（inventory component）才不再受到环境的直接影响。其功能成分更可能受到来自系统外部的直接影响。这种影响倾向于在系统各个阶段所写的主题中找到最明显的表达。例如，欧洲系统中关联到小说兴起的主题，就是一位年轻贤淑的女主人公，遭受到邪恶贵族的迫害、被诱奸并遭抛弃。大约一个世纪后，当邪恶的资产阶级雇主加入邪恶的贵族的堕落行列时，中产阶级女性的形象便由工人阶级女主人公所承接。文学系统环境的发展，如严格道德规范的相对放松和节育手段的日益普及，都使得这一主题失去了许多热点话题的关注。事实上，它往往以喜剧或戏仿的形式在当代文学中出现。

　　在一个系统演化的过程中，特定的主题往往支配着特定的时期，例如：欧洲巴洛克时代，或欧洲十九世纪的工业化时代，至少在散文中，主题通常是对所有事物的虚无与对死亡的痴迷。更为保守的诗歌，在大约五十年后才相对地接纳了这一主题。在非西方文学系统中，16世纪以降的主要主题是西方方式所代表的挑战。

在较小程度上，主题与诗学的功能成分对整个文学系统产生了创新性的影响，而诗学的组成成分往往产生更为保守的影响，继而还影响了主题的处理方式。

> 一个作家可能会像锡德尼一样声称，要审视自己的内心并写作，但实际上，他会像锡德尼一样，只通过向他敞开的形式视角（the formal perspectives）来看待自己的内心。在《爱星者与星》[1]一书中，彼得拉克十四行诗的排列为锡德尼提供了审视自己内心的机会，也由此为他在那里的描写所发现的斯特拉增添了色彩。
>
> （Scholes 130）

诗学的组成因素所带来的保守影响，也证明了文学样式（genre）似乎能够在不积极实践的情况下，将朦胧存在当作"理论可能性"（theoretical possibilities），并且迟早可以复活。样式倾向于主导某一文学系统演变的某些阶段，例如，日本文学中的短歌（tanka）被连歌（renga）与俳句（haiku）所继承，样式只是被降级到更次要的角色而已。当然，这一角色也不排除有被重新发现和重新使用的可能性。

从广义上讲，浪漫主义确实给史诗带来了最后的打击，而文艺复兴时期则已将民谣（ballad）视为不可接受的样式，并在将近一千二百年后恢复

---

① 《爱星者与星》（*Astrophel and Stella*），英国伊丽莎白时代三大十四行诗集之一。作者菲利普·锡德尼（Philip Sydney）是英国文学史上最早的诗人之一，只活了三十二岁。写诗的时间从1580年到1584年，不过四五个年头。锡德尼写下了百余首十四行诗，结集为《爱星者与星》。斯特拉（Stella）是"星"的意大利语，在诗中指星、人与爱情。通常认为，这部组诗中的主人公是里奇勋爵的妻子帕涅罗普。从这层意义来看，这是那个时代里典型的"骑士爱情"故事。

了史诗的原貌。在这一千二百年间，没有一部文学作品与文艺复兴时期关于史诗的概念相一致。在当代文学中，史诗和民谣都仍被持续创作出来，尽管在后庞德的化身中，史诗比民谣更远离其历史先驱。

27　　诗学，任何诗学，都是历史变量（historical variable），这意味着它不是绝对的。在某一文学系统中，今天占主导地位的诗学与该系统建立之初占主导地位的诗学有很大不同。大多数情况下，它的功能成分可能已经改变，其组成成分也将跟着改变。然而，每一种诗学都倾向于把自己定位为绝对的，摒弃前人（实际上，这等于把它们融入自己），否定自己的短暂性，或更确切地说，把自己看作是成长过程的必然结果，而这个成长过程恰好是最好的，因此也是最后的阶段。每一种主流诗学都会停滞，或者理所当然地控制着这一系统的运动（the dynamics of the system）。在不能识别赞助的系统中，它将更加容易实现这一目标。

诗学若要尽可能地保持其"绝对"地位，就必须否定或至少改写它在某一特定时期所统治的文学史。这一过程中最新且最臭名昭著的例子，可以从德国文学中的某个时期随意摘取。在那个时期，与纳粹意识形态紧密相连的诗学在文学系统中占据了主导地位。"朱利叶斯·佩特森（Julius Peterson）为希特勒青年夺回歌德"就是其中一个例子，席勒被描述为"希特勒的战友"（Eibl 29）。在另一个更为广泛的背景中，这一过程可以在19世纪几乎所有非西方体系的斗争中看到：传统诗学试图使系统不受西方影响，而新诗学又试图在传统诗学与外来诗学之间取得某种平衡而斗争，这种斗争是具有潜在的解放性质，还是具有潜在的颠覆作用，站在不同的意识形态立场会有不同的看法。

最后，一个主要通过改写方式建立起来的、不断变化的诗学，也将决定哪些文学原著与哪些改写作品在特定的系统中可被接受。换言之，这样的诗学将是教师、评论家和其他人用来决定什么在里面、什么在外面的试金石。因此，诗学将对两种文学系统的相互渗透（interpenetration）产生巨大的影响。在大多数情况下，诗学的原则是非历史性的（ahistorical），欧洲（与美国）系统中的诗歌翻译就是一个见证。这一系统的诗学长期以来一直规定诗歌应当译成押韵的诗行，这就完全忽视了这样一个事实：在诗歌形成时期，用古希腊语和拉丁语写成的诗歌，根本不押韵，即使押韵，也是用不同于后继语言的韵律所创作的。在第一次世界大战爆发之前一直占据统治地位的韵律规则，是许多翻译未能将其原作带入西方系统的原因。这种情况反过来又极大地阻碍了诗学同化的进程。

在某一文学系统演变的不同阶段占据主导地位的不同诗学，将会以不同的、不可调和的方式来评判作品及其改写，所有方式都是善意的，都相信自己是唯一真理的代表。例如，让我们看看埃兹拉·庞德对《向赛克斯·普罗佩提乌斯致敬》（*Homage to Sextus Propertius*）的评论。庞德的改写遭到了耶鲁大学威尔逊·黑尔（Wilson Hale）教授的谴责，很明显他是基于当时的有效标准（即当时占主导地位的诗学）来评价翻译的。但也有人 28 从另一种诗学为庞氏的改写辩护。A. R. 奥拉奇（A. R. Orage）写道：

> 黑尔教授的某些文字批评，我们不可能不同意。从学院的名义来看，他常常是对的。但是，以人文、生活、艺术、文学的名义，庞德先生拼写布匿（Punic）时用首字母大写而非小写，这又有什么关系呢？
>
> （Homberger 158）

大约 20 年后，詹姆斯·劳林 ① 认为对庞德改写的批评是基于错误的诗歌标

---

① 詹姆斯·劳林（James Laughlin，1914—1997），美国著名出版商兼作家与诗人，"新方向丛书"（New Directions）的赞助人。大学二年级时在意大利拉帕洛遇到庞德，即跟从庞氏学习各种知识与阅读。

准："我突然想到，《普罗佩提乌斯主题变奏曲》，是比《向赛克斯·普罗佩提乌斯致敬》更准确的标题。有时，在庞德的重新创作中很难找到普罗佩提乌斯的形象，正如从勃拉姆斯的变奏曲中也很难看出亨德尔的主题一样。"（引自 Homberger 322）

庞德早期的短诗，也可看作是不同诗学通过不同批评家手中的笔对同一文学作品做出反应的例证。首先，重要的是，"没有一家美国的知名杂志，如《斯克里布纳》（*Scriber's*）或《世纪》（*Century*）杂志，会出版他提交的诗歌"（Homberger 2）。1911 年，查尔斯·格兰维尔①抬出当时占统治地位的诗学以反对这位新来的小字辈：

> 定义诗歌这一任务非常困难，我们不必尝试，但我们至少可以阐明在所有诗歌作品中都必不可少的两三个性质：
>
> 1）诗歌源于情感。真正的诗人能够把自己的情感传递给听众与读者。
>
> 2）必须要用有节奏和优美的语言表达读者的情感。
>
> 3）语言必须以清晰为特点，这单单是因为情感只有被清楚地表达出来，才能传递给读者或听者。
>
> （引自 Homberger 78）

以这种性质的诗学为基础的评论不太会看好庞德早期的作品，正如另一位赞成同样诗学的评论家 R. M. 艾伦（R. M. Allen）所说："形式无罪，因为形式是诗歌艺术大师或学生所熟知的"（引自 Homberger 100）。鲁珀特·布鲁克②

---

①　查尔斯·格兰维尔（Charles Granville），英国书商。

②　鲁珀特·布鲁克（Rupert Brooke，1887—1915）英国诗人。1914 年参加海军，在去达达尼尔海峡的途中死于血液中毒。所著以战争为主题的十四行诗组诗《一九一四年》（1915）使他名声大振，被英国人民视为民族英雄。

痛惜庞德"似乎是在惠特曼的危险影响下倒下的，而且［他］写了许多诗，篇幅很长，都是无韵脚的，在他手中，没有什么值得赞扬的"（引自 Homberger 59）。正是这一特点使庞德的早期作品受到 F. S. 福林特[①]的喜爱。接着，这一特点也在努力发展为另一种诗学。福林特写道："两本有关他的小册子，《人物》(*Personae*) 与《狂喜》(*Exultations*) 证明了一件事情，即有规律韵律节拍的手法和有规律的押韵已经过时了。"（引自 Homberger 65） 29

从哲学的角度很容易得出结论：历史已证明庞德与弗林特是正确的，而其他人则是错误的。但是，历史又证明不了什么。根据一定的约束条件，也即本书所说的系统性，历史是由人创造的。

一个文学系统一旦建立起来，会像所有的系统一样，试图达到并保持一种"稳定状态"，即所有的元素都相互平衡，并与其所处的环境保持平衡的状态。严格管制的系统甚至任命个人参加为实现这种状况而明确设立的机构，例如法兰西学院（Académie Française）与其他学院。然而，在文学系统与其他系统中，有两个因素往往会阻碍这种发展。系统是根据极性原则（the principle of polarity）发展的，这一原则认为每个系统最终都会演变为自己的反系统（countersystem）。比如，浪漫主义诗学最终站在了新古典主义诗学的前头，而根据周期性原则，所有系统都会发生变化。文学系统的演变是一个复杂的相互作用。之所以复杂，因为它涉及达到这一稳定状态的愿望、两个刚才提到的对立倾向以及社会系统的监管成分（赞助）试图处理这些对立倾向的方式。

改写文学在这一演变过程中起着至关重要的作用。对立诗学之间的斗争往往由作家发起，改写者参与其中，或赢或败。改写也是衡量诗学内

[①] F. S. 福林特（Frank Stuart Flint，1885—1960），英国诗人兼翻译家。

部化程度的完美标准。例如，德·拉·莫特①"翻译"《伊利亚特》时，漏译了一半，将在第七章详述他这样做完全是出于诚意。像他的许多同时代的人一样，他完全相信所代表的诗学的优越性，并在这种信念的基础上继续行动，无情地删减了荷马作品中无法改写的部分，例如味觉（*goût*, taste）；还删减了把悲剧视为文学成就顶峰诗学的部分。

改写，主要是翻译，深刻影响着文学系统的相互渗透，不仅通过投射某个作家、某部作品在另一文学作品中的形象，或是未能做到这一点（如第六章所示），而且还通过在某种诗学的组成部分内引入新的手段，为其功能部分的改变铺平道路。例如，颂歌体在七星诗社时期，通过把拉丁语译为法语文学而成为固定系统。早些时候，意大利也出现了类似的情况，同样受到翻译拉丁语的启发，颂歌体立刻占据了中世纪晚期诗学中意大利抒情诗（canzone）的位置。经常受到耶稣会士影响的道德化翻译（moralizing translations），使流浪汉小说②变形为成长小说（Bildungsroman）。圣盖莱③翻译的《奥维德》在法国诗歌中引入了特色鲜明的阴阳韵交替（alteration of masculine and feminine rhymes），后来又被皮埃尔·德·龙萨④所采用。十四行诗是在20世纪20年代由冯至翻译而引入中文的。六音步

---

① 霍达德·德·拉·莫特（Houdart De la Motte, 1672—1731），法国作家、剧作家。他的新寓言被认为是现代主义的宣言。安妮·达西尔（Anne Dacier）翻译、出版了《伊利亚特》后，德·拉·莫特将其改写为诗。

② 流浪汉小说（the picturesque novel），是一种散文小说类型，通常采用现实主义风格，带有喜剧和讽刺元素。这种小说风格起源于1554年的西班牙，在欧洲繁荣了二百多年，尽管"流浪汉小说"一词到1810年才创造出来，但它继续影响着现代文学，比如塞万提斯的《堂·吉诃德》和狄更斯的《匹克威克外传》。

③ 奥克塔维恩·德·圣盖莱（Octavien de St Gelais, 1466—1502），法国教士、诗人及翻译家。

④ 皮埃尔·德·龙萨（Pierre de Ronsard, 1524—1585）法国诗人。

（hexameter）是由沃斯[①]的德译荷马作品引入德语的。弗雷尔[②]翻译了普尔齐（Pulci），将八行诗[③]译成英语，拜伦在《唐·璜》中很快就使用上了。然而，歌德虔诚地"希望文学史能清楚地表明谁是第一个走这条路的人（尽管这样做有很多障碍）"（39）。但这一希望依旧没变。

正如最近才被创造出来的文学史，几乎不关注翻译，因为对于文学史家来说，翻译只与"语言"相关，而与文学无关。浪漫主义文学史家致力于创造"民族"文学的文学史"单一语言化"（monoligualization）的另一个结果，就是尽可能不受外国的影响。然而，翻译过程的每一个层面都可以证明，语言因素与意识形态和 / 或诗学性质的因素如果发生冲突，后者往往会胜出。

施莱格尔（A. W. Schlegel）发表了宿命宣言："翻译艺术的首要原则之一是，在语言本质允许的范围内，一首诗翻译成另一种语言时，应该再现与原诗相同的韵律"（52）。在其后 1830 年到 1930 年间的许多译诗中，这一主张应当为各种韵律扭曲（metrical contortions）负责，显然这一主张没有建立在语言的基础之上。布朗宁（Browning）坚持"使用某些允许的结构，这些结构恰好不受日常欢迎，而更适合于古代写诗的创作手法"（1095）。这大概就是大多数维多利亚时期，古代经典的译作读起来如此单调而相似的原因。它的灵感不是来自任何语言的需要，而是希望通过使用古语来获得永恒。

词汇的创造也证明了同样的命题。早期的基督徒想要翻译希腊语单

---

① 约翰·海因里希·沃斯（Johann Heinrich Voss，1751—1826），德国诗人兼翻译家，曾将荷马的《奥德赛》（1781）和《伊利亚特》（1793）译成德语。还译出九卷本《莎士比亚全集》。

② 约翰·胡克姆·弗雷尔（John Hookham Frere，1769—1846），英国外交家兼诗人。

③ 八行诗（ottava rima），源于意大利，最初用于英雄题材的长诗，后来在模仿英雄作品的创作中流行起来。它最早的使用者是薄伽丘。

30

词 *musterion* 时，他们并不想简单地将其拉丁化，因为它与当时基督教的主要竞争对手"神秘邪教"使用的词汇过于接近。出于同样的原因，他们又拒绝了像 *sacra*、*arcane*、*initia* 这样在语义上可接受的词。他们选择了 *sacramentum*（圣礼）一词，因为此词既中立又接近原文。但是，圣哲罗姆①撰写《圣经》的武加大译本（the Vulgate translation of the Bible）时候，基督教已赢得了与神秘宗教的斗争。他觉得可以简单地将 *musterion* 拉丁化为 *mysterium*（神秘）一词（见 Klopsch 37–38）。同样，耶稣基督本应该说的亚拉姆语②（Aramaic），这种语中没有系词（copula），因此，当他指着一块面包时，他永远不会说："This is my body."（这是我的身体）。所以说，系词也是由译者出于意识形态而非语言原因才引入的。

---

① 圣哲罗姆（St Jerome，347?—420），早期西方基督教会四大神学权威家之一。他酷爱拉丁文学，精通希伯来语和希腊语。他主译的拉丁文武加大版《圣经》（Vulgate），即《通俗拉丁文本圣经》，结束了拉丁语《圣经》翻译的乱象，成为罗马天主教唯一承认的文本。

② 亚拉姆语（Aramaic）是《圣经·旧约》后期书写时所用的语言，即被认为是耶稣基督时代的犹太人的日常用语。它属于闪米特语系，与希伯来语和阿拉伯语相近。现在还有不少叙利亚人讲这种语言。

31

第四章 翻译：范畴

生命线、鼻子、腿以及把手：
阿里斯托芬的《吕西斯特拉忒》

　　文学作品由翻译投射出的形象基本有两个决定因素，按重要性排序是：第一，译者的意识形态（无论译者是否愿意接受它，或者它是否作为赞助人某种形式的约束强加给译者）；第二，在译作生产过程中，在接受文学（the receiving literature）中占主导地位的诗学。意识形态规定了译者将要使用的基本策略，因此也规定了关系到以下两个问题的解决办法：一是在原文（原文作者所熟悉的世界的对象、概念、习俗）中所表达的"话语世界"（the universe of discourse）[①]；二是原文本身所表达的语言。

　　在阿里斯托芬《吕西斯特拉忒》（Lysistrata）的结尾处，女主人公让"和平"（这一寓言式的角色由一位美艳绝伦的裸体少女扮演）把斯巴达的和平使者带到她的身边，还说了一句话"En mē dido tēn cheira, tēs sathēs age"（见 Coulon and van Daele，第1119行）。这句台词的字面意思是：如果他不把他的手给你，你就抓住他的（在利德尔与斯科特著名的《希腊语英语词汇》1968年重印版中，仍然使用了拉丁语短语 *membrum virile*［阳性肢体］，

----

　　① 夏平把这一术语译为"语篇全域"，见安德烈·勒菲弗尔《翻译、改写以及对文学名声的制控》，上海：上海外语教育出版社，2010年，《导读》第8页。杨建华将此术语译为"论域"，见杨建华编《西方译学理论辑要》，天津：天津大学出版社，2009年，第91页。

换句话说就是）阴茎。由于该词及其他 *membra*（肢体）在文学中的指代方式，很大程度上表明了某一特定时期、某一特定社会中占主导地位的意识形态，这可能是一个很好的、直接的切入点。

帕特里克·迪金森（Patrick Dickinson）把上面引用的那句话翻译成："But if they won't / Give you their hands, take them and tow them, politely, / By their ... life-lines"［但是如果他们不愿意／给你他们的手，那就礼貌地牵着他们，抓住他们的……生命线］（118）。68 年前，希基①曾为波恩古典文库翻译阿里斯托芬的著作，他把这句台词翻译为："If any do not give his hand, lead him by the nose"［如果有人不伸出手，那就牵着他的鼻子走］（442）。在这个意义上，希基喜欢鼻子，他把 "kou mē tot alle sou kuon ton orcheon labetai"［以免其他狗抓住你的睾丸］（第 363 行）翻译为 "And no other bitch shall ever lay hold of your nose."［其他狗永远不会抓住你的鼻子］（405）。他接着在脚注中这样解释，"这意味着她预见把它扯掉造成伤害"（405）。然后，他引用了德罗森（Droysen）对该句的德语翻译："doch sollte bei den Hoden dann kein Koeter mehr dich packen"［然后，就不会有狗再抓你的睾丸了］（405），继续以一种有些不协调的方式来支持他对这句台词的解释。

在希基翻译 59 年后，萨瑟兰（Sutherland）把这句话翻译成："If he won't give his hand, then lead him by the prick."［如果他不伸出手来，那就通过刺来引导他］（43）。3 年后，帕克（Parker）②翻译为："If hands are refused, conduct them by the handle."［如果拒绝伸手，就抓住把手］（78）。10 年前，菲茨（Fitts）写道："Take them by the hand, women / or by anything else if they seem unwill-

---

① 威廉·詹姆斯·希基（William James Hickie，1819—1892），翻译家，译有《阿里斯托芬喜剧集》。

② 道格拉斯·帕克（Douglass Parker，1927—2011），美国古典主义者、学者和翻译家。

ing."［如果他们出于任何原因不愿意的话，就抓他们的手］（51）；此前20年，韦（Way）写道："If they don't give a hand, a leg will do."［如果他们不伸出手来，抓住一条腿就行了］（49）。我们还可以找到更多版本，阿里斯托芬的作品中不乏这样的段落。当我们对这么多不同的译本摇头表示怀疑时，我们却也可以就此一笑而过。但现在该是给出结论的时候了。

也许吉尔伯特·塞尔德斯①正是在《吕西斯特拉忒》的《前言》中得出了最为简要的观点。他指出，阿里斯托芬的喜剧，"作为一部宣传和平主义与妇女权利的作品，作为一部歌剧和一部典型的法国式性喜剧"，曾被搬上舞台（ix）。为了说明该剧，请允许我创造一个新词，"允许多种解释"（allows for many interpretations），包括尽可能按字面直译的解释。不过，我在这里所关心的事情极为"简单"：即对那些读不懂原著的人来说，这些解释已经完全生成了一部新的剧本。换言之，翻译服务于某种意识形态，投射出该剧别样的形象。

对于这一事实，译者们在译文中插入的段落体现得最明显，显然，原文中并没有这些段落。塞尔德斯自己也为合唱团增加了一段话，让一组参议员针对旷日持久的战争发表意见：

议员们合唱道：我们把一切都归于战争。战争必须继续下去。

第一议员：因为如果战争结束，我们通过的所有法律，会使我们掌权的紧急措施统统失效。我们将不得不回到我们所做的工作，这将是很讨嫌的。

（27）

---

① 吉尔伯特·塞尔德斯（Gilbert Seldes，1893—1970），美国记者、音乐与戏剧评论家、作家和剧作家。

不难猜测，下面的段落不可能是阿里斯托芬本人写的，而且一定是有人出于某种目的而插入的：

> 地球的小颗粒变成了一个罐子，
>
> 它在变化和成长；无形地给出形态；
>
> 然后，它在火焰中点燃并烧完。
>
> 在无意识战争的混乱和无形中，
>
> 在部落和部落之间，
>
> 我们将用精致的技巧塑造整个尼日利亚。

（Harrison and Simmons 40）

简言之，这个插段摘自一个译本（亦可称为改编本），是对阿里斯托芬在尼日利亚伊巴丹（Ibadan）出版的《吕西斯特拉忒》的改写本。当时的尼日利亚，尚在比亚夫兰战争①之前，而不是其后。

同样，下面的插段很容易与某一译者在 1911 年可能采取某种策略的原因（即意识形态）联系起来：

> 因为在你手里有一件比以前
>
> 更神圣的事业，

---

① 比亚夫兰战争（Biafran War，1967 年 7 月 6 日—1970 年 1 月 15 日），又称尼日利亚内战或尼日利亚–比亚夫兰战争，是尼日利亚政府与比亚夫兰之间的战争。比亚夫兰代表了其民族主义的抱负，他们的领导认为不能再与北方主导的联邦政府共存。这场冲突是由 1960 年至 1963 年英国正式非殖民化尼日利亚之前的政治、经济、种族、文化和宗教紧张局势所造成的。战争的直接原因包括：尼日利亚北部的民族宗教骚乱、军事政变、反政变，以及对居住在尼日利亚北部的伊博人的迫害。控制尼日尔三角洲有利可图的石油生产则发挥了至关重要的引发作用。

那就是美丽、智慧、

勇气和对你土地的爱，

那就是生你养你的母亲，

沉默的母亲，

也都是用这种金属做的，

在荨麻床上

她们养育了你，

她们也不说话，

她们有着勇敢的心，

本可以告诉你

她们曾做错事情的闻所未闻故事。

所以我吩咐你们，不要失败，

也不要放弃你们手中所掌握的：

因为现在你们船帆上吹起的风，

将载着你们降落。

　　　　　　　　　　　　　　　　　　　　（Housman 44）

在英国妇女参政权运动的鼎盛时期，妇女出版社出版了载有这一摘录的译本，这一点也不奇怪。

　　由于阿里斯托芬的喜剧在攻击某些意识形态和捍卫其他意识形态方面相当激进，因此，在过去一个半世纪里，大多数出版过《吕西斯特拉忒》的翻译家，都感到有必要也陈述一下自己的意识形态。这个时段的大多数翻译家都会同意 A. S. 韦（A. S. Way）的说法：“阁楼喜剧的不雅无处不在，每出戏都会在最意想不到的地方出现。这对读者来说是一个可悲的绊脚石，对翻译人员来说是极大的尴尬。”（xix）虽然这些译家中的大多数，都强烈反对纵容这种不雅行为的意识形态，但很少有人能像在过去的150年里第一个翻译阿里斯托芬的惠赖特（C. A. Wheelwright）那样在前言中介绍道："《吕西斯特拉忒》的本质极为邪恶，我们不能经常提及，就像要踏过炽热余烬的人一样，脚步必须要快。"（62）他在译文中省略了戏剧的关键部分，即女性在正式的性罢工（sex strike）开始时所发的誓言。此外，他在翻译原著第827行时终结了译文，并拒绝译出828行到1215行的内容。这可是原剧四分之一的篇幅！他这样做，不是因为突然忘记了所有的希腊语，而是因为他与阿里斯托芬以希腊语表达的意识形态不能调和的缘故。

其他的翻译家大多试图通过各种调控技巧（manipulative techniques）使《吕西斯特拉忒》符合自己的意识形态。林赛①曾对他们所持的策略做出过充分的描述。他指出，这些译家的"努力总是要表明，被认定冒犯的部分并不是诗人的实际表达，而是被外部支配的"（15）。因此，J. P. 梅恩（J. P. Maine）在1909年的《引言》中陈述道："雅典现在正处于寡头统治之下，不提及政治是可能的，所以阿里斯托芬试图弥补不雅"（1: x-xi）。弗雷尔在梅恩作于1820年（于1909年再版）的第二卷《引言》中指出："必须记住，阿里斯托芬经常对下层阶级诉说"（2: xxvi）。梅恩和胡卡姆·弗雷尔都把阿里斯托芬的不幸归咎于赞助，但控诉的却是完全不同的赞助方式。两年后，本杰明·比克利·罗杰斯②写道："事实上，这种非常粗俗、如此令人厌恶、如此逗乐雅典观众的行为，是为了抵消该剧的极端严肃和郑重。这是不可怀疑的。"（x）在这种情况下，阿里斯托芬不是被描述为主权作者，而是被描述为一个尽心尽责的工匠。他除了屈从于自己的工艺要求之外别无选择，也没有什么能阻止（某些）读者认为，阿里斯托芬这个人也

---

① 杰克·林赛（Jack Lindsay, 1900—1990），生于澳大利亚，作家兼编辑。

② 本杰明·比克利·罗杰斯（Benjamin Bickley Rogers, 1828—1929），英国古典学家、编辑，是阿里斯托芬的英译者之一。

许不会做工匠所必须做的事情。

23 年后，A. S. 韦以最微妙且冗长的措辞表达了译者的困境：

> 因此，不愿做背叛者（traditore）的译者（traduttore），也许不会做切除或改变，而可能会这样翻译：在可能的情况下，（严谨的）学者发现所有内容都传达出来后，会感到心满意足；不懂希腊语的读者可能会毫无戒心地略过几处令人讨厌的地方——而不是尽最大努力让原作适合在女校（朗）读。
>
> （xx）

译者陷入了困境：到底是应该坚持一种不属于阿里斯托芬的意识形态（即如何以另外的方式来看待性问题），还是应该坚持他作为专业人士的身份？因为他必须说服其他配得上这一称号的专业人士，同时，又不能产出一部与他的意识形态背道而驰的作品。

然而，意识形态并不是决定译者策略的唯一因素。另外一个因素是诗学。事实上，一些早期的翻译家就使用过阿里斯托芬的诗学作为论据为自己辩护，以反对意识形态对不雅的指控。例如，惠赖特就曾诋毁阿里斯托芬：

> 偶尔会使用不干净的工具，并且……公开揭发、惩罚罪恶，他一边冒犯耳朵，却一边试图修补心灵。这种直言不讳的方式就是他写作的方式。但观众要求如此，也愿意接受。如果我们不能完全捍卫他构思中的某些粗鄙，我们就不能否认很大一部分责备都来自于观众。
>
> （ix）

换言之，即便阿里斯托芬想以其他方式来写，也不可能了。通过强烈暗示阿里斯托芬受到了限制而无法随心写作，译者能够减轻自己和读者良心的不安。赞助人与诗学所强加的诸种限制，使他毫无选择，逻辑是这样的——而这又可能是他被视为真正天才的标志——他至少能够在某种程度上超越这种限制，并"修补"某些观众的"心灵"。

35　　　　73 年后，梅恩（Maine）写道，阿里斯托芬的"不雅，一部分是由于酒神狄俄尼索斯的节日庆典中存在着非常原始的崇拜形式，另一部分是由于希腊人的单纯与率真，这些单纯与率真通常都体现在现代品味未提及的话题上了"（viii）。这种说法把阿里斯托芬变成了某种"高贵的野蛮人"（noble savage），从而使他更容易为异文化中所接受，这至少巧妙地证实了文化对自身的看法优于其他大多数文化，即便不是优于其他所有文化。25年后，韦说道："这种不受约束的玩笑是戏剧传统（tradition of theatre）的一部分，因而它有远古规矩的魔力。"韦的说法在某种程度上与惠赖特的观点相呼应，但仍并不能说明阿里斯托芬确实超越了他所处的社会。

　　其他翻译家试图将阿里斯托芬的诗学与自己文化中可接受的诗学结合起来。阿兰·索玛尔斯坦因 [①] 在其引言中指出，"我已经用脑海中现有音乐写了一些歌曲"（37）。他接着将一些旨在使阁楼喜剧看起来更像轻歌剧的音乐定义为"著名的传统曲调"（37），而其他附带音乐则取自"吉尔伯特和沙利文的歌剧"（37）。在这出戏中最有趣的一幕中，刚刚被妻子梅林（Myrrhine）骗过有婚外情的凯西亚斯（Kinesias）"突然唱出一首悲伤的歌"（220）。这首歌是写给他自己的"可悲的"阴茎的，也"可能是唱给'苏格兰的蓝钟花'"的（252）。同样，吉尔伯特·塞尔德斯在他的引言

---

　　① 阿兰·索玛尔斯坦因（Alan Sommerstein, 1947— ），古典学家。1973年出版了译作阿里斯托芬戏剧《吕西斯特拉忒及其他戏剧》（*Lysistrata and Other Plays*）。

中说道：

> 最初的戏剧持续大约40分钟。其中很大一部分都是冗长的合唱，令
> 听众的耳朵极为不悦。第二幕对两千年前的希腊人有意义，但对我们
> 没有意义。一些主要场景中的暗示给出了附加的新场景的线索，而这
> 些暗示阿里斯托芬并不需要处理。
>
> （vi）

这些新场景的加入，不仅使戏剧看起来更符合塞尔德斯时代戏剧观众的
期望，而且使实际表演戏剧成为可能：由于戏剧表演的形式在过去几个世
纪里发生了巨大的变化，阿里斯托芬的戏剧也必须适应当代戏剧喜闻乐
见的形式。另一种选择就是不表演他的戏剧。因此，在人们向塞尔德斯投
掷语文学之石以示非难之前，人们可能会做得比接受这样一种观念更糟：
他不仅不想"丑化"阿里斯托芬，而实际上是想"拯救"他，让他活在自
己的时代。古典语文学家也许会认为阿里斯托芬的诗学太过绝对；而戏剧
界人士则并不会这么看。

　　塞尔德斯相应地增加了一个导入性的场景。在该场景中，老妇人的合
唱团按照"精心制作戏剧"的最佳传统向观众解释将要发生的事情。同一
个合唱团实际上按照原文中的建议（但没有进行）为雅典治安官举行假葬
礼，并把他放在褥草堆上，还让他被老人们的合唱所迷住。在塞尔德斯看
来，这些添加的桥段无疑是必要的。凯西亚斯与梅林的场景被扩展，将很
多士兵与妻子间类似的进攻与拒绝的桥段也包括进来，从而实现了一种
"合唱效果"（choric effect）。这一效果更接近于通常在音乐剧中（而不是在
希腊喜剧中）所看到的效果。塞尔德斯认为"我们的耳朵"就此可能会更
为"感激"。

　　托尼·哈里森与西蒙斯在《艾金·玛塔》[①]（也即他们对《吕西斯特拉忒》的改写，是翻译还是改编呢？"改写"一词免除了我们在各种改写形式如翻译、改编、模仿之间划清界限的必要性）的引言中说道："通过将音乐和舞蹈恢复到在希腊喜剧制作中不可或缺的地位，该剧本身的表演方式比欧洲戏剧中的作品更接近于希腊"（9）。这就暗示非洲的戏剧诗学，比当代欧洲的戏剧更接近希腊喜剧诗学。当然，未经阐明的意识形态假设（ideological assumption），将非洲文化认为是比当代欧洲本身更接近欧洲文明"摇篮"的地方，尽管欧洲以"文明"的名义将自己的文化强加给了非洲。哈里森与西蒙斯特别提到了"奥索博[②]约鲁巴人[③]的埃冈冈[④]（the Yoruba Egungun of Oshogbo，一种化装舞会），具有作为祖先精神、喜剧演员的神圣兼世俗的双重功能"（10）。因此，在《艾金·玛塔》中，老年男人与老年妇女的合唱，实际上是在鼓的伴奏下进行对垒。雅典治安官被赋予当地头衔"阿尔卡利"（Alkali），老妇人摘下披肩，将其绑在一起，然后绕着阿尔卡利跑圈，把布缠在他身上，直到他动弹不得"（42）。《艾金·玛塔》也使母权制和父权制之间的斗争更加明确。这很可能与《吕西斯特拉忒》起源于非洲的背景有关。男声合唱团的领队将女性称为"严厉女族长的后代"（36），接着两个合唱团互唱赞歌，赞叹另一个取自非洲传统诗学的元素。其中一首颂歌赞扬了扎骚（Zazzau）的女王阿米娜（Queen Amina），她勇猛

---

　　① 《艾金·马塔》（*Aikin Mata*），阿里斯托芬戏剧集《吕西斯特拉忒》在尼日利亚的译本名称，其译者是托尼·哈里森（Tony Harrison）与西蒙斯（J. Simmons），出版于1966年。

　　② 奥索博（Oshogbo），尼日利亚城市。

　　③ 约鲁巴人（Yoruba），非洲人种，在贝宁有170万人，尼日利亚有4160万人，加纳4690万人，多哥3040万人。

　　④ 埃冈冈（Egungun），一种非洲舞蹈，类似于化装舞会或面具舞会。这种舞蹈与祖先崇拜有关，或者把祖先本身作为一种集体力量。

无比，"beautiful and brave / Conquering as far as Kwararafa"［既美丽又勇敢／征服了远方的克拉拉法］（50）。以这种方式改写阿里斯托芬，似乎是为了让他成为非洲文化的一部分，成为一个在非洲文化中的"经典"。其重要性绝不仅是反映"企鹅经典"改写版在非洲大学所产生的影响。相反，把古希腊文化"替换"为非洲的文化，似乎暗示了一种共同文化的存在，并质疑了声称"共同文化"的一部分相较另一部分更加优越的合法性。

正是意识形态与诗学塑造了译者的策略，旨在解决原作中的话语世界与语言表达诸因素所引起的问题。这些问题被"文化刻板印象"所遮蔽，却在《吕西斯特拉忒》中汇聚。阿里斯托芬的其他剧本也出现了同样的问题。他在雅典的舞台上引入多利安人（Dorians，包括斯巴达人和美格兰人，Spartans and Megarans），他们讲希腊语的方式产生了喜剧效果。意识形态与用来解决话语世界和语言问题的策略之间存在着联系，在任何地方，也许这一联系都不如译者在翻译中保持阿里斯托芬在原文中使用的语言与文化差异的理由那么明显。林赛在一个脚注中陈述道：

> 译者让斯巴达人角色用苏格兰方言对话。苏格兰方言与英语的关系，如同斯巴达方言与雅典方言一样。斯巴达人的角色正如机灵、精明与 37
> 粗俗的现代苏格兰高地人。
>
> （26）

林赛的翻译在苏格兰颇受欢迎，但并没有达到全民皆知的程度。竟让斯巴达人开口说伦敦话，想必尤为不伦不类。出于类似的原因，萨瑟兰的翻译在美国南部可能也不太好。他的多里安人的口语带有美国南方口音，因为多里安人听起来"乡下土气，却显示出咄咄逼人的傲慢，就像南方话中的某些得克萨斯方言一样"（xiv）。两位译者都没有停下来考虑刻板印象的

"有效性"以及"确保"一个亚群相对于另一个亚群的优越性的文化机制，也没有停下来思考在古代雅典语中使用"苏格兰"或得克萨斯方言会带来的时代错置效应（anachronistic effect）。

摩西·哈达 ① 在其《阿里斯托芬文集》的引言中列举了其他节点，在这些节点上，意识形态或诗学被视为能激发策略用以处理与话语世界或简单话语相关的问题。他列举了"当代人物、事件或用法的典故，词语的特殊含义（2）——也意指双关语（double entendre）——以及"观众应该认识的文学典故卷"（9）。弗雷尔在 1820 年的引言中已经勾勒出了两种译者会碰到的相互矛盾的策略，也是译者亟需解决的问题。事后看来，我们都可以将他的每一位原型译者（archetypal translators）与某种意识形态及某种诗学联系起来。第一种原型是"忠实的译者"（faithful translator），这类译者

> 把所有的会话短语（conversational phrases）按照语法与逻辑形式译成英语，而不是参考其当下的用法。因为现在的用法给它们附加上一种任意的意义（an arbitrary sense），并把它们用于特定的、明确的目的。该译者一丝不苟，保留了所有地方特色与个人特点，在最迅速和短暂的典故中，他认为自己有责任使用乏味的注释来吸引读者的注意。
>
> （xvi）

上文描述的原型译者在意识形态和诗学方面都趋于保守。其翻译的方式出于对原著获得的文化声望的崇敬。声望越高，翻译很可能就越合语法、

---

① 摩西·哈达（Moses Hadas，1900—1966），哥伦比亚大学教授、古典学泰斗，精通希腊语、拉丁语、希伯来语、德语、法语、意大利语、西班牙语、荷兰语等。曾著有《希腊文学史》（*A History of Greek Literature*，1950）与《人文主义：希腊的理想及其生存》（*Humanism: The Greek Ideal and Its Survival*，1960）。

越合逻辑，尤其是当作品视被为某一类型社会的"基础作品"（foundation texts）时，如《圣经》《古兰经》《共产党宣言》等，它们的译者将使用"解释性注释"来确保读者阅读译文并以"正确"的方式理解作品（基础作品）。译者还将使用注释来"解决"任何可能存在于原作的实际文本与当前文本的权威解释之间的差异。当解释方式改变时，他也将愉快地改变翻译与注释。

弗雷尔的"有激情的翻译家"（Spirited Translator） 38

> 恰恰相反，使用了相应的现代短语；但他很容易想象，通过使用这些与现代礼仪极为相关的短语，他的表演可能会传递出一种特殊的活力和精神；如果在任何时候，他都可能会比平时更渴望避免做出卖弄学问的样子，他认为采用当今的语言与行话是最有效的逃避它的方法。他力图用自己的时代和民族的特点来代替古代的特点。
>
> （xvii）

无论从诗学角度还是从意识形态角度来看，这一原型译者都不保守。与"忠实译者"相比，他对原作的声望并不那么敬畏；事实上，他常常是想通过"更新"原作来震惊读者，因为这样一来，原作至少会失去一些"经典"的高度。弗雷尔乐于承担与时代错置有关的风险。就本质而言，他的改写是颠覆性的，目的是让读者不仅要质疑原作的声望，还要质疑原作在诗学与意识形态方面所得到的解释。相互对立的诗学之间的斗争，常常由翻译引发，而且也常常通过翻译来进行。毋庸多言，这种翻译方式并不是没有风险，因为涉及基础作品。

很容易看出希基为他的样式选择了哪种原型。他在引言中说道，他"努力给出阿里斯托芬所撰写的东西，尽可能用英语单词来完成，除了极为不雅的段落，因为这些段落必须被释义"（v-vi）。释义和"解释性注释"一起，确保了作品的"正确"解读。另一方面，帕克则代表了相反原型的当代化身。他在引言中说道：

> 我使用美式英语的诗行来再现我认为的阿里斯托芬在希腊语中的基本策略。为了做到这一点，隐喻的领域经常改变，添加笑话以弥补损失了的笑话，无用的专有名词……则被忽视。

（4）

相反，保守的译者则是在词或句的层面上展开工作，而"有激情"的译者则是在整个文化以及在这种文化中发挥作品功能的层面上工作。然而，在时间的进程中，有时许多译作接续出现，互为因果，有时它们却又互相抵牾。

有人可能会问，在此充分证明的事实，与翻译中"忠实"和"自由"这一令人烦恼的问题会有什么联系。如果我们接受译作出版，无论它们是否"忠实"，而且没有人能阻止"不忠实"的翻译投射出自己所理解的原作形象，那就应该为这件事画上句号。"忠实"只是一种翻译策略，它可以由某种意识形态与某种诗学的搭配所激发，把它提升为唯一可能的、甚至是唯一被允许的策略，是乌托邦式的，也是徒劳的。翻译文本本身可以教会我们很多关于文化互动和文本操作的知识。反过来，这些话题可能比我们对某个词是否被"恰当"翻译的看法更能引起世界的兴趣。事实上，保守的意识形态鼓吹的"忠实翻译"，并不像它们的倡导者让我们相信的那样，是"客观的"或"无关价值"。

在戏剧快开始之前，当参加妇女大会的波伊提派代表到达时，吕西斯特拉忒呼喊道："Ne Di hos Boiotia / kalon g'echousa to pedion"［宙斯啊，她在波伊提人当中还行，她有一片美丽的平原〕（87）。吕西斯特拉忒的朋友卡洛尼丝（Calonice）评论道：“u Kai ne Dia kompotata ten blecho ge paratetilmene”〔宙斯啊，薄荷以最优雅的方式从它那里已经拔除，而且很干净〕（88—89）。1968年出版的译作中，利德尔与斯科特将过去分词“paratetilmenos”忠实地译成“clean-plucked”（干净地拔除），并补充说：“这是酒色之徒与女性之间的惯常做法”。这表明即使是字典这样具有“客观性”的堡垒（bastions of objectivity），其背后也可能存在着某种意识形态。

《阿里斯托芬喜剧集》的匿名翻译家将以上对白翻译如下：“Ah! my pretty Boeotian friend, you are as blooming as a garden. / Yes, on my word! And the garden is so prettily weeded too! ”〔啊！我美丽的波伊提朋友，你像花园一样绽放。/ 是的，我保证！花园很漂亮地除过杂草！〕（232）。他接着又加了一个“解释性的注释”，虽然不一定“乏味”：

> 当然，这个比喻的意思是“爱的花园”，也就是女性的阴部。这是希腊女性的习惯，就像今天土耳其的后宫女性一样，要小心翼翼地脱毛，是为了让自己更吸引男人。
>
> （232）

“脱毛”（dipilate）一词可能有某种疏远效果，但读者会很明白是怎么回事。

希基在公认的忠实性纪念碑“波恩古典图书”译本中将这一句翻译成了“a Boeotian with a beautiful bosom / And, by Jove, with the hair very neatly plucked out.”〔长有美胸的波伊提人 / 啊，就连汗毛也都拔出来了，且整洁干净〕（393）。很明显，这个译本中的忠实与希腊语的知识无关。希基很清楚他翻译错了什么和他为什么要这样做。没有超自然的力量使他突然失忆，或从他的字典里删掉相关的一页。他的意识形态根本不允许他翻译这一页的内容。为了服从他脑中这种意识形态的指令，他对原作一派胡言，除非我们愿意考虑一下希腊女性胸上确实长着汗毛的可能性。但是这个女人来自底比斯，而不是斯巴达，这会干扰人们的文化刻板观念（cultural stereotypes）。或许还应该注意到，如果要在希基许可的意识形态范围内从解剖学角度提及女性身体的任何部分，"胸部"已经被陈词滥调渲染得足够无害，可以承担近乎转喻的角色，即使在这种情况下，转喻往往在某种程度上还是会扩展人们的想象。

霍斯曼的意识形态规定了妇女在解放道路上的崇高地位，因此，他将同样的对话译为"O Fair Boeotia, with the full sweet breast / And locks wherein the sunlight seems to rest."［哦，美丽的波伊提，长着丰满甜美的胸脯／阳光似乎在她的头发上休息］（11）。他的波伊提女性不仅长有汗毛，而且在可接受的地方长着毛发。换言之：希腊女权主义者不可能忍受略带色情双关的屈辱。另一方面，帕克明智地采用舞台表演处理，使下列这一对比更为明显：

> Lysistrata:
>
> *As they inspect Ismenia*
>
> > Ah, picturesque Boiotia:
>
> her verdant meadows, her fruited plain ...
>
> Kalonike:
>
> *Peering more closely*
>
> > Her sunken
>
> garden where no grass grows. A cultivated country.

> 吕西斯特拉忒：
>
> *当他们打量伊斯美尼亚时*

啊，美丽的波伊提：

她那葱葱郁郁的草地，她那硕果累累的平原……

卡罗尼克：

仔细地注视着

她那下沉的

花园，那里没有长草。一片耕作过的土地。

（13）

舞台上所说与所做间的脱节使得对话饶有趣味，大体再现了阿里斯托芬的意图。

接下来请考虑一个属于阿里斯托芬话语世界的对象与概念。对象出现在第 109 行。吕西斯特拉忒说道，"Ouk eidon, oud olisbon oktodaktulon"，并接着说："hos en an hēmin skutine pikouria."。由于米利都人放弃雅典人的事业，她抱怨说从未见过"一只八指的奥利斯博斯（olisbos），它也可由皮革做成，给我们以慰藉"。利德尔和斯科特亲切地告诉我们，"奥利斯博斯"是"阴茎科里亚修斯"（penis coriaceus）。在查阅了最近的拉丁字典后，我们发现这个短语的意思是：皮革阴茎（leather penis）。保守派的翻译家会在这一点上停下来，"有激情"的翻译家可能会继续将之翻译为"皮革做的假阴茎"（leather dildo）。米利都人以制造这些物品而闻名，当他们放弃雅典人的事业时，雅典的妇女确实面临着可怕的灾难。

霍斯曼完全省略了这行话，因为参政的女性不可能使用这种东西。希基力图翻译，可是读者仍然不清楚吕西斯特拉忒谈论的是什么（他也肯定不想试图传递信息）。他的译文是："I have not seen a thing of the kind which might have consoled us in the absense of our husbands"［我们的丈夫不在家，家中没有能安慰我的那种东西］（394）。接着，他的确提供了另一个"解释性说明"，指出"在亚西比德（Alcibiades）的煽动下，米利都人在公元412年的夏天起义了"（394）。众所周知，在伯罗奔尼撒战争的最后几年，雅典相继失去了盟友，但读者仍然有些困惑，为什么尤其是米利都人的叛变带来了致命的打击。出于意识形态的原因，惠赖特也选择了隐晦的处理方式，也许他的这种做法会让读者感到困惑。他的译文是："For since we were betrayed by the Milesians / I have not seen a vase eight fingers long / That we might have a leather consolation"［因为自从我们被米利都人出卖以来，我就没有见过八指长的花瓶，我们可以得到皮革安慰］（68）。读者可能会奇怪，雅典人为何会因为把花放在皮花瓶里的奇怪习俗而感到宽慰。

　　菲茨的翻译是："I've not seen so much, even / as one of those devices they call Widows's delight"（我见识少，甚至没见过他们称之为"寡妇乐"的东西）（10）。狄金森（Dickinson）则完全省略了这几行，只翻译了前面的一行："Not even the ghost of a lover's / Been left to women"［甚至连情人的鬼魂，都没有留给我们女人］（84）。哈里森和西蒙斯则很有逻辑，将其译为"there's little consolation in kwaroro."［科瓦罗罗不能给人带来什么安慰］（20），并在脚注中告诉读者，"科瓦罗罗"是"高原异教部落所使用的安全套"。

　　属于阿里斯托芬话语世界的概念，是赫拉克勒斯的晚餐。在该剧的中间部分，凯西亚斯占领雅典卫城（Acropolis①）后，有一位妇女的丈夫，来接她回家，或者至少要与她同居。她领着他，总是"忘记"一些让婚姻生活更舒适的东西（枕头、香水），最后，她又在他认为能和她发生关系

────────────

①　Acropolis，雅典卫城。polis是希腊古典时期特有的民众组织形式，中文翻译为"城邦"。Acro，前缀，希腊语里是"高处的""尖端处的"和"尖锐处""开始处"的意思。由此派生出一系列的词汇：Acrobat，在高处翻飞的活动——杂技；acrophobia，心理学上的"恐高症"；acronym，由首字母拼写成的词汇。那么，Acropolis，就指的是高居于"城邦"之上的地方，直译为"高城"，或者"城之高处"。但中文译为"卫城"，更突出其功用及目的：高居于城邦之上的地方，是城邦环拱守卫之地。

之前就跑掉了。凯西亚斯对此失望地说："all e to peos tod Hērakles ksenizetai"
［但这阴茎就像赫拉克勒斯一样继续等待］（第 928 行）。《阿里斯托芬戏剧
集》的匿名译者将这句话译为："Oh dear, oh dear! They treat my poor self for all
the world like Herakles."［哦，天哪，哦，天哪！他们像对待赫拉克勒斯一样
对待我可怜的我］（275）。他在"解释性说明"中补充道：

> 喜剧诗人们乐于在舞台上把赫拉克勒斯（大力神）表现为一个难以满
> 足的贪食者。而其他角色总是诱惑他，许诺他美味佳肴，然后又故意
> 让他无限期地等待美食的到来。
>
> （275）

脚注让读者明白了这个类比，他们也就能真正"理解"在文中读到的那一
行了。当然，在喜剧中如此重要的直接理解则会完全丧失。由于对原著
"忠实"，希基再次设法翻译了一些东西，不添加任何"解释性说明"，读者
无法透彻理解："像大力神一样，我的躯体也真地得到了享受"。52 年后，
菲茨也做了类似的事情："我想即使是赫拉克勒斯也受不了这个"（81），但
这却很容易让双关失效。

　　林赛试图把对这个概念的解释融入到另一概念中："They treat you just
like Heracles at a feast / With cheats of dainties."［他们对待你就像对待宴会上
的赫拉克勒斯 / 用美味将你诓骗］（89）。索玛尔斯坦因还选择了"解释性
说明"来补充他将这句译为 "This is a Heracles supper and no mistake!"［这是
赫拉克勒斯的晚餐，没有错！］（219）。只有萨瑟兰［Poor prick, the service
here is terrible! 可怜的混蛋，这里的服务太糟糕了！（34）］与帕克［What a
lovefeast! Only the table gets laid! 多么美妙的爱情盛宴！仅有餐桌被放好了！
（66）］选择翻译基本信息的方法是避开其作为原始载体的概念。这确实可

以说他们比其他译者更"忠实"于原著，因为其他译者受缚于字词，不见词在整个场景、甚至整个作品中的功能。

文学典故是话语世界元素（universe of discourse element）的另一种类型。妇女们在与地方官的讨论中，取笑那些穿着全副军装、昂首阔步在雅典四处游荡并做出如下英勇行为的男子："heteros d'au Thraks pelten seion kakontion hosper ho Tereusededitteto tēn ischadopolin kai tas orupepeos katepinen"［另一个，像色雷斯人，摇着小盾牌和长矛，跟泰瑞斯似的。吓得无花果商人大吃一惊，赶紧将橄榄塞进嘴里。］（563–564）《泰瑞斯》（*Tereus*）是阿里斯托芬的宿敌欧里庇得斯所著的一部剧（已佚）的标题。萨瑟兰给出了作者，但没有指出剧目："And a Thracian who, brandishing shield and spear / like some savage Euripides staged once."［一个挥舞着盾牌和长矛的色雷斯人，就像欧里庇得斯曾经塑造的某些野蛮人一样。］（22）《阿里斯托芬戏剧集》的匿名译者给我们提供了剧目，但没有给出作者："There was a Thracian warrior too, who was brandishing his lance like Tereus in the play."［也有一个色雷斯战士，他在剧中挥舞着长矛，像泰勒斯一样］（257）。罗杰斯与林赛遵循了基本相同的策略，但大多数翻译家都站在了霍斯曼一边，根本没有试图保留这一典故，一方面是因为这部剧已经逸失，另一方面是因为他们在其他地方对这一典故做出了"补偿"。

在第 138 至 139 行中，吕西斯特拉忒抱怨道："Ouk etos aph hēmon eisin hai tragodiai / ouden gar esmen plēn Poseidon kai skaphē"［我们的悲剧并非一无是处 / 我们只是波塞冬和船］。正如希基在"解释性注释"中告诉我们的那样，"这是索福克勒斯悲剧《堤洛》中的典故，美丽的女孩与海神尼普顿①一起

---

① 海神尼普顿（Neptune），又译"涅普顿"，古罗马神话中的海神，在罗马有他的神殿。相对应希腊神话中的波塞冬（Poseidon），海王星的拉丁名（Neptunus）就起源于他。

出现在悲剧的开头，在结尾与两个小男孩一起出现，这两个男孩同在一艘船上曝光"（359-360）。霍斯曼根据自己的意识形态改变了这个典故："Oh, wretched race, which makes all the Greece its grave! / Women be vessel driven by wind and wave"［哦，可怜的种族，让整个希腊变成了坟墓！/ 妇女是被风和浪驱使的船只］（15），但希腊妇女参政官并没有与众神有染。惠赖特翻译的只是字面意思，可对于没有听说过《堤洛》的观众来说，这一典故就丢失了："The Tragedies describe us not in vain; / For we are nought save Neptune and his bark"［悲剧并非徒劳地描述了我们；/ 因为除了尼普顿和他的船，我们一无是处］（69）。罗杰斯放弃了典故，认为这是一种适合原作的文化载体，他只是简单地译出了阿里斯托芬可能想要传达的信息："Always the same: nothing but love and cradles"［永远不变：只有爱和摇篮］（165）。帕克与韦试图将译文引到中间路线上来，尽量传达原文中的信息，并将其与希腊戏剧联系起来，但并非阿里斯托芬脑中所想到的具体戏剧。帕克写道："We're perfect raw material for Tragedy, / the stuff of heroic lays. Go to bed with a god / and then get rid of the baby."［我们为悲剧提供了完美的原材料，/ 是英雄故事的素材，先和众神同床，然后再把孩子丢弃］（16）。韦将此句译为："No wonder we are pilloried on the stage! / Act One with the usual 'God and the Girl' begins; / Act Two trots out the inevitable twins"［难怪我们在台上被人抨击！/ 第一幕以常见的"神与女孩"开场；/ 第二幕便抖出肯定会出生的双胞胎。］（10）

　　总的来说，除了在"解释性注释"中，大多数译者都未试图传达文学典故。也许是因为典故指向翻译最终的、真正的死结，即真正的不可译，它不存在于句法转移或语义结构中，而是以一种独特的方式存在，即所有文化都发展出自己的"简略表达方式"，这就是典故的真正含义。一个词或短语能唤起对某种情绪或某种状态具有象征意义的情景。译者可以不费吹灰之力地翻译这个词或短语以及相应的情况。两者之间的联系，与异域文化本身的关系错综复杂，却是极难翻译。

43　　　下面，我还想就翻译中的最后一个范畴说几句话：这一范畴就是语言。当然，这里我在有意忽视语言，但到第七章中我会在一定程度上给予补救。现在，我只想指出，与传统观点相反，翻译并不是主要"关于"语言的。相反，语言作为文化的表达（与宝库），是翻译这种文化交流中的一个元素。

　　　在剧的结尾，雅典治安官和斯巴达使者之间进行了以下对话：

All'estukas, o miarotate

—— Ou ton Di'ouk egonga; med au pladdie

Ti d'esti soi todi?

—— Skutala Lakonika.

（989–991）

萨瑟兰的翻译如下：

But you have an erection, oh you reprobate!

—— Bah Zeus, Ah've no sech thing! And don't you fool around!

And what have you got there?

——A Spahtan scroll-stick, suh.

（37）

但是你勃起了，哦，你这败类！

——宙斯啊，我真的没有！别在这附近瞎混！

你那是什么？

——一个斯巴达卷轴，先生。

（37）

索玛尔斯坦因用美国的南 / 北方言再现了苏格兰语 / 英语变体：

Why, you rascal, you've got prickitis!

—No, I hanna. Dinna be stupid.

Well, what's that, then?

—It's a standard Spartan cipher-rod.　　　　　　　　　　（221）

为什么，你这个流氓，你得了皮疹！

——不，我没有。别说蠢话。

那是什么？

——那是一个标准的斯巴达密码杆。

　　　　　　　　　　　　　　　　　　　　　　　　　　　（221）

哈里森和西蒙斯用标准 / 皮钦英语（the Standard / Pidgin English）对同一主题
进行了修改：

But what is that thing?

—Dey done give me powa to say

(He looks down at his groin)

—Wetin? ... Na Shango[①] staff.　　　　　　　　　　　　（64）

但那是什么东西？

---

　　①　在尼日利亚的约鲁巴文化中，雷神尚戈（Shango）有着众多的追随者。教派成员
用一种叫作"ose shango"的小木棍跳舞。这些小木棍描绘的是一个头托着双刃斧的女性
形象。这种双斧图案，代表了雷声，代表了尚戈毁灭性的一面。

　　——他们不让我说

　　（他低头看着自己的下身）

　　——怎么啦？……又不是雷神杖。

当然，尚戈杖是祭祀雷神尚戈时使用的一种木杖。然而，我的观点是：很难在译文中呈现出语词的内涵，或不同层次的措辞，或先验的不同的方言，或个人用语（idiolects）。词语的内涵和层次，也往往属于上述的"文化简略表达方式"，专有名词也是如此。或者更笼统地说，当语言在言外层面而不是言语层面，在效果层面而不是交际层面上移动时，它就很有可能变成译者难以应对的困境。方言和个人用语，倾向于揭示译者对某些被认为是"劣等"或"荒谬"群体的意识形态立场，无论是在他们的文化内部还是外部。

　　可以说，本章所分析的喜剧是翻译中的一个特例，因为它在很大程度上凸显了意识形态因素。但是，如果翻译作为一个整体，则是一个特殊的情况。在这种情况下，可以最清楚地记下文本的调控，是因为原文与被调控的文本可以并置并进行比较分析吗？如果所有的文学作品，在某种程度上都以同样的方式调控传播，会出现什么状况呢？

第五章 翻译：意识形态
论不同安妮·弗兰克的建构

在安妮·弗兰克的日记中，有很多陈述都清晰地流露出她想成为一名作家，希望二战后能出版自己的日记。在此之前，流亡伦敦的荷兰内阁部长博尔克斯泰因（Bolkestein）通过 BBC 向被占领的荷兰广播了一条信息，敦促自己的同胞"在战后将日记和信件结集"（Paape 162）。于是，一系列的作品被制作出来，后来发展成为"Rijksinstituut voor Oorlogs-documentatie"，即国家战争文献研究所（State Institute for War Documentation）。在博尔克斯泰因发表广播信息的 44 年后，该研究所出版了最完整的《安妮·弗兰克日记》（*Dagboeken van Anne Frank*）。

通过对 1947 年与 1986 年荷兰版日记素材的比较，我们可以洞察作者形象的"建构"过程，无论是她本人的建构还是他人的建构。进一步比较荷兰原本与德国译本，则有助于揭示一个作家的形象的"建构"，这一形象属于一种文化，同时也属于另一种文化。

我只引用日记中的一句话来证明安妮·弗兰克想成为一名作家（或至少是一名记者）的雄心壮志："除了这本《安妮日记》（*Het Achterhuis*）[①]，我

---

① 《安妮日记》是德籍犹太人安妮·弗兰克（Anne Frank）写的日记，是其躲避纳粹而藏身密室时生活和情感的记载。作为一名成长中的少女，她在日记中吐露了与母亲不断发生冲突的困惑以及对性的好奇。同时，对于藏匿且充满恐怖的 25 个月的密室生活的记录，也使这本《安妮日记》成为德军占领下的人民苦难生活的目击与亲历（转下页）

还有其他想法。但我会在以后的某个时间写得更全面，因为那时它们在我的脑海中定会形成一种更加清晰的形式"（Mooyaart-Doubleday 194）。至少，在 1947 年出版的日记英译本中如此。在 1986 年的荷兰语版中，首次出版的原始日记中相应的记录（1944 年 5 月 11 日），还收录了一个名为"凯蒂的生活"（Cady's Life）的详细情节的短篇故事，以安妮的父亲奥托·弗兰克（Otto Frank）的生活为原型。（Paape 661）这一短篇故事在安妮·弗兰克的心目中已经"有了更清晰的形式"，但可能被她父亲或 1947 年荷兰语版的出版商康塔克特（Contact）压了下来。

安妮明白日记可以出版而且应该出版之后，便开始改写日记了。最初的条目是记在笔记本上的；改写本写在活页纸上。安妮·弗兰克无法完成改写。笔记本和活页本都是由米埃普（Miep）找到的，他是弗兰克公司的一名荷兰雇员，是他帮助弗兰克一家人和其他人藏匿了《日记》。在德国保安人员逮捕了弗兰克一家及其朋友并把他们带走后，米埃普才发现了这些材料。（Paape 69–88）

46　　安妮·弗兰克自己改写了原日记中的条目。这相当于一种自我编辑（auto-editing）。在这一自我编辑的过程中，她似乎有两个目标：一个是个人的，另一个是文学的。就个人而言，她否认先前的言论，尤其是关于她母亲的言论，"安妮，你真的提到仇恨了吗？哦，安妮，你怎么能这样呢？"（Mooyaart-Doubleday 112）；关于更亲密的主题："当我读到那些涉及到我所认为更美妙主题的页面时，我真的感到羞愧"（Paape 321）。1944 年 1 月 2 日

（接上页）报道。安妮日记的最后一则，所标的日期是 1944 年 8 月 1 日。战争结束后，安妮的父亲奥托·弗兰克决定完成女儿的凤愿，于是将日记出版。美国剧作家梅耶·莱文（Meyer Levin）曾以"有着媲美长篇小说的张力"来形容安妮的写作风格，并受到日记的启发，在日记出版后不久便与奥托·弗兰克合作把日记内容改编为舞台剧。美国诗人约翰·贝里曼（John Berryman）说道：日记内容的独特在于它不仅描述了青春期的心态，而且细致而充满自信，简约而不失真实地描述了一个孩子转变为成人的心态。

的条目，标志着她个人朝文学的转向："这本日记对我来说价值非凡，因为它在许多地方已经成为回忆录，但很多页面显示，我肯定能'忘却过往'"（Mooyaart-Doubleday 112）。个人层面上"过往"的所指，已成为了文学改写的素材。

"文学"编辑一个明显的例子，是安妮与彼得（Peter）一次邂逅的描述。他的父母也都住在弗兰克的藏身之处，彼得成为安妮的初恋。最初的记录是："我几乎坐在他的脚前"（Paape 504）。改写后为（1944年2月14日）："我……坐在地板上的垫子上，胳膊抱着弯曲的膝盖，专注地看着他"（Mooyaart-Doubleday 132）。"编辑了"的姿势更符合安妮在她爱读的电影杂志上所看到的那种形态，这一姿态非常接近她的文化对年轻女主人公（例如，《安妮·弗兰克的生活》的戏剧或电影版）应该摆出姿态的期待。这是一个有意识地插入到该作品中的话语世界元素（甚至可以说这就是陈词滥调）。

在1944年5月13日的记录中，出现了一个更为有意思的文学编辑的例子。最初的记录提到一棵"长满叶子"（stuck full of leaves）的树（Paape 662）；改写的记录中也有这样一个短语，是荷兰文学中的常用词，"装满了叶子"（loaded down with leaves）（Paape 662）。从1944年1月2日起，所有人的名字都变成了"故事"中的"人物"，这是该日记进行文学编辑最为明显的例子。安妮·弗兰克显然认为，这是"想在战后出版"《安妮日记》（她肯定绝不想把该作品仅看作"日记"）的必要策略（Mooyaart-Doubleday 194）。因此，安妮·弗兰克在活页本中才以"安妮·罗宾"（Anne Robin）的身份出现。

然而，安妮·弗兰克并不是她日记的唯一编辑。战争结束后，她父亲奥托·弗兰克回到阿姆斯特丹，便得到了笔记本和活页本两种日记。他用德语制作了一份《日记》的打字稿，寄给了在瑞士的母亲，因为他母亲不懂荷兰语。后来，这个打字稿显然是遗失了。于是，奥托·弗兰克又制作了另一个打字稿。这个版本成为 1947 年荷兰语版《日记》的底本，也是此后翻译成多种语言的底本。比较一下 1986 年日记的原始资料与 1947 年荷兰语版的原始资料，就能发现个中发生了编辑行为。它并没有标明到底是谁编辑了安妮·弗兰克"自我编辑"之外的内容，当她的家人被捕并被带走时，自我编辑也就停止了。

47　　　奥托·弗兰克在战后努力使他女儿的《日记》在荷兰与德国出版。他尝试了几家荷兰出版商，最终获得了成功。康塔克特是荷兰的一家出版社，同意出版第二次的打字稿，条件是需要做出修改。由于奥托·弗兰克已经做了一些修改，而且安妮·弗兰克又改写了大部分原作，所以出版版本与原作版本之间的差别很大，简直像是一个重写版。我们曾经推测过是谁做出了改动，但已毫无意义。为可能的改动绘制一个结构图可以看出这些改动大致分为三类：第一类是个人性质的改动，第二类是意识形态的改动，第三类是赞助人范围的改动。

　　首先，在"个人"层面上，删去了任何人都认为不重要的细节。同样，在这一层面上，还删除了提及"无关紧要的朋友、熟人、家庭成员"的部分。安妮有关所有同学的描述（Paape 207），都从 1947 年版本中消失了。同样，提及她的母亲和"范·达恩夫人"（Mrs. Van Daan）的部分也看不到了，因为安妮告诉过父亲，她爱他胜过爱母亲（Paape 284）。日记初稿中保存的范·达恩夫人的真名是"范·佩尔斯"（Van Pels），她个性贪婪（Paape 240），且暴饮暴食（Paape 282）。然而，1947 年版中仍有许多对这两位女性不好的评价。这都让读者对所遵循的编辑标准感到困惑。除了希望保护所涉及人员的名誉之外，可能并没有什么标准。这种愿望在 1986 年荷兰语版中一如既往，因此这一版本仍不完整。

　　例如，在 1986 年版的第 449 页，我们在一个脚注中得知，"安妮·弗兰克在这里省略的47行中，对她父母的婚姻做了非常不友好和部分不准确的描述。这段话就应弗兰克一家的要求而删除了。"显然，个人因素干扰到了文学。或者，可以理解为，编辑们是在屈服于一种意识形态的限制。

可能对"安妮·罗宾"这个角色的（自我）建构很重要的篇幅被省略掉了，于是不会给人留下如下的印象：作家安妮·弗兰克并不完全符合意识形态所能认可的一个14岁孩子（她写日记之时）的样子。同样，对弗兰克夫妇的熟人"M. K."的私生活无关痛痒的描述也被省略了。这位熟人似乎与德国人勾结，而且生活不检点，但"应当事人的请求，此处删除了24个词"（Paape 647）。此外，就在同一页上，M. K. 这一首字母还是随机选择的，因为此人并不想使用她自己真名的首字母。

各种身体机能的描写都遭到了删除，当然包括十分形象地描述痔疮的部分（Paape 282）。像她这个年龄段的很多人一样，安妮·弗兰克似乎对身体的机能，尤其是对排便更感兴趣，因为当时在她心目中，排便与生孩子有联系，所以她才会从一本名为《伊娃的青春》（*Eva's jeugd*）的儿童书中引用关于排便的详细描述。（Paape 285）

在日记的最初版本中，安妮·弗兰克在家躲藏的几个星期里，一直给"现实"世界中的各种朋友写信。这些信件是"虚构"的，因为信虽然已写好，但无法寄出。正如她自己的构想，这些信与最初的日记极为不同。原本的日记是用来代替安妮·弗兰克从未有过的"真正的好女友"。这也是日记中（几乎）所有的记录都是以信件的形式写给"凯蒂"的原因。凯蒂是安妮·弗兰克取给她日记中／想象中的朋友的名字。这些被省略的信件表明，光有一个凯蒂是不够的，至少最初是不够的。安妮·弗兰克／罗宾发现，要适应自己生活中突发的灾难性变化十分困难，比1947年版所暗示的要困难得多。在这些信件中，她继续表现得好像她仍有可能和外面

48

世界的真正朋友交流，就像弗兰克一家躲起来之前一样。她甚至给一个叫"康尼"的朋友写信说道："欢迎你来和我待一段时间"（Paape 267）。关于战后生活的幻想（Paape 301），特别是和她父亲一起去瑞士旅行的那部分（同样指向"逃避现实"的方向），也在1947年荷兰版中被删去了。

性话题是"个人"与"意识形态"编辑的结点。第一家评估安妮·弗兰克日记手稿能否出版的荷兰出版商缪伦霍夫（Meulenhoff）就拒绝出版日记，因为"日记太个人化，其中还包含了太多的对性的思考"（Paape 78）。同样，康塔克特的编辑德·尼夫（De Neve）告诉奥托·弗兰克："出版社的精神顾问也反对印刷某些（例如描写手淫的）段落"（Paape 80）。确如上述对"性的思考"，主要是安妮·弗兰克自己的性意识觉醒了，包括对月经来潮前内裤分泌物（Paape 286）、月经本身（Paape 304, 598），以及生殖器（Paape 294, 583-584）的描述，还包括不请教成年人而探索性的诸多策略的描述（Paape 562, 576）。总之，所有描写到的元素，都颇为符合60年代以后出版的《安妮·弗兰克的生活》中的"女主角"形象，但却已不是1947年日记中的女主人公了。

当然，当安妮·弗兰克再次"阅读那些页面中的文字"（Paape 321）时，她也可能确实"真的感到羞耻"，也可能在活页本中删除了这些段落。不管怎样，这些文字都已省略了，例如毕普/艾丽（Bep/Elli）关于未婚母亲的故事（Paape 305）和"妓院"（bordeel），还有"妓女"（cocotte）（Paape 305）等"脏话"。最后，在最初的日记中，菲弗（Pfeffer，在活页本中，他的名字已改为了"杜塞尔"[Dussel]）"与一个比他年轻得多、善良貌美的女子同居，也可能并未与她结婚"（Paape 320）。但在日记的初版中，杜塞尔的妻子却"有幸在战争爆发前离开了该国"（Mooyaart-Doubleday 51）。

另一个涉及个人与意识形态的编辑行为，涉及到戈德史密斯/古德米特事件（the Goldsmith/Goudsmit affair）。戈德史密斯是弗兰克家在阿姆斯特丹的房客。弗兰克一家躲藏起来后，让他暂管他们的财产。在1947年版（Paape 256，309）被省略的段落中，安妮·弗兰克极力暗示，戈德史密斯很有可能卖掉了或以其他方式处置了弗兰克家的财产。这些段落之所以被省略，可能是因为弗兰克一家不愿承认自己被骗，或是出于大屠杀受害者间的团结与虔诚。

49

　　因意识形态而删除最明显的是安妮·弗兰克关于妇女解放问题的段落。"为什么妇女在我们国家中的地位比男子低得多？"（Paape 692），这一问题占据了最长的篇幅。但很不幸，这些篇幅却被全部删除了。再次提及这一主题，要么被削弱，要么也被删除。

　　最后，显而易见的是，奥托·弗兰克屈从于赞助人的限制别无选择。《安妮日记》的排版，必须符合康塔克特出版社为其"普鲁隆格"系列（the Proloog Series）所制定的规范，《日记》是该系列的一种。因此，出版社的编辑"提议删除26处，其中18处在打字稿中执行"（Paape 82）。

　　安妮·弗兰克（也许是时候叫她"安妮·弗兰克"了）的形象在日记的德译本中受到了进一步的改造。该译本是根据奥托·弗兰克（第二个）打字稿译出的，由弗兰克家族的一位友人安妮丽丝·舒茨（Anneliese Schütz）很早就译了出来。安妮丽丝是一名记者，为了逃离纳粹的迫害移民到荷兰，跟弗兰克一家的情况一样。由于奥托·弗兰克试图在荷兰或德国出版印有他女儿名字的复合材料（the composite material），他有理由想请朋友把他的打字稿译成德语，以便提供给德国的出版商。安妮丽丝就从一个还没有经康塔克特出版社编辑过的手稿本中开始翻译。这就是为什么德译本中包含了性描写的文字，而这些文字在1947年荷兰语版中又被删除，后来被插入到了英译本中。

　　"安妮·弗兰克"问一位女性朋友（原记录中给出了名字）"作为我们友谊的证明，我们是否应该感受彼此的乳房"（Mooyaar-Doubleday 114）。这一"臭名昭著"的段落，于是就出现在了德译与英译本中，但 1947 年荷兰语原文版中就没有，完全译自原文的法译本中也没有。

不幸的是，奥托·弗兰克对安妮丽丝·舒茨的译文给出了精准的评价。他说，她"太老了，做不好翻译工作。许多表述都带有女教师的派头，不符合年轻人的语气。她还误解了许多荷兰语的表达。"（Paape 84）其中最明显的是："ogenschijnlijk"（Paape 201）[似乎] 被译为 "eigentlich"[真的]（Schütz 10）；"daar zit hem de knoop"[有点像 there's the rub（困难就在这儿），字面意思是"有个结"]（Paape 201）变成 "ich bin wie zugeknöpft"[我觉得好像被扣住了]（Schütz 10）。"Zulke uilen"[真白痴]（Paape 215）变成了 "solche Faulpelze"[真是懒人]（Schütz 12）；"Ongerust"[担心]（Paape 307）变成了 "unruhig"[不安]（Schütz 39）。

"Rot"[腐坏的]（Paape 372）译成了 "rötlich"[略带红色]（Schütz 64），这是一个典型的低级错误。"Rataplan"[全部]（Paape 402）译成了 "rattennest"[耗子窝]（Schütz 78）。"Ik zat op springen"[我正要发脾气]（Paape 529）变成了 "Ich wäre ihr am liebsten ins Gesicht gesprungen"[我真想激怒她]（Schütz 90）。在荷兰语中，Springen 可以是"爆炸"和"跳跃"的意思，德语中也是如此。舒茨则选择了不符合上下文的同音异义词。"Wat los en vastzit"[松散且安全的]（Paape 595）变成了 "Was nicht niet und managelfest"[不安全且固定的]（Schütz 147），和 "de landen die aan Duitsland grenzen"[与德国接壤的国家，其中 "grenzen" 是一个动词]（Paape 669）变成了 "die an Deutschlands Grenzen"[在德国边界上的国家，这里的 "Grenzen" 是个复数名词]（Schütz 180）。

虽然似乎还需要更多的证据，但安妮丽丝·舒茨的译文再次说明了一个事实，即出版商并不怎么关心手稿的翻译质量。这些手稿要么不畅销（正如 1950 年出版精装本《日记》的朗贝尔·施耐德·韦拉格出版社所想的），要么卖得很好（同一个出版商，以及出版了第一本平装本的费舍尔·韦拉格出版社，在1955年之后一定会这样想）。舒茨的译文曾再版过，现在又再版。这一事实也指向了另一个制度的限制：版权法的有害影响，在这种情况下，甚至会使出版商感到难堪。最新版《日记》中有一条注释，出版商在其中含蓄地对译文质量低劣表示歉意，并承诺尽快出版更好的译文。

舒茨最著名的"误译"是荷兰语"er bestaat geen groter vijandschap op de wereld dan tussen Duitsers en Joden"［世上没有比德国人和犹太人之间更大的仇恨了］（Paape 292），被译为："eine grössere Feindschaft als zwischen *diesen* Deutschen und den Juden gibt es nicht auf der Welt!"［世界上没有比这些德国人和犹太人之间更大的敌意了］（Schütz 37）。1986年荷兰语版的编辑们评论道："奥托·弗兰克与安妮丽丝·舒茨讨论过这句话，他们得出的结论是，*diesen* Deutschen 这一短语，更接近安妮想表达的意思"（Paape 85）。这一"误译"只是众多意识形态因素中的一个，是一种基于某种世界观的更老套的"意识形态"和更现代纯粹与简单的利润"意识形态"的混合物。用安妮丽丝·舒茨自己的话说："书籍要想在德国畅销……不应包含任何对德国人的侮辱"（Paape 86）。

安妮丽丝相应地翻译并淡化了《安妮日记》中所有可能被理解为"侮辱"德国人的描述。因此，犹太人在荷兰的困境看起来没有实际的那么严酷。"Jodenwet volgde op Jodenwet"［一部接一部的犹太法律］（Paape 203），被转换为"ein diktatorisches Gesetz folgte dem anderen"［一部接一部的独裁法律］（Schütz 11）。这种转换仿佛意味着这些法律与犹太人没什么关系。表述这些法律的术语和细节也都被掩盖了。安妮·弗兰克写道，她的家人不得不离开德国，因为他们是"volbloed Joden"［血统纯正的犹太人］（Paape 202），而舒茨则轻描淡写地翻译为："Als Juden"［作为犹太人］（10）。

当奥托·弗兰克把妻子的自行车"bij Christenmensen in bewaring"[交给非犹太人保管](Paape 218)时，舒茨平淡地写道："bei Bekannten"[交给熟人](14)。这一译法模糊了纳粹想在全欧洲犹太人与非犹太人之间划出极为清晰的界限的意图。当范·达恩夫人"keerde terug en begon te kijven, hard, Duits, gemeen en onbeschaafd"[came back and began to scold, harsh, German, mean and uncivilized（回来并开始责骂，非常严厉，像德国人一样，刻薄且无教养）](Paape 274)，German 在这里用作形容词，来传达更深层次的侮辱，但在舒茨的译本中则删除了该词。(34)

安妮·弗兰克对德国在荷兰韦斯特博克^①集中营的描述（根据传闻）也以类似的方式被削弱了。韦斯特博克是犹太人"东运"的地方，这是目前的委婉说法。安妮写道："voor honderden mensen I wasruimte en er zijn veel te weinig WC's. De slaapplaatsen zijn alle door elkaar gegooid"[数百人共用一个洗手间，且厕位太少了。睡觉的地方都被拼凑起来成了通铺](Paape 290)。舒茨将这句译为："viel zu wenig Waschgelegenheiten und WC's vorhanden. Es wird erzählt, dass in den Baracken alles durcheinander schläft"[提供的洗涤设施和厕所太少了。据说他们都睡在营房里。](36-37)这一翻译表明，洗手间要比原作中描述的多。译文中又加上"据说"，这无疑大大减弱了横七竖八地"睡在一起"的表达效果。

其余的关于上述事态发展后果的描述，在译文中省略了。安妮·弗兰克继续写道："men hoort daardoor van verregaande zedeloosheid, vele vrouwen

---

① 韦斯特博克（Westerbork），纳粹关押犹太人的中转营，位于荷兰东北部，绝大多数荷兰犹太人经这里被运往纳粹在东欧的灭绝营。韦斯特博克最初由荷兰政府于1939年10月建成，当初用来扣留非法潜入荷兰的德国犹太难民。1941年末，德国人决定将韦斯特博克用作西欧三个中转营之一，在此集中转移犹太人。1942年7月1日，纳粹控制了韦斯特博克中转营。共有约10万犹太人被从韦斯特博克送至纳粹的灭绝营和集中营，如奥斯威辛、索比堡、贝尔根－贝尔森和特莱西恩施塔特等地。

en meisjes, die er wat langer verblijf houden, zijn in verwachting"［因此，你听说了影响深远的、不道德的行为；许多在那里久待的妇女和女孩都怀孕了］（Paape 290）。如果译文中可以删去这一事实，那么德国人（其家庭成员与后代也会读到《安妮日记》）并没有在奥斯威辛集中营毒杀过任何孕妇或女孩，也同样说得过去。

在日记中，安妮·弗兰克对德国射杀人质的政策感到非常沮丧。她这样描述："zet de Gestapo doodgewoon een stuk of 5 gijzelaars tegen de muur"［盖世太保将大约 5 名人质靠墙摆好］（Paape 292）。译文将这句削弱为 "dann hat man einen Grand, eine Anzahl dieser Geiseln zu erschiessen"［然后，他们有理由向这些人质射击］（Schütz 37）。"他们"取代了可怕的"盖世太保"，使行文看起来不再那么可怕了，"shoot"［射击］取代 "put against the wall"［靠墙摆好］，将这一行为"提升"到了更抽象的层次。

同样，有个人可能发现了安妮与她家人藏身地方的秘密入口，此人在安妮的想象中变身为 "een reus en hij was zo'n fascist als er geen ergere bestaat"［一个大个子，他简直就是法西斯主义者，没人比他更坏了］（Pappe 298）。在德语中，此人被译为了 "einen unüberwindlichen Riesen"［一个不可征服的巨人］（Schütz 39）。"法西斯"已从德译本中消失，以避免影响销量。翻译安妮·弗兰克在藏身地使用语言所做的声明时，也出现了类似的省略："toegestaan zijn alle cultuurtalen, dus geen Duits"［所有文明语言都是允许的，因而不包括德语］（Paape 330）。德语的译文为："alle Kultursprachen, aber leise"［所有文明语言，但要轻柔］（Schütz 46）。 52

安妮丽丝·舒茨利用省略以获得更大的政治（与经济）利益。安妮·弗兰克在书中写道："de moffen niet ter ore komen"［别让德国佬听见］（Paape 490），德语翻译为："den 'Moffen' nicht zu Ohren kommen"［别让"莫芬"的耳朵听见］（Schütz 114）。此处的脚注将"莫芬"解释为"德国的蔑称"（Schütz 114）。"Mof"，复数为"Moffen"，确实是战时德国人的"蔑称"。因此，在荷兰语译文中，"Moffen"对读者产生了巨大影响。由于这个词没有翻译，这一影响在德语中被削弱了。对德国读者来说，"Moffen"听起来有些"异国情调"，即使加了脚注，也不算是真正的侮辱。

并非巧合，藏身处的居民称仓库里那只凶狠好斗的猫为"Moffi"。如果德国读者在阅读到 114 页之前不知道"Mof"是什么，或者在开悟后仍认为"Mof"带有异国情调的话，他们很可能会忽略侮辱的意味。从道理上讲，"Moffen"住在"Moffrika"（Paape 695），舒茨在此并未翻译。在英译中，它变成了"Bocheland"（Mooyaart-Doubleday 210），在法语中成为"les Boches"（Caren and Lombard 269）。这只猫在法语（Caren and Lombard 91）和英语（Mooyaart-Doubleday 68）中分别成为"Bochi"和"Boche"①。

某些时候，英译本试图传达这样一个事实：弗兰克一家与其他一起躲藏的人，都是德国难民，说的并不是标准荷兰语，而是荷兰语和德语的混合。就孩子角度而言，说的更靠近荷兰语而不是德语；就父母角度而言，更靠近德语而非荷兰语。这种语言的混合，有助于突显这一事实，即日记中的"人物"是那些曾经背井离乡的人，现在他们躲藏在从前的同胞身边，对自己的性命极度恐惧。这些信息都不是正经的德译本能够传递的。例如，原文中的杜塞尔说："*Du kannst dies* toch van mij aannemen. Het kan mij natuurlijk niets schelen, *aber Du musst* het zelf weten"（Pappe 412）。英译者莫亚特－达布尔德（Mooyaart-Doubleday）这样翻译："But *du kannst* take this from me. Naturally I don't care a bit, *aber du* must know for yourself"［你*可以*从我这里拿走这个。当然，这对我来说并不重要，*但你必须*自己知道］（94）。

德译者与法译者都没有试图呈现这一语言的混合体。事实上，安妮丽

---

① Bochi/Boche 都是对德国人的蔑称。

丝·舒茨通过"翻译"杜塞尔下一个"混合诗的"（macaronic）句子就已达到了荒谬的高度。她将"ich mach das schon"［交给我了］（Paape 502），译为了"ich weiss schon was ich tue"［我知道我在做什么］（118）。

然而，政治或政治经济特征只对一组变化负责。在德译本中还有另一组变化，也是由意识形态动机引起的，只是不太明显，但其本质却更为阴险。舒茨有意无意地把安妮·弗兰克变成了当时"恰当"的青春期少女所应有的文化刻板形象（cultural stereotype），受过符合自己社会地位的"恰当教育"，所有这些大概都是为了让她更容易被50多岁的读者们接受。

首先，舒茨"清理"了安妮·弗兰克所使用的语言。例如，她的朋友 53
哈里用荷兰语所说的话，不被允许用德语说出。哈里用荷兰语说："Het is daar ook zo'n rommelzootje"［那里太乱了］（Paape 221），在德语中哈里则"呼应"道："gefiel es mir da nicht"［我不喜欢那里］（Schütz 15）。其不同在于，荷兰语中抱怨排便（ontlasting）的人，在德语中抱怨的却是他们的消化能力（Verdauung）。（Schütz 32）

一次，在阿姆斯特丹遭受空袭后，安妮·弗兰克写道，要挖出（"opge-graven"［Paape 389］）所有受害者，可能需要好几天时间。而在德语中，受害者却以一种更为高雅的方式"geborgen"［恢复了］（Schütz 72），这样也消除了恐怖带来的刺痛。在荷兰语原版中，安妮·弗兰克带到浴室的尿盆（Paape 339）在德译中不见了。法语中使用"pot de nuit"［夜壶］（Caren and Lombard 116）和英语中的"pottie"［便盆］（Mooyaart-Doubleday 88），都相当合理。当杜塞尔开始用荷兰语表达"vrouwen-verlangens te krijgen"［渴望女人］（Paape 679）时，他在德译本中找到了更为高雅的"Frühlings-gefühle"［春心萌动］（Schütz 184）。德译本也完全省略了安妮对彼得的猫咪穆奇（Mouschi）在阁楼上撒尿的细节描述。

其次，安妮在这个年龄段上必须表现得"得体"，她的言行必须符合

14 岁得体的上层中产阶级的文化行为，即使战争和藏身地的生活条件使这种"得体行为"变得十分可笑。当荷兰语版本中的安妮·弗兰克被允许"lachen tot ik er buikpijn van krijg"［笑到肚子疼］（Paape 446）时，德语版安妮·弗兰克仅仅只被允许做德国孩子笑时做的那种事情，至少要根据安妮丽丝·舒茨所说："unbeschwert und glücklich lachen"［没有顾虑地、快乐地笑］。（98）

　　荷兰语版安妮·弗兰克成功地完成了以下任务："uit een lichtblauwe onderjurk met kant van Mansa heb ik een hypermoderne dansjurk vervaardigd"［我把母亲的一条浅蓝色蕾丝衬裙改成了一件超现代舞蹈裙］（Paape 469）。德语版安妮·弗兰克则让母亲为她做同样的事情："aus einm hellblauen Spitzenkleid hat Mansa mir ein hypermodernes Tanzkleid gemacht"［母亲用她带花边的浅蓝色宽松衣服给我改了一件超现代舞蹈裙］（Schütz 107）。

　　像安妮·弗兰克这样一个年轻的女孩，不管是不是德国人，她的年龄与社会地位决定了她还有很多其他事情是不该知道或不该做的。当安妮把生日收到的鲜花描述为"de kinderen van Flora"［花的孩子们］（Paape 198），并以此展示她对神话的了解时，这是她的爱好之一，译者安妮丝·舒茨却不会有这种对事物命名的早熟感知力；在德语中，安妮得到了"Blumengrüsse"［鲜花的问候］（Schütz 19）。

　　安妮·弗兰克试图在荷兰语中达到的任何文体效果，都没有在德语中再现出来。正如她在下面的例子中通过重复"koud"（冷）一词所实现的那样。在荷兰语版中，孩子们"van hun koude woning weg naar de koude straat en komen op school in een nog koudere klas"［从寒冷的家走到寒冷的街道，最后走进学校更冷的教室里］（Paape 349）。而在德语中，孩子们从"aus der kalten Wohnung auf die nasse, windige Strasse und kommen in die Schule, in eine feuchte, ungeheizte Klasse"［从冷冰冰的家里走到湿冷、起风的街道，接着走

进学校一间潮湿、没有暖气的教室］。

14 岁的女孩也不允许对母亲或姐姐妄加评判。安妮·弗兰克用荷兰语写道，她永远不会满足于母亲和姐姐玛戈特（Margot）为她安排的 "zo'n bekrompen leventje"［如此受限的生活］（Paape 650）。另一方面，德语版安妮·弗兰克则写下的是 "so ein einfaches Leben"［如此简单的生活］（Schütz 172）。最后，一种近乎荒诞的、无情的逻辑，恰当点说，安妮·弗兰克的全部努力毫无用处，或者说充其量是多余的。按照安妮丽丝·舒茨塑造的安妮·弗兰克，她甚至不该创作这些日记。安妮·弗兰克用荷兰语写道，有些事情她并不打算 "aan iemand anders mee te delen dan aan mijn dagboek, en een enkele keer aan Margot"［与除我的日记之外的任何人交流，偶尔与马戈特交流一下］（Paape 705）。在德语版中，安妮·弗兰克写道，有些事情她决心要 "niemals jemandem mitzuteilen, höchstens einmal Margot"［不与任何人交流，最多与马戈特交流一下］（Schütz 196）。日记，即练习的对象，也即世界各地都能阅读到的文本，就这样从翻译中消失了，因德国翻译家希望投射出的安妮·弗兰克 "形象" 而牺牲。

"得体" 的女孩也用 "得体" 的风格写作。在德语译文中，创造性受到了极大的阻碍。当安妮·弗兰克写道，"we zijn zo stil als babymuisjes"［我们像小老鼠一样安静］（Paape 279），德语译为 "wir verhalten uns sehr ruhign"［我们非常安静］（Schütz 35）。当挂在阁楼门上的一袋豆子爆裂，把里面的东西洒了出来，安妮 "als een eilandje tussen de bonengolven"［就像一个豆浪中的小岛］（Paape 318）时，翻译轻描淡写为 "berieselt von Braune Bohnen"［被黄豆雨打中了］（Schütz 43）。

当犹太人被带到 "onzindelijke slachtplaatsen"［肮脏的屠宰场］（Paape 368）时，"肮脏的" 一词显然必须从德译中消失。在德语译文中，犹太人 "zur Schlachtbank geführt"［被带到了屠宰场的长椅上］（Schütz 62）。最后，当藏身之人 "kijken met bange voorgevoelens tegen het grote rotsblok, dat Winter heer, op"［带着恐惧仰望名为冬季的大岩石］（Paape 422）时，他们却是 "sehen mit grosser Sorge dem Winter entgegen"［带着极大的担忧望向冬季］（Schütz 90）。

　　写日记的女孩安妮·弗兰克，已经成了作家安妮·弗兰克，因为她自己和其他人受到意识形态、诗学以及赞助的限制。一旦安妮·弗兰克决定改写并出版她早就写成的作品，她就需分裂成一个人和一个作家，作家便开始以更为文学的方式改写这个人曾写过的东西。其他人则以她的身份回应意识形态与赞助的限制，而他们都认为这么做很合适。她对这件事却没有发言权。这就是为什么1947年荷兰语文本中缺少了她的一部分经历（非常肯定那是很有意义的一部分），以及为什么她在德语中硬被要求符合一种文化刻板观念，并被要求淡化对摧毁她的那些罪恶的描述。

第六章　翻译：诗学

遗失的卡西达

在世界上所有伟大的文学当中，欧美读者接触最少的无疑是伊斯兰系统的文学了。任何读者走进一家像样的书店，都可能找到中日文学选集，以及某些重要作品的近期译本，某些译本甚至还出版了廉价的平装本。虽然几乎找不到印度文学的综合选集（尤其是达罗毗荼语的文学作品），但其文学的经典作品也比伊斯兰文学的作品多得多。相比之下，詹姆斯·克里采克[①]的权威本《伊斯兰文学选集》（*Anthology of Islamic Literature*）最初于1964年以精装本出版，但其价格并不利于其在伊斯兰或任何其他文学的非专业读者中广泛传播。直到1975年才出版了平装本，而且至今也未再版。由于克里采克参考了已有的译本，其中有些是学者为学者们翻译的译本，有些是维多利亚时代译者为非专业读者所翻译的，当代读者在阅读该《文集》时未能体会到审美启示（an aesthetic revelation），也是情有可原的。克里采克指出："近年来，相当多的伊斯兰文学名著被翻译成了各种西方语言，每部作品都展现了各自的特点"（3），但这些译本中的大多数，并没有比他自己《选集》中的译文更能打动西方读者，其结果仍

---

① 詹姆斯·克里采克（James Kritzeck, 1930—　），伊斯兰文学研究者及译者，曾在圣·约翰修道院、明尼苏达大学、普林斯顿大学和哈佛大学接受教育。1952年被选为哈佛大学研究员协会成员。为了增加对伊斯兰作品的了解，克里采克在伊斯兰世界的许多地方旅行并编辑了《伊斯兰文学选集》，收录了从《古兰经》到18世纪的伊斯兰著作。

是"鲜有译本广为人知"（3）。

来自非欧洲文学的诸多体裁，已经在欧洲诗学中确立了自己的地位。如今，全世界都在创作俳句（haiku）。有一种属于伊斯兰体系的体裁，也在欧洲诗学中确立了自己的地位，并在几十年中享有相当高的声望。这在一次著名的改写后表现得尤为明显，在改写者同代人使用这个词的意义上，改写很难被称为翻译。爱德华·菲茨杰拉德于 1859 年出版的莪默·伽亚谟的《鲁拜集》（*Rubayat of Omar Khayyam*）将鲁拜雅特（*rob'it*）或四行诗（quatrain）引入了欧洲诗学。到 1920 年，欧美文学中的许多著名诗人才开始尝试这一体裁。因而，在艾皮法尼乌斯·威尔逊[①]于 1900 年出版的选集中，他曾写道，这些"小歌"（little songs）可能"是由'阿那克里翁'·莫尔[②]写的，而另一些则是由卡图卢斯写作的"（49）。然而，自 20 世纪 20 年代以后，四行诗不再受到欢迎，也几乎不会再有复苏的迹象。

56　　此外，"伊斯兰民族认为《鲁拜集》（还有《一千零一夜》）在他们极为丰富的文学中，档次相对低劣"（Kritzeck 3）。另一方面，伊斯兰系统内部的读者，无论专业与否，都认为卡西达[③]应当"被视为卓越诗歌的最高典范"（Kritzeck 52）。但在欧美，无论是作为单独还是一个整体，都很难看到

[①]　艾皮法尼乌斯·威尔逊（Epiphanius Wilson，1845—1916），英国翻译家，有译作多部。

[②]　此处的莫尔名为托马斯·莫尔（Thomas Moore，1779—1852），并非创作《乌托邦》的莫尔（Thomas More，1477—1535）。此莫尔是爱尔兰诗人、歌手、词曲作家和艺人，代表作为《吟游诗人》和《夏天的最后一朵玫瑰》，歌词因而为人所知。阿那克里翁（Anacreon）是希腊公元 7、8 世纪的抒情诗人，以饮酒歌曲、赞美诗、抒情诗而闻名。阿那克里翁诗歌的主题，包括爱情、迷恋、失望、狂欢、聚会、节日和日常生活等。所以，莫尔被同代人称为阿那克里翁·莫尔（Anacreon Moore）。

[③]　卡西达（qaṣīdah, qasidah），前伊斯兰阿拉伯发展起来的诗歌形式，在整个伊斯兰文学史上延续至今。它是赞美诗、挽歌诗或讽刺诗，见于阿拉伯语、波斯语的许多相关文献中。

卡西达的译本。卡西达这一术语，被用来指代这些作品已经有 1500 年的历史了，但在目前出版的《不列颠百科全书》(*Encyclopedia Britannica*，西方文化所公认的最重要的工具书) 的《微百科》(*Micropedia*) 中却鲜有提及。十四行诗 (sonnet，一作商籁体) 的创作期只有卡西达的一半多一点，而在《微百科》中的词条却占据了相当长的篇幅。《不列颠百科全书》在"伊斯兰民族的艺术"条目中确实提到了卡西达，但令人不解的是，它居然忽略了我将在本章集中讨论的卡西达的作者：拉比德·伊本·拉其亚 (Labid Ibn Rakiah)。这一疏忽的影响，相当于从阿拉伯世界的主要参考书中的维多利亚时期的英语诗歌或一般的英语诗歌词条中突兀地删除斯温伯恩 (Swinburne)、丁尼生 (Tennyson) 或勃朗宁 (Browning)。

　　我的论点是，造成这种悲惨状况的原因，不应在卡西达的作者中寻找，而应在那些试图在欧洲诗学和后来的欧美诗学中用可接受的术语改写它们的人中寻找。事实上，正如我希望在接下来的文章中所展示的，其原因与错误，或两者都不在于改写者，而在于欧洲和伊斯兰系统的诗学的不相容性 (incompatibility)。显然，卡西达没有被"归化"(naturalize) 到欧美体系中，其"归化"程度还不如俳句，甚至不如鲁拜雅特。这一状况与改写者的能力完全没有关系：他们对阿拉伯语的熟知是毋庸置疑的。简单地说，到目前为止，还没有哪位改写者能在欧美诗学中找到一个安放卡西达的合适"位置"。

　　两种诗学的互不相容也不是未能将卡西达归化的唯一原因。伊斯兰文化在欧美的声望相对较低，致使这种不相容性更加复杂。相对较低的声望，反过来又带来两种连锁反应：第一种是最激进的反应，拒绝了解伊斯兰文化；第二种反应是愿意了解伊斯兰文学，但前提是必须建立在主导／支配关系的基础上。欧美文学被视为"真正的"文学 (true literature)，而伊斯兰文学所提供的一切，都必须以这个标准来衡量。这种态度反过来允许那些声称对伊斯兰文化感兴趣的人（而非专业学者）都对伊斯兰文化采取相当傲慢的态度。菲茨杰拉德写信给他的朋友考威尔[①]，说明他如何处理波斯诗人的主题，可以毫不夸张地说，代表了一种并不打算广泛传播整个伊斯兰文学的态度："于我而言，按照我的意愿来改动这些波斯人（的作品）是一种乐趣，他们（如我所想）还够不上诗人，不足以让想做改动的人望而却步，而他们确实又缺乏些许艺术来塑造自己。"（6: xvi）可以肯定地说，菲茨杰拉德从来不敢对希腊、拉丁古典文学这样"任意改动"，因为这些文学在他的时代及后世均享有盛名。不仅很多学者可以纠正他，且希腊和拉丁文学曾是（现在仍是？）菲茨杰拉德所融入的文学的基础。如果他试图对它们任意窜改，他就会破坏自己的文化基础。波斯文学，延及伊斯兰文学，曾被认为是边缘的、"异国情调的"，则无需以崇敬之心待之。

伊斯兰文学的欧美改写者，似乎要么对即将做出的事情持抱歉的态度（这种抱歉有时会变成几乎不加掩饰的冷漠，甚至是含蓄的蔑视），要么持景仰的态度，这种态度常常使他们需在本国或已接受的文学作品中，寻找与他们试图在自己的文学中引入的伊斯兰系统诗学要素相近的东西。

从意识形态的角度来看，在阿拉伯文学为英语接受的过程中，可以很快地找到两极。诚然，在克莱芒·于阿尔[②]《阿拉伯文学史》的导论中，歉意流露无疑（原文以法文撰写）。而在其英译本中，歉意则塑造了英美对伊斯兰文学的态度。于阿尔写道："一股热情，只是一瞬间的热情，激发出

---

① 爱德华·比尔斯·考威尔（Edward Byles Cowell, 1826—1903），著名的波斯诗歌翻译家，也是剑桥大学梵文的第一位教授，曾英译过《金刚经》。

② 克莱芒·于阿尔（Clément Huart, 1854—1926），法国作家，出版并翻译波斯语、土耳其语和阿拉伯语作品多部。

这些人……来征服整个世界。但是贝都因人[①]不久就会重回其原始的生活方式。"（2）另一方面，居住在城镇中的阿拉伯人，则忍受着"原始的道德（如狡诈、贪婪、猜疑和残忍）所带来的恶习"。事实上，它们在大约1400年中鲜有改变，因为于阿尔接着说，这些同样的恶习"在这些偏远的城镇，肆无忌惮地占据着居民的心，甚至盛行至今"（Huart 2）。

威廉·琼斯爵士[②]采取了相反的立场，但他也显出了对所钦佩对象本质的无知，他写道：

> 我们必须得出结论，阿拉伯人是天生优秀的诗人，因为他们恰如其分地知道世间最美丽的事物，在温和的气候中过着平静惬意的生活，他们极度沉迷于柔情，并拥有专为创作诗歌而生的语言优势。
>
> （10：340）

他译的颂文，只被卡西达早期的译者 F. E. 约翰逊（F. E. Johnson）所超越。他将前伊斯兰阿拉伯的特点概括为：

> 上帝规定这个国家以后会变得非常重要，并继承罗马人主宰世界大部分地区的命运……值得赞扬的是，它的人民通过自我发展而达到了文化、文明和进步的高度状态，而这些高级文学的才能，正是上帝的恩赐。
>
> （ⅵ）

---

①　贝都因人（the Bedouin/Beduin），说阿拉伯语的游牧民族，分布在北非、阿拉伯半岛、埃及、以色列、伊拉克、叙利亚和约旦。

②　威廉·琼斯爵士（Sir William Jones，1746—1794），英国盎格鲁-威尔士语言学家，古印度学者，尤以确定欧洲和印度雅利安语言之间的关系闻名，他将之命名为"印欧语系"。

58　早期伊斯兰文学的另一位崇拜者W. S. 布朗特[①]在其卡西达译本的导言中提出了类似的策略：

> 在欧洲，与之最接近的例子，也许可以在基督教前凯尔特爱尔兰（Celtic Ireland）的诗句中找到，这些诗句刚好和卡西达处在同一时代，这真一个奇怪的巧合。在同样的情况下，这些诗句的异教徒吟游诗人转变成了精通神学的人，从而失去了固有的、狂野的脉搏。
>
> （ix）

我所得出的观点完全独立于布朗特个案的有效性，或者压根缺乏这一有效性。我想展示的是，布朗特和其他人认为有必要改写（前）伊斯兰文学系统，以便其潜在受众能够理解。

　　类比策略（the analogy strategy）也可以用于反面论证。如果人们相信西方的各种文学是"正确"的文学（the "right" literature），那么，人们也可以将这份信任交付给时间，并且假装只有那些进化过程与西方文学相似的文学，才值得与西方文学比肩。因此，任何一部文学作品，如果其历史不是以任何可与荷马史诗相媲美的东西发端的，那就必然会受到怀疑。正如于阿尔所说："印欧种族的惊人特权，他们将历史或传奇事件翻译成伟大诗歌的力量……在说闪语[②]民族的大脑中并不存在"（5）。这强烈地暗示，这些人因此不仅生产低劣的文学，还是低劣的种族。卡莱尔[③]以同样的倾

---

　　①　威尔弗里德·斯卡文·布朗特（Wilfrid Scawen Blunt, 1840—1922），英国诗人、作家。

　　②　闪语（Semitic tongues），指亚非语系（闪含语系，Semitic-Hamitic family）之下的语族之一，可以细分为六种语言：阿拉伯语、希伯来语、马耳他语、阿姆哈拉语、提格雷语、亚拉姆语。使用人口近1.3亿。

　　③　约瑟夫·D. 卡莱尔（Joseph D. Carlyle, 1759—1804），剑桥大学阿拉伯语教授、翻译家。译作有1810年出版的 *Specimens of Arabian Poetry*。

向发出评论，但没有引发任何种族主义的后果："这里所选的标本中，没有发现任何史诗或戏剧诗的例子，可以断定，阿拉伯人不知道诗人艺术的两个最崇高的用处"（xi）。然而，他补充说道，只有当我们完全遵守亚里士多德对诗学的严格解释，这才能成立。亚里士多德诗学明确规定，史诗必须用诗句写成。大约一个世纪后，尼科尔森[①]愿意将亚里士多德诗学的严格解释放松一些，虽然不是完全放松。他观察到，即使最长的卡西达，也"比格雷的《挽歌》（Gray's *Elegy*）短得多"，并接着指出，"阿拉伯的荷马或乔叟必须屈尊于散文"（77）。

　　布朗特在他的导言中还指出，"所有的诗歌中都有不道德的瑕疵，但人们并不希望这些瑕疵完全消失，因为它们有助于指出所描述的现实生活"（xvi）。在拉比德·伊本·拉其亚的卡西达中，有一个污点，就是弹琉特琴女子的命运。波尔克[②]的译文是：

With many a morning, limpid (draught and) the plucking of the singing girl

On a lute as her thumb adjusts the string

I hasten to satisfy the need of her while the cock crows at first light

In order that I might drink a second round while the night's sleepers rouse themselves.

(121–123)

每天清晨，当她拇指调控琴弦时，

---

　　①　雷诺德·阿莱恩·尼科尔森（Reynold Alleyne Nicholson，1868—1945），英国东方主义者，同时也是伊斯兰文学和伊斯兰神秘主义的学者，被广泛认为是英语中最伟大的鲁米学者（Rumi scholar）和翻译家之一。

　　②　威廉·罗·波尔克（William Roe Polk，1929—　　），美国资深外交政策顾问和作家，他曾任哈佛大学和芝加哥大学历史学教授，译作有 *The Golden Ode*，1974。

女孩唱着歌拨动竖琴，琴声清爽，

我急忙满足她的需要，破晓时公鸡在鸣叫

以便我可以在夜晚的沉睡者醒来时再喝上一杯。

（121–123）

显然，约翰逊试图将"瑕疵"从一个"道德"范畴转移到另一个被认为更容易接受的范畴。他翻译道："I hastened in the early morning before the crowing of the cock, to relieve my want for it (i.e. wine) that I might take a second draught from it, when the sleepers awoke."（清晨公鸡啼叫前，我匆匆忙忙地（用酒）去解渴，睡着的人醒来时，我可以再喝一口酒。）（115）65 年后，阿贝里 ① 也选择了这样的解决方案，尽管他所使用的语言可能会被认为有些不幸："and a charming girl plucking / with nimble fingers the strings of her melodious lute; / yes, I've raced the cock bright and early, to get me my spirit's need / and to have my second wetting by the time the sleepers stirred."（一个迷人的女孩 / 用灵巧的手指拨弄悠扬的琴弦；/ 是的，我把公鸡赶走，起得很早，以满足我的精神需要 / 当睡觉人醒来时，我已在喝第二口酒。）（146）

布朗特也采用了同样的策略，在翻译古代的文学时，利用了布朗宁所宣扬的"古老技艺"（archaic craftsmanship）。这种技艺带来永恒的措辞。布朗特也许还指望用这种"永恒的措辞"来转移人们对事实的注意力，即卡西达的作者及其所介绍的人物，绝对没有看出西方人所认为是"道德污点"的错误。相反，"所有的人都是坦率的、鼓舞人心的、极端的享乐主义者"（Blunt xi）。不足为奇的是，布朗特与安妮·布朗特女士一起翻译了

---

　　① 阿瑟·约翰·阿贝里（Arthur John Arberry，1905—1969），英国东方主义者，阿拉伯语、波斯语和伊斯兰研究学者，曾将《古兰经》译成英文，在学术界广受尊重。

卡西达，并于 1903 年私下出版了译作，尽管其中有这样的台词："While she played, the sweet singer fingering the lute-strings, showing her skill to me / Ere the cock had crowed once, a first cup was quaffed by me."（当她演奏时，甜美的歌手用手指拨弄着琴弦，向我展示她的技巧 / 在公鸡第一次啼叫前，我就已经将第一杯美酒大口喝下）(29)，这对那代人来说是无害的。

这几行琼斯翻译了两次，显然在"道德瑕疵"间摇摆不定。将这几行文字翻译为散文时，他站在波尔克一边，选择了一种有性暗示的"瑕疵"："How often do I quaff pure wine in the morning, and draw towards me the fair lutani, whose delicate fingers skillfully touch the strings!"［我每天早晨喝一杯甘醇的葡萄酒，把美丽的琴女引向我，她纤细的手指熟练地触碰着琴弦］(10: 67–68)。另一方面，翻译为诗句时，他又偏向了约翰逊，选择了与饮酒有关的"污点"："Sweet was the draught and sweet the blooming maid / Who touch'd her lyre beneath the fragrant shade; / We sip'd till morning purple'd ev'ry plain; / The damsels slumber'd, but we sip'd again"［酒是甜的，绽放的姑娘是甜的 / 在芬芳的树荫下姑娘弹奏着竖琴；/ 我们啜饮，直到清晨将每处平原染成紫色；/ 少女们沉睡着，但我们又啜饮了一口］(10: 343)。

在西方关于伊斯兰诗学话语中，也可以看到同样的两极态度。威尔逊排斥卡西达，指出"《安塔尔传奇》①和《一千零一夜》故事中出现的才是阿拉伯诗歌的本质特征"(49)。因此，他在卡莱尔的译本中印有拉比德的卡西达，但并非全译，仅选取了纳西布（nasib），或称爱情序曲。威尔逊称卡西达为"挽歌"，并在脚注中向读者提供拉比德生平的简介。如果英国诗集的编辑认为挽歌不重要，只印出格雷《挽歌》的前 32 行，并在脚注中

---

① 《安塔尔传奇》(*Romance of Antar*)，以阿拉伯沙漠诗人和战士安塔拉·伊本·沙德（Antarah Ibn Shaddād）为中心的骑士故事，但这一传奇有可能是在 11 世纪到 12 世纪之间匿名创作的。

对格雷的生平只给出简短的介绍，也会产生类似的效果。

　　查尔斯·图伊（Charles Tuetey）是年代上距拉比德的卡西达最远的翻译家，他在 85 年后选择了基本相同的策略，但也有重要区别，他告知读者他的所作所为之重大不同在于："拉比德的第十八首诗是理解穆阿拉卡①（*Mu allaka*）的门径。这是诗人多年后复归的地方，并在此回忆过往。这是一段极佳的怀旧描写，但它缺乏伊姆鲁卡伊②诗中能见到的戏剧的集中"（18）。图伊使用术语"穆阿拉卡"来指代卡西达。他的这种做法，使他可以联系到（虚假的）故事，认为不是拉比德的卡西达，而是其他六部伟大的卡西达，或称穆阿拉卡特（穆阿拉卡的复数形式），才是以黄金铸造，并悬挂于麦加的卡巴③——这可能是经典化最引人注目的例子。不仅依靠图伊选集的西方读者无法读到完整的卡西达，他们还会被邀请对以下作家做出比较：第一是刚刚介绍给他们的作家，第二是以前可能从未听说过的作家，第三是以前只听到过片言只语的作家。

　　然而，其他人一旦承认伊斯兰诗学可能不同于西方诗学，就会站出来为伊斯兰诗学辩护。伊尔丝·利希滕施塔特④明确指出，仅凭相对论的诗学方法（the relativistic approach to poetics）这一点就可以导致富有成效的改写："然而，用我们西方'好'的诗歌标准不足以欣赏（伊斯兰诗歌的）艺术性。对各自优点的本地判断所使用的标准与我们的大不相同。"（26）但是，相对论的方法已经隐含在许多声明中，由更"进步"的伊斯兰文学改

60

---

　　① 《穆阿拉卡诗集》（*Mu allakat*），七首前伊斯兰阿拉伯颂歌的选集，据说是由罕默德·阿尔拉维亚收集并编辑而成的。

　　② 伊姆鲁卡伊（Imrulkais），阿拉伯 6 世纪的诗人。

　　③ 卡巴（Kaaba），又称天房，是位于沙特阿拉伯麦加市大清真寺（Great Mosque of Mecca）中心的一座建筑，是伊斯兰教的圣地。

　　④ 伊尔丝·利希滕施塔特（Ilse Lichtenstadter，1902—1991），德国犹太裔东方学者，毕业于牛津大学，1960 年至 1974 年任教于哈佛大学中东研究中心。

写者提出。值得注意的是，刚才引用的声明发表于 1974 年。利希滕施塔特的著作于 1957 年以平装本出版。然而，出于同样的原因，威尔逊驳斥卡西达的选集在 1971 年再版时，并未有新的改变。

绝大多数对伊斯兰诗学的辩护都使用了上述的类比策略。为了"证明"伊斯兰"史诗"是诗歌与散文混合的合理性，卡莱尔征引了自己文化中的圣典（the sacred book），强调"从《旧约》的许多地方可以看出，希伯来人采用的是这种写作方式"（xii）。这一说法不仅有力地表明，对一方有利的也必须对另一方有利，而且还尤其通过从公元 8 世纪就开始的一次大规模的改写，把成为"西方"发展基础的闪米特人放在了同一个基础上，因为从那时起，闪族人就已被视作是对同一个"西方"的威胁了。

卡莱尔甚至更进一步，认为阿拉伯史诗更为优越，并预见了爱伦·坡[①]将会对西方传统史诗展开攻击：

> 在每一首相当长的诗中，一定会涉及某些琐碎的情节。这些情节诉诸这种手法，就不容易招致嘲笑。这种嘲笑产生自低劣主题（a mean subject）与华丽措辞间的各种不协调。荷马作品的崇高和《埃涅阿斯纪》的优雅，也无法完全让两位作者避免嘲笑。

（xiii）

换言之，西方文学的奠基史诗的作者们也许会很感激，有机会使用伊斯兰诗人理所当然采用的混合形式。

卡莱尔之后 175 年，图伊也用荷马作比，来佐证使用某种措辞的合

---

① 埃德加·爱伦·坡（Edgar Allan Poe，1809—1849），美国诗人、小说家和文学评论家，美国浪漫主义思潮时期的重要成员。代表作有小说《黑猫》《厄舍府的倒塌》，诗作《渡鸦》等。

理性。他写道："六世纪的阿拉伯诗人生活在英雄时代……同荷马描述的
时代相似。这意味着直接、现实、引人注目的细节与诗歌，是千真万确
的。"（9）甚至可以推测，当它涉及"低劣主题"时，因为就在卡莱尔与图
伊的著作出版过后的几年里，西方对史诗的思考又一次发生了变化，尤其
是庞德和威廉姆斯对史诗的成功改写，形成了一种可以在当代文学中再
次发挥作用的史诗类型，并将"传统"史诗牢牢地置于历史的界限之内，
将会有人继续研究，但不再效仿。

卡莱尔的书出版约100年后，布朗特重申了对伊斯兰诗学的辩护。他
说，伊斯兰系统中产生的早期诗歌，只能与"更古老的希伯来经典中的抒
情部分"相比较。不过，与其他改写者一样，布朗特也发现很难用西方诗
学提供的样式（genres）来令人信服地改写卡西达。就此，莱尔（Lyall）简
明扼要地说道："古阿拉伯诗歌的形式和精神是非常明显的，尽管要把它
纳入欧洲批评的范畴并不容易。它不是史诗，甚至不是叙事……更不是戏
剧……在古典诗歌中，也许希腊田园诗的类型最接近它。"（18）尼科尔森
（Nicholson）在其《历史》中称卡西达为"颂歌"（ode）（76）。琼斯也研究
过"卡西达或牧歌"（10: 341）。尼科尔森试图在他的译著中回避这一问题，
他宣称："我不同意认为成功的译文就能将一种与原作对应的形式和方式
保留在译入语中。"（viii）却加上了一句："但是毫无疑问，如果可能的话，
应该利用这些模型"（viii）。他将卡西达与英语叙事诗作类比，这一体裁由
司各特首创，后来为拜伦所推广。

为了以最有力的方式向读者展示卡西达与任何西方文学现存作品间
存在的普遍差异，阿贝里详细引用了伊本·库塔巴《诗歌与诗人》的尼科
尔森译本：

我从一个学者那里听说，颂诗的作者是从提及荒废的居所、遗址和住

处的痕迹开始的。然后他哭泣着，抱怨着，吟咏荒凉的营地，求同伴
们停留，这样他才有机会谈论那些曾经住在那里但后来离开的人，因
为住在帐篷里的人，与来来往往的城里人和村民不同，他们要从一
个水泉转移到另一个水泉，寻找牧场，寻找有降雨的地方。接下来是
情色的序曲，悲叹爱的狂热，与情妇分离的痛苦，以及激情和欲望的
极端，这样才能赢得听众的心，转移他们的目光，邀请他们的心听他
的歌，因为爱的歌能触动人们的灵魂，占据人们的心灵……现在，当
诗人赢得了人们的注意，又继续发挥他的长处，并提出要求：他继续
抱怨疲劳、睡眠不足、夜间旅行和赤日炎炎，还抱怨他的骆驼日渐消
瘦。当他把旅途中所有的不安和危险都表达出来后，他知道他已经从
诗的听众那里得到了应有的满足，就又开始创作颂文，鼓动自己去赢
得奖励，并通过赞扬自己是同辈人的翘楚，又宣称与自己相比，最大
的尊严也微不足道，以此来点燃自己的伟大。

62

（15—16）

另一方面，图伊很想放弃。他在导言中陈述道："必须说，对于引介阿拉伯
诗歌来说，以目前形式出现的穆阿拉卡特是一个不幸的选择。之所以这
样说，至少从当代西方的观点来看，因为它们转移了人们对保存得更好与
更优秀的前伊斯兰诗歌的注意力。"（13）显然，图伊非常清楚，他对伊
斯兰批评与学术的长期传统提出了挑战，他希望支持一个相对短暂的反
传统（shorter-lived countertradition）：该反传统宣称穆阿拉卡特作为整体或
部分，都是假的。但他并没有那样过分，只是用文献学的论据来质疑和削
弱穆阿拉卡特在伊斯兰文学传统中所占据的地位，指出既然它们的真实
性遭到了怀疑，那么它们的中心地位也应该受到怀疑，当然，他忽视了一
部文学作品的接受与它的"真实性"毫无关系。众所周知，歌德对《奥西

恩》①赞叹有加，甚至还翻译了一部分。该作品完全是伪造的，这一事实丝毫没有改变它在当时欧洲的成功接受，也没有以任何方式改变该作品及其接受的历史重要性。

图伊不遗余力地强调他的观点，提醒读者"后来的编辑们，试图通过添加和插入在作者作品中发现的相同韵律与韵脚的其他片段，使它们（指穆阿拉卡特）达到'标准长度'"（13）。换言之，既然穆阿拉卡特不是真的，既然我们知道（库法的）哈迈德"显然也应当对选择穆阿拉卡特负有责任，他扮演的角色与亚历山大图书馆员在希腊文学中扮演的并不一致，"他被发现在祖海尔（Zuhair）的诗中加入了自己的诗句"（13），为什么还要费力翻译这些"赝品"？当然，真正的问题也不在于卡西达是不是真的，而是它们被整个文化圈视为接近经典化的顶峰，因此它们应该在其他文化中保持相对未知的地位，这非常奇怪。

近来，改写者并没有使用道歉或类比的双重策略，已经成功地向西方读者揭示了卡西达的"独特"结构。他们将这一结构与这一样式本身的起源和当时获得的社会条件联系起来，在试图将卡西达从其本土文化转移到另一种文化的道路上增加另一个障碍。伊尔丝·利希滕施塔特指出，在古代"近东诗歌表达的不是个人、个性，而是共同的、宗教的情感表达；它在古代社会及宗教仪式中发挥了重要作用"（21）。安德里亚·哈莫里②则寻求到了"其他原因"，而"不是通常那些引证的卡西达的重复趋势和仪式，仅使用一个词就能对其加以总结"（21）。波尔克提醒西方读者，"在每一节诗的结尾，观众都期望被打断、评论、背诵类似的诗句以及品味诗人的艺术性"（xxi）。所以，要以逻辑的方式向西方人解释卡西达"混乱"的结构及其逻辑顺序的缺乏。

---

① 见第 19 页注②。

② 安德里亚·哈莫里（Andreas Hamori），普林斯顿大学近东系荣休教授。

古老的伊斯兰诗人所熟悉的话语世界，西方读者绝不熟悉，这又为西方接受卡西达带来了另一个可怕的障碍。在西方读者看来，属于这一话语世界的许多元素都不"适合在诗歌中提及"。卡莱尔将第一首拜亚特（bayt，这种"诗"由两行组成，通常较长）翻译如下："Those dear abodes which once contain'd the fair / Amidst Mitata's wilds I seek in Vain / Nor towers, nor tents, nor cottages are there / But scatter'd ruins and a silent plain"［那些住所，曾经的集市 / 在米塔塔的荒野中，我徒劳无功地寻找着 / 那里没有塔楼、帐篷、村舍 / 散落的废墟与寂静的平原一眼望不到头］（4）。他接着把第二首拜亚特的开篇译成："The proud canals that once Rayana grac'd"［这是瑞安娜曾经引以为傲的运河］（4）。波尔克对这些拜亚特诗的译文所做的评论，将有助于极好地说明穆阿拉卡特与其他卡西达未来的译者所面临的话语世界的问题。波尔克写道，"卡莱尔只熟悉定居的阿拉伯人，认为拉比德写的是房屋，所以他把第一幕描述为一个荒芜的阿拉伯村庄"（xvii）。而原作写的却是沙漠中一处废弃的营地，在那里很难找到"塔楼"和"村舍"，更不用说破败成"散落的废墟"。同样，卡莱尔所说的"真正的"运河，让人联想到威尼斯或阿姆斯特丹的模样，意指"洪水的通道，也是被侵蚀出的沟壑，雨水可以凭此流走"（Polk xxviii）。但实际上，只是在帐篷周围挖掘的水渠。

值得注意的是，后来的译者保留了"abode"［住所］一词（Arberry 142），或索性将其改为"court"［宫廷］（Tuetey 117）。阿贝里指出，这些住所基本上是一个"歇脚的地方和营地"（142），但图伊在他的"宫廷"中增加了"住所"甚至"壁炉"（117）。其中一个原因，可能是最近翻译成英语的穆阿拉卡特确实选择了"采用建立在维多利亚时代浪漫－异国的习语"（Tuetey 8）来指代上面所提及的。根据图伊，另一种原因可能是"跑题了，还不惜任何代价尝试前卫"（8）。

　　琼斯将拉比德对沙漠日出部分的描述译为："the waking birds, that sung on ev'ry tree / Their early notes were not so blithe as we"［醒来的鸟儿，在每棵树上歌唱/它们早晨的音符，不如我们欢快］（343），这一译文完全忽略了这样一个事实：鸟和树林在沙漠中出现是不太可能的，尽管它们是他想要把卡西达变成"田园诗"的主要部分。尼科尔森在翻译拉比德时大幅缩短了对骆驼的描述，但并没有告诉读者这一点。从传统上讲，伊斯兰系统中创作早期诗歌的诗人，对骆驼的描述可谓费尽心思，而对他们所爱的女人却着墨甚少。在这个问题上，西方诗学总是倾向于对文字所占的比例持不同的看法。

　　最后但并非最不重要的障碍是，西方对卡西达的接受与否，取决于书
64 写它的语言，或者更确切地说，是一种结合了该语言的特性与伊斯兰诗学的要求。吉布（Gibb）将这一问题总结如下：

> 诗人几乎完全被特定的主题所束缚，其目的是用他所掌握的全部艺术手法来美化这些主题，在美、表现力、词组简洁、描写的逼真度和对现实的把握上要超越前人与对手。那么，这样的诗歌就永远不可能令人满意地被译成其他语言，其原因就在于，所说的东西变化太小，以及艺术完全存在于不可译的言说方式。
>
> （22）

　　主要的问题是单尾韵（single end rhyme）。卡西达中的每首拜亚特都以同样的声音结束，英译者都未曾试图保留它。布朗特写道："因此，（译者们）决定了既不押韵，也不尝试末节音节，尽管在所有符合后者的方便情况中它已显示出了优势。"尼科尔森也做了同样的决定，他并没有觉得遗憾："我偶尔模仿一下东方颂歌的单韵，但在任何篇幅的诗歌中这样做都不容

易，也不值得费心去做。"（1922: vii）

尼科尔森与布朗特都同意"更多地取决于选择一种与原作的音调、精神与乐章相结合的韵律"（Nicholson 1922: viii）。不幸的是，至少在尼科尔森的例子中，这种韵律的代价通常是几乎或完全不可理解。很难探知尼科尔森译文的意思，如他的译文"Or as traceries on a woman's wrist, a tattoo of rings: / Pricked in with powdery soot the pattern sticks off distinct"［或作为女性手腕上的装饰，只是一组环状的纹身：/把粉状的烟灰刺入皮肤，图案就会清晰可见］（1922: 11），而波尔克用忠实的散文体译为："the renewing of a tattoo by the sprinkling and rubbing of soot in circles above which the tattoo appears"［在纹身出现的部位来回喷洒和摩擦烟灰，就可以更新纹身］（19）。尼科尔森为他所使用的"阿拉伯跳跃节奏"（Arabic sprung rhythm）付出了高昂的代价，布朗特也一样，他把这行拜亚特译为："Scored with lines and circles, limned with rings and blazonings / as one paints a maid's cheek pointlined in indigo"［用线条和圆圈刻出痕迹，用环形和纹饰勾勒/就像女孩儿用靛蓝色画脸颊一样］（26）。阿贝里对同一段的译文，再次揭示了他对前辈措辞的依赖程度："or the back and forth of a woman tattooing, her indigo / in rings scattered, the tattooing newly revealed above them"［或是女人的靛蓝色纹身，纹来纹去/呈散落的环形，新纹身便在身上显露出来］（142）。卡莱尔遵循了那个时代的诗学约束，将之译为："As the dust springled on a punctur'd hand / Bids the faint tints resume their azure hue"［随着烟灰在点刺手上撒开/微弱的色彩重现其蔚蓝的色彩］（6），并且他得加个脚注用以说明："这是阿拉伯妇女的一种习俗，为了让手和手臂的纹身看起来更亮丽，需稍微刺破皮肤，并在伤口上擦上一层蓝色粉末，这种粉末偶尔会随着时间而变化"（6）。另一个时代的诗学就允许图伊在同首诗的译文中出说同样的话："as with indigo-blue the girl redraw / the faded patterns marking her palm"［正如女孩用靛蓝重新画出/

褪了色的掌纹]（117）。

　　格律性的补充和高度解释性的散文，更能淡化早期卡西达的原始特征：意象的力量。似乎没有一个译者成功地解决了那些试图想让卡西达适应西方文化所面临的关键问题，即"使这一诗作以一种对英国读者合理的、不言而喻的形式呈现出来，同时又能保持前伊斯兰诗歌典型的经济性65　和紧凑性"（Tuetey 8）。费尔什丁斯基（Filshtinsky）也许指出了其中一个原因："诗人抛弃了所有听者借助自己的想象力所能补充的东西，这就赋予了他们的世界一种简洁又呈动态的品质，并使听者能更快速、轻松地感知出意象。"（19）

　　错误不仅在于译者，还在于话语世界的巨大分歧：西方读者没错，他们借助自己的想象，能够补充的东西很少。译者必须为他们做这件事，传统上是把冗长的解释偷运到文本中，或者依靠脚注。译者也可以尝试以另一种方式再现这一意象，正如波尔克所做的那样，通过向读者提供学术介绍、直译、注释，还有最后一种方法是提供"照片"，所有这些手段都"试图捕捉每一节中所表达的情感"（viii）：放弃语言的力量。正如《剑桥阿拉伯文学史》提醒我们的那样，"读者不了解与之相关的原始语言与文明，所以就需要译者以一种更吸引读者的方式去从阿拉伯经典中译出"（x）。

第七章 翻译：话语世界

"即便是荷马的创造，也仍是垃圾"

本章的副标题是罗斯康芒伯爵[①]于1685年在其《译诗随笔集》中使用的一个短语，指的是他那个时代的译者不愿意翻译荷马式话语世界（the Homeric Universe of Discourse）的某些方面：在他们自己的文化中不可接受的某些对象、习俗与信仰。本章通过比较帕特洛克勒斯（Iliad xxiii）葬礼的翻译与伊多梅尼乌斯[②]（Iliad xiii）的军事功绩，探讨译者对原文中所表达的话语世界的态度及其与自己社会的话语世界的关系。

严重影响这种态度的因素有四：一是原作的地位，二是文本被译入的文化的自我形象，三是在该文化中被认为可以接受的文本类型，四是在该文化中被认为可以接受的措辞水平、预期的受众以及受众习惯或愿意接受的"文化脚本"[③]。

---

① 罗斯康芒伯爵（the Earl of Roscommon），真名为温特华斯·狄龙（Wentworth Dillon，1633—1685），英国诗人、翻译家及译论家，其代表译作是贺拉斯的《诗艺》（1680），1684年以诗体写成翻译论著《译诗随笔集》（*An Essay on Translated Verse*）。

② 伊多梅尼乌斯（Idomeneus）是希腊神话中克里特人的国王。他率领克里特人的军队参加特洛伊战争，是海伦的追求者之一，同时也是阿贾克斯的战友。

③ 不同的语言群体有不同的"说话方式"，不仅在狭义的语言意义上，而且在语言互动的规范或惯例上也是如此。"文化脚本"（cultural scripts，一译文化剧本）是一种使用普遍语义元语言来拼写不同的"本地"语篇的惯常用法。使用这种方法，文化规范的拼写可以比技术标签（如"直接""礼貌""正式"等）精确得多。因为它们都是用简单易懂的术语表达的，所以能将种族中心偏见渗透到描述的术语中的危险降到最低。文化脚本并不是用来描述现实生活中的社会互动，而是用来描述人对社会互动的看法。

原作在源语或目标文化中的地位，可以从中心向边缘游移到整个领地。在自身文化中占据中心地位的文本，可能永远也不会在另一种文化中占据同样的位置。这正如我在前一章中通过分析试图使卡西达涵化所表明的那样。在荷马的情况下，可以肯定地说，《伊利亚特》是其自身文化的中心文本，并成为了西欧文化的中心文本之一（无论该文化使用何种语言），直到罗斯康芒的时代。用麦克弗森（Macpherson）的话说："最不公正的国家也已满足于把第二位让给最喜爱的本土诗人，而让荷马荣登第一把交椅。"（1:i）

目标文化的自我形象绝不是永恒的、一成不变的。有种说法是：自我形象低下的文化，会欢迎从它认为比自己优越的一个或多个文化中进行翻译（以及其他形式的改写）。例如，法国文艺复兴时期的文化毫无保留地仰望荷马，那时法国的态度坚持以达西尔夫人①的批评和翻译对荷马进行改写。

另一方面，法国18世纪的文化，自认为已经"成熟"，不再对《伊利亚特》给予同样俯首帖耳般的崇拜。文艺复兴时期的翻译家仍会翻译荷马的作品，并将"规则"，即史诗的诗学内部化加以传播。他们认为古希腊文化是这些规则的宝库。然而到了18世纪，法国文化自认为已经优于希腊古典文化，甚至还觉得自己才是西方诗学的真正守护者。因此，德·拉·莫特建议应该用当代标准来评判荷马："奎诺因为属于我们这个世纪而受到公开谴责，我们对古代的优胜偏见致使我们不敢认为荷马会有缺点。"（197a）

到了18世纪，英国人也不再认为荷马是所有史诗创作最高标准的制

---

① 安妮·勒·费弗·达西尔（Anne Le Fèvre Dacier, 1647—1720），又称达西尔夫人，法国学者、翻译家、评论家和古典文学编辑，包括《伊利亚特》和《奥德赛》。她利用在拉丁语和希腊语方面的巨大优势以及自己的经济支持，制作了一系列改写版本。

定者，也不再继续把它的史诗视为检验未来史诗的试金石。更确切地说，人们认为，它的地位对那些试图写下未来史诗的人产生了令人窒息的影响："现代欧洲（由那些毫无保留地崇拜荷马的人塑造的）盛行的审美观念给诗歌造成了束缚，这些束缚很可能被接受，很可能会被认为是一个天才的借口，因为他没有成功地完成荷马特有的朴素。"（Macpherson xii）

在 17、18 世纪的法国目标文化中，史诗作为一种体裁或文学文本类型，不再占据其在文艺复兴时期的主导地位。在文艺复兴时期，当龙萨苦心创作《弗朗西亚德》①时，这一著作仍然无人问津。原因很简单，它是真正被评为"伟大的"作品。诗人不得不创作一部史诗。在 17、18 世纪，史诗失去了它相对于悲剧中的主导地位，很明显，德·拉·莫特是以悲剧的标准来评判史诗的。他在《伊利亚特》译本的导言中阐明了这一点，其中包含了悲剧所需的以及荷马所欠缺的：

> 我试着让我的叙事比荷马的更快，描述更宽，细节负担更少，比较更精准且更少。我已经把语言从我认为与他们所表达的相反的激情中解放出来，并且我试图向他们解释清楚，力量是逐渐积累的，并感知到了他们所依赖的力量的最大效果。最后，我注意到这些人物是一致的，因为读者很可能对这条众所周知的规则最为敏感，并据此做出最严格的判断。

（214b）

英国的情况则不明朗，因为弥尔顿的《失乐园》是一部真正被阅读的

---

① 《弗朗西亚德》（法文为 *La Franciade*，英文为 *Franciade*），是龙萨用十音节诗写成的一首未完成的史诗。龙萨于 16 世纪 40 年代开始为法国亨利二世写这首诗，但直到 1572 年，诗人才出版了这首诗。亨利二世去世后，又改为查理九世创作，未完成。

国家史诗，但可以看出，这部史诗也开始失去其主导地位了。

在17、18世纪的法国目标文化中，学术界对适合于文学作品创作的措辞有着极为严格的限定。这种极为受限的措辞，使得译者很难将荷马式的话语世界的某些元素囊括进法语内，即使他们想超越"合适的"（agréable）界限。这些词汇本就不存在。或者说，虽然存在这些词汇，但在文学作品中使用这些词汇则会被认为是不可接受的。只要使用这类词汇，就会将翻译自动贬低为一种文学的低级存在，导致被冠以"庸俗"而遭68 拒，不管它的其他优点是什么。英国的情况虽有所差异，但奥古斯丁中后期的诗歌措辞，情况也大抵相同。

"文化脚本"（cultural script）可以被定义为在某种文化中扮演某种角色的人所期望的、可接受的行为模式。17世纪的法国人民对于"国王"的角色，就有着非常明确的文化脚本。路易十四对"国王"这一脚本曾进行过大量的详细阐释。无论如何，国王这一角色都无法被改造以符合荷马式的国王，大多数荷马笔下的国王会被品位高雅的法国人民视为在自己的时代过着穷苦生活的贵族。用德·拉·莫特的话说：

> 人们看不到国王的周围有很多官兵守卫，其子孙在园中劳碌，看守列祖的群畜。宫殿也不华丽，桌子也不华美。阿伽门农自己穿衣服，阿喀琉斯也亲手给阿伽门农的大使们准备饭菜。

（192b）

同样的，荷马的士兵们在放下将用于帕特洛克勒斯火葬的木柴后，只是坐在那里，达西尔夫人明确地让他们等待命令，就像一个好士兵在文化脚本中应该做的那样，向他们明示好士兵们在她的时代应该做什么。在麦克弗森的译本中，阿喀琉斯把剪下来的头发放在死去的帕特罗克洛斯手中：他做得干净利索，跟任何苏格兰人做得一样好。

由于 17、18 世纪希腊和拉丁经典的翻译，大多是为对希腊语与拉丁语有一定了解的人翻译的，因此翻译的信息价值相当低。事实上，有理由不翻译或"修饰"荷马式话语世界的某些方面，因为大多数读者能够查出遗漏或原作中的哪些内容经过修饰。然而，经典著作的翻译在一个例子中确实具有信息价值：是否以及何时被用于课堂或供年轻读者阅读。在这些情况下，翻译将完全"为多芬所有"（*ad usum Delphini*）[①]。

在罗斯康芒及其之前的时代，荷马史诗在英法的译本仍然是语文学时代之前所译的，而且在本质上是相对无涉历史的（ahistorical）。因此，这些译本既说明了翻译话语世界的问题，也阐明了解决这一问题的策略，最终根植于西方文化相对主义之前的文化幼稚之中。在这段时间里，原著《伊利亚特》的形象和声望开始受到质疑。达西尔夫人认为自己的译文是对荷马天分的赞扬；德·拉·莫特则认为自己的译文是努力在使荷马能合乎当时法国读者的胃口。

威廉·柯珀[②]在其译作《伊利亚特》的引言中写道："很难用现代语言有尊严地杀死一头羊"（xix）。我想说的是，语言与此毫无关系。如果原作在目的语文化中享有极高的声誉，那么译文就该尽可能地直译。这意味着那头羊的确会被杀死，无论是否以有尊严的方式。或者，用达西尔夫人的话说："一切与习俗有关的东西都必须保留"（1714: 359）。当原作在目标文

---

① *ad usum Delphini*，拉丁语，英译"for the use of Dauphin"，汉语意思是"为王权所有"。Dauphin，汉语音译为"多芬"。从 1350 年到 1830 年，多芬一直是法国国王长子的头衔，或是法国王权的继承人。多芬曾是法国东南部的一个地区和一个省的名称。1349 年，后来的查理五世购买了这片土地，从而建立了这一头衔。它被卖给了法国国王菲利普六世，并最终成为法国国王长子的土地，长子继承了土地的所有权。

② 威廉·柯珀（William Cowper，1731—1800），英国最受欢迎的诗人之一，其最具特色的作品，如《任务》或短抒情诗《白杨树》，直接导引出了 18 世纪的自然诗。

化中不再全是正面形象时，它在翻译中将会享有更多自由，其原因就在于原作不再被视为"准神圣"的文本："道德一经启蒙，哲学家一旦出场，我们就可以看到对荷马的批评了"（De la Motte 205b）。

　　一旦原作不再是"禁忌"，目标文化就开始对其形成不同的态度。第一种态度是试图为荷马"辩护"。《伊利亚特》中的诗人说道："荷马将在体面与精致方面超越自己的社会地位，正如他在天分方面超越了更为光鲜的时代一样。"（Wood 171）就连德·拉·莫特也承认荷马对其所生活的时代不应负责任："在他所生活的黑暗时代，他不可能有任何健康的神性观念，无论他有什么才智，他都无法完全避免异教错误及其荒谬的蔓延。"（189b）50年后，比托贝（Bitaubé）才明白，总有些读者会拒绝荷马，因为"一个国家越文明，其礼仪就越精致，人们也就越能想象，他们会在这个国家里遇到不愿屈从伦理道德的人，这些伦理道德则与其特点相悖"（1: 29）。

　　另一种态度，是在觉醒的历史主义基础上或多或少完全接受荷马的。达西尔夫人写道："我发现旧时代更美，因为它们最不像我们的时代。"（1713, 1: xxv）然而，她也试图通过引用她的文化中最核心的文本来为荷马辩护，以对抗自己所处时代的新品味。吊诡的是，这种文化的核心却是相反的翻译："他经常谈到鼎、水壶、血、脂肪、肠，等等。你可以看到王子们亲自肢解、炙烤动物，全世界的人都觉得很震惊，但我们还必须看到，这一切都完全符合我们在《圣经》中所看到的。"（1: xxvi）

　　对原文的不同态度引发出不同的翻译策略。达西尔夫人很有预见性地写道："我承认我想让它们更接近我们的时代，但并不试图软化其特征的力量。"（1713, 1: xxiii）另一方面，荷马早期的辩护人之一巴宾（Barbin）说道："我使用的是一般术语，比所有这些细节更契合我们的语言，特别是对我们今天看来太低级的某些事物。"（11）最后，德·拉·莫特提出的论点有利于新古典主义的规则。他对这些规则深信不疑："我希望我的翻译

能令人愉悦，因此，我不得不使用今天令人愉快的想法来代替荷马时代那种令人愉快的其他想法。"（212b）

目标文化中占主导地位的样式（genre），在很大程度上决定了读者对试图在目标文化中占据一席之地的翻译作品的期待视野。如果它不符合主导目标文化中样式的要求，它的接受则很有可能变得更加困难，因此，达西尔夫人悲叹道："现在，大多数人都被阅读大量虚荣和轻浮的书籍宠坏了，他们发现自己无法忍受作品没有同样的品味。"（1713, 1: v）因此，这些人向往的"资产阶级的英雄，总是那么光鲜、甜美、正确"（1: vi）。不用说，这种类型的英雄也不太可能在《伊利亚特》中找到。

霍布斯（Hobbes）评论道："技工乐器、工具的名称与艺术的词汇，尽管适合在学校里使用，但已远不适合英雄的角色了。"一百多年后，比托贝与达西尔夫人遥相呼应。读者的期待已经改变，新的期待决定了他们阅读《伊利亚特》译本的态度："这些小说在某种程度上已经习惯了希望让英雄的一切都是英雄的。"（1: 23）因为荷马的英雄非常不同，那时的观众非常不欢迎的习俗。德·拉·莫特说得很有逻辑："由于这些原因，我把《伊利亚特》的 24 卷缩减到了 12 卷，这比荷马的部头小得多。"（213a/b）尽管他尽了最大的努力让《伊利亚特》中的英雄们按照观众希望的方式行事："我把他们的激情留给了诸神，但我一直赋予他们尊严。我并没有剥夺英雄们的那种不合理的自豪感，因为我们常会在这种自豪感中感到崇高，但我已经从他们身上去掉了在我们眼中那种低级的贪婪与贪欲。"（214b）

主要样式（the dominant genre）所培养的一般预期也会影响翻译的构成。对德·拉·莫特的时代与文化来说，悲剧是其诗学的核心样式。因此，从逻辑上讲，他开始从悲剧的角度重新思考并重新塑造《伊利亚特》，并通过明确依赖观众对悲剧的期待来为他的策略辩护，"剧院里的观众会接受在悲剧暂停时被告知下一幕将要发生的一切吗？他们会赞成主角被其

亲朋好友打断的行为吗？当然不能！”（214a）

在不同的文化中，一般的期待可能会有所不同。几乎与德·拉·莫特法译本同时代的《伊利亚特》英译本的导言，就对法文亚历山大体的诗行曾有过这样的评价：“法文的诗作，尤其是英雄体的，非常乏味，令人难以忍受。”（Ozell 4）德·拉·莫特所认同的风格与优雅，对他同时代的英国人来说真的并不算什么。相反，他们得出的结论是“风笛的持续低音给每个词注入和谐”（Ozell 6）。英国学者不该对此感到惊讶，因为他们认为法语发音“当然是最不适合英雄题材的”（Ozell 4），并由此有效地挑战了法语翻译荷马的权利，且宣称英语才是“希腊所享荣耀”的真正继承人。

目标受众在决定话语世界特征的翻译策略中也起着重要的作用。如果荷马是为年轻人翻译的，正像他在那些主要（如果不是唯一）依赖于书本传播文化价值的文化阶段，那么他的话语世界的某些方面则可能会被忽略。用比托贝的话说：“我没有忘记年轻人与那些想从原作中学习荷马的人所受的教育。不野蛮的忠实翻译可能会使这一研究更容易。”（1:47）

71　　　对于翻译而言也是如此。希腊名词 enorchēs 的意思是“he-goat”（公山羊），显然与利德尔与斯科特定义的形容词 enorchos（有睾丸的，未阉割过）有联系。山羊在17、18、19世纪目标文化的文化脚本中享有的声誉都不好。即使在20世纪，《洛布古典丛书》①也将 enorchēs 译为：“ram, males without blemish”，（公羊，未被阉割的雄性）。因此，罗切福特把它翻译成“taureaux”（bulls，公牛），倒不是因为他不懂希腊语，也不是因为他懒得查

---

① 《洛布古典丛书》（the Loeb Classical Library）是一套大型文献资料丛书，采用的是独特的古典原著语言（古希腊语或拉丁语）与英语译文相对照的体例，几乎涵盖了全部古希腊文和拉丁文典籍。这套丛书最初全部由詹姆斯·洛布筹划出资，故以其姓氏命名，自1912年开始出版。这一丛书对西方古典学的传播和发展起到了极大的促进作用。截至2010年，《洛布古典丛书》已出版超过500种，现在的出版方是哈佛大学出版社。

这个词，而是因为他的文化脚本要求牺牲祭祀品是一种比山羊更高贵的动物。比托贝把公山羊转译为"béliers"（公羊），但却未做进一步说明，大概是因为荷马史诗的细节再细，对年轻人的陶冶作用可能有限。巴宾可能最接近于他那个时代的文化脚本——甚至最接近于他所翻译的原著——通过把"enorchēs"译成"agneaux"（lambs，羔羊），从而有效地将希腊习俗转换得不那么野蛮。

德·拉·莫特绝对无法接受的一个荷马文化脚本，是对伤口相当精细的描述，其"精确的解剖使任何一个习惯于18世纪脚本的人的想象都变得暗淡"（195a），因为18世纪的脚本对身体的任何部位的描述在很大程度上还都依赖于委婉语。因此，德·拉·莫特将《伊利亚特》第十三卷中的近两百行文字（荷马在《伊利亚特》第十三卷中详细描述了他的盟友伊多梅纽斯和他的对手的功绩）在译文中缩减到不超过两行文字："Idoménée, Ajax, Ménélas, Mérionne / De meurtres et de sang assouvissent Bellone"［伊多梅纽斯、阿贾克斯、梅内洛斯、梅里安 / 用谋杀和鲜血满足贝罗娜①］（245a）。

《伊利亚特》第十三卷中的一处描写，可能会让17、18世纪的英法读者感到震惊。希腊英雄梅里奥尼斯（Meriones）追逐为特洛伊作战的阿达马斯（Adamas），用长矛戳伤了他，伤口"aidoioon te mesegu kai omphalou, entha malista / gignet'Arès alegenos oizuroisi brotosin"［在生殖器与肚脐之间，残酷的阿瑞斯②对不幸的凡人大下狠手］（lines 568-569）。只有霍布斯和柯珀试图完整地翻译原文。柯珀译道："the shame between / And navel pierced him, where the stroke of Mars / Proves painful most to miserable man"［羞耻之间 / 他的肚脐被刺穿了，在那里，战神马尔斯的打击 / 对苦难的凡人，是最痛苦的］

---

①　贝罗娜（Bellona），罗马神话中的司战女神，据说身材高美。

②　阿瑞斯（Arès），古希腊神话中的战神，宙斯与赫拉之子。带着头盔，手拿长矛。而古罗马神话中的战神是马尔斯（Mars）。

（255）。柯珀将生殖器译为更体面的"shame"（羞耻），但至少还提到了它们。霍布斯也使用了相似的迂回方式："Meriones sent after him a spear, / Which ent'ring at his hinder parts, came out / Beneath his navel, and above his gear / Where wounds most fatal are."［梅里奥尼斯在他后面送出一支长矛，/ 长矛刺进了他的下体 / 从他的肚脐下穿了出来，穿出他的战袍，/ 这是致命的伤口］（155）。然而，这一委婉的说法"gear"（战袍）符合押韵，也弥补了对长矛插入身体路径的细节描述，长矛穿过了阿达马斯的身体。法国的翻译家中，罗切福特（Rochefort）采用了零翻译，删除了所有冒犯性的诗行。其他翻译家的译文都使用了迂回方式。

巴宾的译文轻描淡写："Le fer estoit entré fort avant"［铁矛刺入身体正面很深的地方］（296），可能是为了让读者想到一个更高贵的地方，比如铁矛可能已经刺进胸口去了。达西尔夫人更大胆：她让长矛插入得稍微低了一些，"au milieu du corps"［在身体中间］，接着补充道："justement dans l'endroit où les blessures sont les plus douloureuses et les plus mortelles"［恰好在伤口最疼与最致命的地方］（1713, 2: 289）。这一措辞不明不白，使读者有可能想到胃或生殖器，并产生曲解，尽可能不产生反感，以便符合他或她的文化脚本。比托贝让矛刺进"sous le nombril, où les atteintes de Mars sont fatales aux malheureux mortels"［肚脐下，马尔斯对这个不幸凡人的肚脐处，给予的打击是致命的］（2: 21）。此描述对伤口的定位相当准确，便不再有更细微的描述了。这里提到的其他英译者，奥泽尔（Ozell）和麦克弗森，也都采取了类似的策略，尽管相隔已有150年。奥泽尔译写道："Below his Navel plung'd his fatal Spear, Where the least Wound inflicts a certain Death."［在他的肚脐下，是那只致命的长矛，伤口虽然很小，可就在这里造成了死亡］（145–146）。麦克弗森翻译写道："Below the navel he struck him with force. Where death enters, with fatal ease."［在肚脐下，他用力攻击他：那是死亡降临的地方，可以轻易致命］（2: 33）。

一种文化脚本中不可接受的真实描写，在译者试图翻译话语世界元素时，将使其面临一定的挑战。然而，这些问题绝不局限于对"真实"事物的描述：它们也出现在诸如明喻等"文学"手段的情况中。特洛伊的英雄哈帕利昂（Harpalion），也被梅里奥尼斯用箭射中，死在战友的臂弯中"hoos te skoolēks epi gaiē / keito tatheis"［他像地里的蠕虫伸展了身体］（lines 654–655）。罗切福特则反对使用蠕虫的粗俗形象，而再次使用了零翻译："Frappé par Mérion d'un coup inattendu, / Il tombe et se débat, dans la poudre étendu"［被梅里翁意外击中 / 他摔倒并扭动，在尘土中伸展］（255）。"se débat"（writhing，扭动）虽然有些生动形象，但仍在可接受的措辞范围内，"la poudre"（powder，尘土）代替了不那么高雅的"poussière"（dust，灰尘）。

达西尔夫人译为"la poussière"（灰尘），但在译文中删除了"虫子"，只在脚注中提到了它。她的译文是："Il estoit estendu sur la poussière"［他在灰尘上伸展了身体］（1713, 2: 294），还在脚注里道歉："Le Grec dit, *il estoit estendu comme un ver sur la poussière*"［希腊人说道：他像虫子一般，在灰尘上伸展了身体］，接着说因其是一种低级的明喻（comparaison basse），故将其删除，因为"ne réussirait pas en nostre langue"［它在我们的语言中，是不会成功的］（2: 567）。比喻的成功或缺失，与语言本身并无关，而与语言使用者所认同的文化脚本有关。值得注意的是，达西尔夫人认为翻译荷马要尽可能直译。她似乎没有意识到，自己在对荷马批判性的一文中曾提到与《圣经》的类比，对这一段中可能也适用。毕竟，基督在一篇文章中也被比喻成一条蠕虫，这篇文章的目的是为了突出人类极端的悲惨处境。巴宾可能已经意识到了这一比喻的潜力，他将其译为："et il delemura étendu, comme un ver terre que l'on a écrasé"［他像被人压碎的一条蚯蚓，伸展了身体］（299）。这样的译法甚至还提高了这一明喻的影响。

73 　　巴宾和达西尔夫人似乎在这里转换了角色，这一事实进一步证明了"人的因素"在翻译与其他改写形式中的重要性。就像伟大的荷马一样，译者也会打瞌睡，忽视错误，也会自己犯错。但这类错误与某些规范性翻译著作中被耻笑的错误有着根本的区别。这种写作会立即否定德·拉·莫特对《伊利亚特》的翻译，认为它"根本不是翻译"。这样一来，就为分析文学的演变和发展排除了令人着迷的材料，原因很简单，德·拉·莫特的译文不符合时间限制的翻译概念（time-bound concept of translation），因其只关注原文。任何翻译方法都是有限度的，因为只有内容才是翻译应该存在与否的决定因素。相反，它应该分析那些自称为翻译与其他改写的文本，并试图确定它们在文化中所起的作用。大量的改写应该警醒，在翻译这类作品时，译者可能没有充分地处理手头的事情，正如他们所说的"错误"会反复、经常发生一样。应该提醒译者一个事实，孤立的错误可能只是错误，而一系列反复出现的"错误"很可能指向策略表达的某种模式。

　　与达西尔夫人不同，比托贝提到了这一蠕虫，但把它提升到了动物王国中更高级的一类：他的哈帕利昂 "s'étend à terre comme un reptile" ［像爬行动物一样在地上伸展开］（2: 24）。在英译家中，奥泽尔采用了零翻译，而麦克弗森却直译为："Stretcht on earth, like a worm, he lay" ［他在地上伸展开，像一条蠕虫］（2: 35）。柯珀也是直译的："And like a worm lay on the ground" ［就像一条蠕虫躺在地上］（258）。霍布斯在译文中不得不让蠕虫"麻木"，因为他还得考虑到韵律因素的要求。他翻译道："And lay like to a worm benumbed that / Upon the ground itself at length extends" ［像一条麻木的蠕虫一样 / 最后，在地面上伸开］（157）。

　　在《伊利亚特》第二十三卷中，我们可以找到最后一个明显的例子，来说明文化脚本对翻译话语世界诸因素的影响。阿喀琉斯在点燃了朋友帕特洛克勒斯的火葬柴堆之后，他又祭奠了 "doodeka de Trooon megathumoon ueias esthlous / chalkooi dēioon; kaka de phresi mēdeto erga"［大心脏特洛伊人的 12 个贵族的儿子/青铜砍了下来；他心怀恶意］（lines 175–176）。罗切福特把这两行变为四行："Il accomplit enfin son projet détestalbe / Il s'élance, et, d'un glaive armant son bras coupable / Dans le sang malheureux de douze Phrygiens / Il trempe, sans pitié, ses homicides mains"［他终于完成了那可憎的计划/他奋起向前，罪恶之手握着一把双刃剑/他毫不怜悯地刺出杀人之剑/12 个不幸的希腊人血流成河］（262-263）。毫不奇怪，这段文字带有悲剧的措辞。青铜变成了"un glaive"（一把双刃剑），阿喀琉斯实际上把手伸进了死者的血液中——这一行为即使在荷马时代的希腊人自己看来也是野蛮的，但显然罗切福特的受众也能接受。他们读过普鲁塔克关于暗杀尤利乌斯·凯撒的文章。事实上，罗切福特的受众很可能已经把共和罗马的最后几年投射到荷马时代的希腊人身上，用一种文化脚本取代了另一种文化脚本。

　　比托贝的译文中，铜译成了"fer"（铁），阿喀琉斯心中的邪恶被译为了更标准的"couroux, que rien ne pouvait arrêter"［不能阻止的愤怒］。巴宾仍然含糊其辞：阿喀琉斯只选择了 12 个特洛伊人并"leur fit perdre la vie"［使他们丧命］（521），这一译法不带任何血腥的味道。达西尔夫人再次违背了她所主张的原则，试图通过向读者提供发生暴力的文化脚本的规则，来削弱原著中的暴力，也许也是为了让阿喀琉斯成为更"正面"的英雄。所以，她翻译道："Enfin, pour achever d'apaiser l'ombre de son ami, il immole douze jeunes Troyens des plus vaillants et des meilleures familes, car l'excès de sa douleur et un désir de vengeance ne lui permettait pas de garder aucune modération"［最后，为了安抚朋友的在天之灵，他从最勇敢的和最好的家庭中挑出 12 个年轻特洛伊人献祭，因为他过度的痛苦和复仇的欲望强迫他要做到极致。］（1713, 3: 297）

74

75

第八章　翻译：语言
卡图卢斯^①的许多麻雀

　　无论是原文还是译文，文本都以多种方式（或者至少有意）对读者产生影响。最终的影响通常是通过"言外策略"^②，即使用语言手段的方式来产生影响。译作的读者往往认为在译作中，联合使用言外策略所产生的影响，不如在原作中有效。如果他们的这种想法不够强烈，至少会接受翻译中"一定会丢失某些东西"^③（something gets lost）这一事实。

---

　　①　加尤斯·瓦莱里乌斯·卡图卢斯（Gaius Valerius Catullus，前84—前54），罗马共和国晚期的拉丁语诗人，以爱情诗著称，其作品至今仍被广泛阅读。

　　②　言外策略（illocutionary strategies，或称言外行为），是言语行为理论（speech act theory）的三种单位之一。该理论由英国奥斯丁提出，美国塞尔等人加以发展。奥斯丁认为，语言是人的一种特异的行为方式，人在实际交往过程中离不开说话和写字这类言语行为。语言分析哲学的中心课题之一是研究这种言语行为的本质及内部逻辑构造。言语行为是意义和人类交流的最小单位，分为三种：第一，言内行为（locutionary act）是说出词、短语和分句的行为，通过句法、词汇和音位来表达字面意义的行为。第二，言外行为（illocutionary act）是表达说话者的意图的行为，是在说某些话时所实施的行为。第三，言后行为（perlocutionary act）是通过某些话所实施的行为，或讲某些话所导致的行为，是话语所产生的后果或所引起的变化，是通过讲某些话所完成的行为。

　　③　勒菲弗尔在此用典，典故出自英语名言"Poetry is what gets (is) lost in translation"。世人总说该话出自弗罗斯特（Robert Frost）。四川大学外院教授曹明伦在遍找弗洛斯特生前著作后，发现弗罗斯特并未写过此话。但在弗罗斯特的谈话中，曹明伦发现了线索：弗罗斯特在1959年的会话中说道："It (poetry) is that which is lost out of both prose and verse in translation"（诗乃翻译时从散文和诗中消失的那种东西）。见曹明伦《翻译中失去的到底是什么？》，《解放军外国语学院学报》，2009年第5期，第65-71页。

失去的东西，在原文和译文中都不少见，是言外策略的"理想组合"。不可否认的是，这是一个相当模糊但却很有效的概念，即"（创作的或改写的）文本本来可以更好一些"。能够比较原文和一些译文的读者，正如本章读者即将要做的，也常常能够指出为什么在翻译中没有实现言外策略的"理想组合"。原因很简单，即一种策略在翻译中比其他策略优越，而这被认为是导致"尴尬、笨拙、缺乏风格"的原因，不是基于原文本身的原因，而是出于文本之外的原因。一个原因是原作和译文所用语言的不同；另一个原因是在进行特定翻译时占主导地位的翻译"诗学"。例如，我在这里将简要讨论19世纪卡图卢斯第二首诗的许多译文，都使用了同样的押韵，可是原文却并没有用韵。

因此，需要押韵绝不是源于原文的"结构"，情况正好相反。这是由于19世纪的"翻译诗学"强加给当时的译者的。这一诗学认为，可接受的诗歌翻译应当采用韵律和押韵的言外策略。翻译诗学和所有的诗学一样，随着时间的推移往往会发生变化。语言也在改变，但通常不会以任何方式减少它们之间的差异：拉丁语与19世纪的英语的不同，显然使这一不同到了20世纪变得更为显著。然而，译者在一定程度上可以借助其所处时代的翻译诗学的诸种限制，但他们却完全无法借助原文语言和译文语言之间的差异。

语言是有差异的，再多的翻译训练也不可能减少这些差异。然而，翻译训练可以提醒译者注意翻译诗学的相关性，以及可能用来"克服"语言间差异的那些策略。这不可否认，但也要注意凸显原文的"他者"形象。原文可能会受到多种因素的影响，不仅包括意识形态和/或诗学的影响，而且还包括译文预期的对读者的影响。这些策略绝不仅限于语言学领域。相反，它们一定在意识形态、诗学、话语世界以及语言学的层面上运作。

特定文化与特定时期的翻译诗学，往往会迫使译者采用一两种言外策略，同时还得牺牲一些其他策略。前面已经提到了 19 世纪翻译中经常使用押韵、韵律。当然，另一个优先考虑的言外策略是词汇策略，就是要把词汇对等（lexical equivalence，也即著名的"词对词"）作为整个翻译过程的中心，才能保证众望所归的"忠实译"的中心元素。

因此，在大多数文学作品的翻译中都存在着多样的困惑，也存在着重复性和缺乏效率。我们很可能会被告知，译者只需牺牲声音，而且通常也会牺牲形态句法特征（the morphosyntactic features），就能译出原作的意义。如果他们想呈现原作的声音，他们就会发现又很难挽回意义。这样一来，他们的译作往往会被视为纯粹的异国情调而遭到遗弃。如果译者试图将原语的形态句法表层结构强加给目标文本，他们很可能会失去原作在这方面可能拥有的所有优雅和平衡。

大多数关于翻译的文章，基本上把源于语言差异和翻译诗学指令的简单而不可回避的事实，提升到了更高的"问题"地位。"问题"常常被定位为对任何解决方案的挑战，或者仅在与语言的诸种限制进行某种（巨大的、冗长的）对抗之后，才能够得到解决方案。问题却往往会消失，或者允许人们尝试解决问题更好。这种方法也许会"富有成效"，某种程度上不仅为翻译研究开辟了更为广阔的视野，而且还插入了与比较文学紧密相连的文学理论概念。问题存在的唯一原因一旦消失，一切也就消失了：一旦翻译诗学可能的策略不再是规范性的而是描述性的，译者便可以利用甚至早已利用了这些策略。

翻译在一个层面上仍是规定性的操作：译者最好屈从于词典的指令，而不能用"hippopotamus"（河马）翻译卡图卢斯的"passer"（swallow，燕子）。这个例子的本质表明，就我们在这里所进行的讨论而言，这一层面确实微不足道。译者应该懂得语法和词汇，即他们在开始翻译之前所使用的语言的多种"言内方面"（locutionary aspects）。翻译训练不应仅仅旨在传

授潜在的译者语言，而应教授这些语言固有的言外策略。未来的译者应该 77
都已具备了必要的语言技巧。

接下来，我将列出一个简短的目录，从这一目录中能看出过去两个世
纪中译者所使用的多种言外策略。这些策略为其文化，或者至少为文化中
的读者投射出了卡图卢斯第二首诗的形象。为了表明这些策略在时间上
相对恒定，并且可以相对容易地系统化，我将不按时间顺序，而是按字母
顺序就其译本进行一些讨论。还应注意的是，许多译文使用过相同的两种
或三种策略。因此，我的讨论仅限于那些最为引人注目的例子。

第一个译例是：

Passer, deliciae meae puellae,	1
quicum ludere, quem in sinu tenere.	
cui primum digitum dare appetenti	
et acres solet incitare morsus	
cum desiderio meo nitenti	5
carum nescio quid lubet iocari,	
credo ut, cum gravis acquiescet ardor,	
sit soliaculum sui doloris,	
tecum ludere sicut ipsa possem	
et tristis animi levare curas!	10

在语内层面上的一种译法是：

Sparrow, delight of my girl, with whom she is wont to play, whom she is wont to

hold in her lap, to whom, who is trying to reach [her], she is wont to give the tip of her finger, whom she is wont to incite to sharp bites when it pleases my shining desire to play with something dear, I know not what, I believe in order for it to be a small solace for her grief when the heavy desire subsides. If I could only play with you as she does and lighten the sad cares of my soul!

（麻雀，我的女孩的欢喜，她常常和你玩耍，她常常把你抱在膝上，她常常把手指尖伸到你身上，我这闪光的爱慕对象想要玩什么喜爱的东西的时候，挑起你尖利的啄咬，我不知道是什么，我相信这样做是为了在强烈的欲望消退时，给她一个小小的安慰。我多想能够像她一样跟你一起玩，以便减轻我灵魂的悲伤！）

不用说，这一译文完全保留了原文的语义（逐字逐句）与形态句法成分。

　　一开始我就应当指出，原诗可以写得更好：第 6、7 行的句法不清楚。句法，拉丁语与英语的形态句法差异，使译者面临着各自文本的主要组织问题。稍后我们将看到，有些问题将拉丁语的形态句法投射到英语上；另一些问题则选择了英语句法。在上述的翻译中，问题表现为重复使用 "is wont to"。拉丁语允许第 4 行中的动词 "solet" 控制动词 "ludere"、第 2 行中的 "tenere" 和第 4 行 "incitare"，这样，"solet" 只需表达一次。此外，拉丁语的屈折性质允许第 1 行 "Passer" 后面跟 4 个同位语，但每个同位语的 "格" 都不同：第 1 行中的 "deliciae"，呼格（vocative）；第 2 行中的 "quicum"，工具格（instrumental）；第 2 行中的 "quem"，宾格（accusative）和第 3 行中的 "cui"，与格。拉丁语也允许同位语到同位语："appetenti" 是第 4 行中 "cui" 的同位语。英语中的格，通常由介词来表示的，这有损于用拉丁语表达的紧迫性。

　　译者下一步将面临语义层面的内涵问题：第 1 行的 "deliciae"，在卡图卢斯时代的 "时髦" 行话中携带了 "做爱" 的内涵。第 8 行中的

"[S]oliaculum"是一个新词，是专门为这首诗而创造的，而不是目前使用的词。第9行中的"[I]psa"则隐含"mistress"（情妇）之意。我要对肯尼斯·奎因（Kenneth Quinn）的评论深表感谢，他指出奴隶们过去常把主人称为"ipse"（他们自己）（94）。第7行中的"[A]rdor"是指"对所爱的人的渴望"，与第8行中的"dolor"（所有格"doloris"）成对出现，这意味着因所爱的人不在而"憔悴"。第6行的"[C]arum""dear"（亲爱的），也有"珍贵的"意思，第3行的"appetenti"，在这里是在说麻雀，通常用来描述男人亲吻女人手的动作。

本文所要讨论的译者，都没有试图译出"deliciae"和"appetenti"两词的内涵。同样，也没有译者试图从语篇内部转移到语篇以及语境层面。奎因（Quinn）指出，原文是对一首正式赞美诗（致一位男神或女神）的戏仿，因此这首诗才有一连串的同位语（通常是神［女神］的绰号）和最后两行结尾处的"祷文"。在语境层面上，萨福将阿芙罗狄忒描绘成骑着马拉战车的形象，这或许可以解释为什么卡图卢斯给了莱斯比亚①一只宠物麻雀，否则即使在共和国晚期的罗马，这确实也是一个不大可能的选择。

相比之下，许多翻译家试图继承原作的一些语音特征：像"p""k"（拼写为 [q] 和 [c]）、"d""o""ae"（发音为 [ai]），并且"i"将诗中的几行字编织在一起，使句子显得流畅自然，留下速度和紧迫感的印象，这种效果只在最后两行才中断。

正如原文中的语义成分在许多翻译中被简化为词对词的简单对应一样，许多情况下，原文的通用成分也一样被简化为仅试图重现（或接近）它的韵律，或在英语版本中用等同于它的韵律来代替。翻译诗学是否存

---

① 莱斯比亚（Lesbia），卡图卢斯在文学作品中用来指代他的情人的假名。

在，是否有巨大的影响力，或者吉登·图里 ① 在过去十年中一直呼唤的"翻译规范"是否存在巨大影响，很难找到证据。

现在谈谈翻译。W. A. 艾肯（Aiken 57）重印的阿瑟·西蒙斯的译本，有助于我们理解为什么许多自称为"直译"的译本之间仍然存在差异。原因不在于译者使用的词典不同，而在于他们的想象不同。和塞维利亚的伊西多尔一样，译者试图把在文本和字典中所阅读到的与在环境中所看到的相调和起来。米娅·韦内拉姆（Mia Vannerem）和玛丽·斯奈尔－霍恩比（Mary Snell-Hornby）在翻译分析中引入了查尔斯·菲尔莫尔（Charles Fillmore）的"场景和框架"概念（"scenes-and-frames" concept）。"框架"是落在纸上的语言形式，"场景"即读者（译者）的个人经历，使其能够与框架相关联。韦内拉姆和斯奈尔·霍恩比指出：

79 译者可能不会激活操用母语者所激活的相同场景，或是作者想要激活的场景，因为由框架激活的场景与所讨论的语言使用者的社会文化背景是密切相关的。

（190）

原文第 2 行中的"[S]inu"只表示"a fold or curve in the body or in one's dress"［身体或衣服上的褶皱或曲线］（92），西蒙斯却将之译为成"bosom"（胸怀），显然是在激活另一个不同的"场景"。他把莱斯比当作"my bright / shining lady of the delight"（我光明的 / 闪耀的快乐女士），试图使用补偿策略，把第 1 行中的"deliciae"翻译成更中性的"darling"（亲爱的）。这在后

---

① 吉登·图里（Gideon Toury，1942—2016），以色列翻译学者，特拉维夫大学诗学、比较文学和翻译研究教授，他是描写翻译研究的先驱。

来的译文中，他又试图通过插入同源词（cognate）进行弥补。他还设法在语义与语音两个层面上保持原作的一种平行性，把对立的 ardor：dolor 译为："Love's full ardours being over / She may find some after-staying / Of the heart-ache"（爱的全部热情都结束时 / 她可以有方法 / 缓解心痛）。

科普利（Copley）有意识地使用另一个"场景"来重现原作的愉悦氛围。他将第3、4行译为："Or sticks out a finger — oo, you little rascal / you peck, go on do it again, harder, oo"［或者伸出一根手指——噢，你这个小流氓 / 你啄，再用力啄一次，噢］（2）。他在最后两行使用了显化策略，这为读者提供了原作的信息，并对原作做出解释："I'd like to play the way she does / and soothe within my heart the ache of love."［我想像她那样玩闹 / 抚慰我内心的爱的痛苦］。很明显，他没有尝试传统意义上的韵律翻译。他对卡图卢斯的更为现代主义诗学的有意重铸，很可能被视为一种在卡图卢斯那个时代的诗作中，试图接近他写诗时所具有的创新诗的功能。

莱斯比娅成了"仙女"（nymph），而不是印在凯利系列（Kelly 170）中埃尔顿"场景"中的女孩。他超越了"场景"，或者更确切地说，在他那个时代的文化脚本中，当把"sinu"翻译成"the soft orbings of her breast"（她的乳房，柔软的圆盘）时，他使用了一个已经石化为陈词滥调的场景。他在翻译最后两行时，又使用了相同的陈词滥调："I would that happy lady be, And so in pastime sport with thee, / And lighten love's soft agony."［我希望成为那快乐的姑娘，/ 如此在消遣中与你一起取乐，/ 减轻爱的温柔痛苦］。其中的第1行已经被解释策略所定型了。

古尔德（Goold）试图将原作的形态句法结构投射到英语中："O sparrow that are my sweetheart's pet, / with whom she likes to play, whom to hold in her lap, / to whose pecking to offer her finger-tips / and provoke you to bite sharply"［哦，麻雀，我爱人的宠物，/ 她喜欢和你一起玩，把你抱在膝上，/ 她喜欢把指

尖伸出来让你啄来啄去，/ 激起你的剧烈咬啮］（33）。他还使用了这种解释策略，使莱斯比亚"闪亮的双眸流露出对我的渴望"，但"对我"这两个词并没有在原文中出现。

格雷戈里（Gregory）在翻译原著的最后一行时，把英国文学一部著名作品中的文学典故插入了译文中，这种做法的目的，要么是含蓄地试图做出解释，要么可能是试图弥补原著"麻雀"中所包含的文学典故的损失。他的最后一句话是："This pastime / would raise my heart from darkness"［这种消遣 / 将使我的心从黑暗中苏醒］（4）。

威廉·赫尔（William Hull）试图为卡图卢斯的"soliaculum"找到"对等"，并将第 8 行翻译为："She find a pain in miniature / and defined a precise relief."［她轻微地疼痛 / 并找到了确切的减轻方式］（4）。拉丁语的指小词缀（diminutive）用不同的语法范畴来表达（介词跟名词），它不是用于减轻，而是用于疼痛，而且由于减轻和疼痛又能搭配在一起。所以，读者可以想象出那是"轻微"的疼痛。这就是译者惯常使用的转换语法范畴的方法。在这里，功能语素（主要是词缀）通常被内容语素（如名词和形容词）所取代。显然，赫尔不想用任何陈词滥调来翻译最后两行，因为它从卡图卢斯撰写原作时，至 1968 年，已经变成西方爱情诗的主要内容了。赫尔的最后一行写道："could introduce precision of light / into my weight of night."［可以把光的精确引入 / 我深沉的夜晚］。

凯利把卡图卢斯的第二首诗翻译成散文，并在这一事实中发现了另一个将拉丁语形态句法特征投射到英语上的动机。其结果与古尔德在诗行方面的尝试并无不同，"Sparrow, delight of my girl, which she plays with, which she keeps in her bosom, to whose eager beak she offers the tip of her finger."［麻雀，我的姑娘见到你就高兴，她与你嬉戏，她把你放在怀里，她拿指尖逗弄你热切的喙］（9–10）。凯利对此也做过解释。与许多译者不同，他通过突出解释来表明这一点。在他的翻译中，"Dolor"译为了"the grief of *absence*"［缺席的悲哀］。他突出自己的解释，并试图达到某种形式句法上的怪诞，其原因很可能是由于他的作品收录在"波恩古典文库"（Bohn Classic Library）中。该系图书给他的评价是：学生与任何人都希望通过"直译"学习古典作品。

兰姆（Lamb）把此段的译文也收录在凯利（170）的作品中，试图将拉丁语的形态句法结构（Latin morphosyntactic structures）投射到英语中，同时保留了相当严格的押韵结构。其译文如下：

> Dear Sparrow, long my fair's delight,
>
> > Which in her breast to lay,
>
> To give her finger to whose bite,
>
> > Whose puny anger to excite
>
> She oft is wont in play.

> 亲爱的麻雀，美人的欢乐
>
> > 停歇在她的酥胸上，
>
> 她的手指让它轻轻咬噬，
>
> > 将它小小的愠怒激发，
>
> 她常常喜欢这种游戏。

兰姆的译文激活了最后两行的"场景"，显然与卡图卢斯想象的有所不同。在原著中，没有任何地方表明莱斯比亚"不在"（away），但兰姆明确地选择了以下的解释："Assuage my pangs when she's away, / And bring relief to me."［当她不在的时候减轻我的痛苦，/给我带来解脱］。

杰克·林赛（Jack Lindsay）在翻译卡图卢斯的第一行时改变了语法

范畴："Sparrow, my girl delights in you"［麻雀，我的女孩以你为乐］（未标页码），并利用迂回策略婉转地表达了第二句话的"场景"："and in her breast's deep nest of warmth / motherly set you"［在她胸前温暖的深窝里 / 母爱般地将你安置］。

西奥多·马丁[①]在其出版的译文集中为卡图卢斯的第二首诗提供了两个译本。在第一个版本中，他被迫使用了填充法以满足韵律与押韵的要求。很多同时代的译者也使用了这一策略，但我在此并未引用他们的译文，因为马丁的翻译本身就是这一过程的绝佳例子。马丁对卡图卢斯的第 1 至 3 行的翻译是："Sparrow, that art my darling's pet / My darling's, who'll frolic with thee and let / Thee nestle in her bosom, and when / Thou peck'st her forefinger will give it again"［麻雀，我爱人的宠物 / 我的爱人会和你一起嬉戏，让 / 你依偎在她的怀里，当 / 你轻啄她的食指时，她会再让你啄一次］（4）。同样的要求也迫使他在翻译第 5、6 行时措辞应当冗长："When that glorious creature who rules my heart / Enchants it all the more with her playful wiles"［当那个占据我心灵的光荣生物 / 用她顽皮的诡计使它更加着迷］。他还试图在卡图卢斯的另外作品中进行补偿。他没有用通常的陈词滥调来描绘最后两行，而是写道："And lighten the pangs that are rending me"［减轻折磨我的痛苦］。这显然是在卡图卢斯最著名的诗 "*Odi et amo*" 中对 "excrucior"（I am torn apart，我被撕裂）的一种暗指。

在第二个版本中，马丁想象了一个"场景"。在这个场景中，卡图卢斯有点像维多利亚时代的求婚者，柔情地看着梦中的女孩与刚从笼子里拿出来的金丝雀玩耍。原文的第 5、6 行在第二个版本中变成："When she is minded, that lady whom I dote on, / Pretty tricks to play, all maddeningly charming"

---

① 　西奥多·马丁（Theodore Martin，1816—1909），英国作家和翻译家。

［当她有意时，我所宠爱的女士，/ 她玩起动人的小把戏，勾魂摄魄］（5）。马丁的"我所宠爱的女士"显示出，译者往往会因为节奏和韵律的要求而被迫退回另一种策略，那就是"扁平化"（flattening）：牺牲了原作的言外力量，仅仅是为了求得语内交际。

詹姆斯·米奇①使用不间断的长句重新找回了原作的速度和流畅与原作语气的轻快。第 2 至 4 行的译文是："Her playmate whom she loves to let / Perch in her bosom and the tease / With tantalising fingertips / Provoking angry little nips"［她喜欢玩伴 / 栖息在怀里 / 并用诱人的指尖逗弄 / 激怒麻雀小钳子般的喙反咬］（19）。

拉斐尔（Raphael）与麦克莱什（McLeish）改变了原文的句法模式以便试图传达原文的语气。拉丁语的言辞转换成了一个英语问句。例如，卡图卢斯的第 1、2 行就译为了："Well, little sparrow, who's my darling's darling then? Does she like to play with it and hold it in her lap?"［好吧，小麻雀，谁是我爱人的宝贝？/ 她喜欢与它嬉戏并把它放在她的膝上吗？］（25）。二位译者还借助语素重复来捕捉原文前半部分的轻松措辞。第 3、4 行的翻译是："Does she get it to stretch its beak / To tip her fingertip—provoke the little pecker's peck?"［她能让它伸出嘴 / 够到她的指尖，这能让小家伙啄它吗？］。

卡尔·塞萨尔（Carl Sesar）将这一拉丁言辞（原作为呼格）翻译为显化的英语词汇："Hello, sparrow"［你好，麻雀］（未标页码）。他对第 5 行进行了弥补，以此服从于押韵的要求："And glows, lovely, her eyes flashing"［她的眼睛，可爱，闪闪发光］，他对第 8 行进行了同样的处理："once the heavy burning need dies down"［一旦燃烧的欲望熄灭］。

---

①　詹姆斯·米奇（James Michie, 1927—2007），英国诗人与拉丁诗人的翻译家，包括贺拉斯的颂歌、卡图卢斯的诗歌警句。他曾任英国出版公司博德利·海德有限公司（Bodley Head Ltd.）的董事和伦敦大学讲师。

C. H. 西森（C. H. Sisson）借助词源学将原文的第 7、8 行以英语读者能理解的方式翻译出来，同时保持贴近拉丁语："I think, when her grave fire acquiesces / She finds it a solace for her pain"［我认为，当她的烈火默许时 / 她发现这是她痛苦的慰藉］（11）。

R. A. 斯旺森（R. A. Swanson）想象了下面的"场景"，将第 2 行中的"sinu"译为："允许躺在 / 她的膝上"（3）。J. F. 西蒙斯－热娜（J. F. Symons-Jeune）又为"sinu"想象了一个不同的场景："clasps thee to her neck"［将尔搂于其脖颈之上］（5）。她也符合古代与 20 世纪 20 年代的文化脚本，把莱斯比亚的指尖想象成"rosy"（玫瑰色），而原作中却没有明说是何颜色。

J. H. A. 特里门希尔（J. H. A. Tremenheere）又一次想象了另外一个场景：他的麻雀比卡图卢斯麻雀的行为更加暴力。他将第 4 行译为："To tempt thy sallies and excite / Many a cruel, cruel bite!"［激发你的感情，并且引诱 / 许多残忍的、残忍的咬噬！］另一方面，他对莱斯比亚的"场景解读"（scene reading），则接近马丁所提供的解释："Since petty follies such as these / My sweetheart exquisite can please"［因为像这样的小蠢事 / 我的小可爱可以感受到取悦］（39）。

A. S. 韦（A. S. Way）把拉丁语的呼格译为一个完整的英语句子："Sparrow, I cry you greeting"［麻雀，我大声问候你］（1）。他塑造的莱斯比亚与麻雀的嬉戏，又一次呈现出不同的"场景"："And twixt her palms enfolds you"［抓紧手掌，握紧你］（2），这句话是在拉丁原文中从未出现的。同样的场景也让他又添加了两行，"She [Lesbia] scolds you [bird] / With laughing lip"［她（莱斯比亚）骂你（麻雀）/ 嘴唇上扬，露出笑意］（2）。

彼得·惠厄姆①的补偿方式与我们到目前讨论过的都不同。通过明确

---

① 彼得·乔治·惠厄姆（Peter George Whigham，1925—1987），英国诗人及翻译家，因 1966 年在企鹅出版社翻译出版的《卡图卢斯诗集》而闻名。

地称麻雀为"莱斯比亚的麻雀"（Lesbia's sparrow），他将原作历史化，将数百年来此诗的接受反观到该诗本身。他还使用词源学来贴近拉丁语，同时以可接受的方式翻译卡图卢斯的新词。他对第8行的翻译是："a little solace for her satiety"［对她满足感的一点安慰］（8）。

也许 F. A. 赖特（F. A. Wright）对原著开篇的历史化解读最为大胆。第一行直接把莱斯比亚的麻雀移植到了英国的中产阶级，写道："My darling's canary, her plaything, her pet"［我爱人的金丝雀，她的玩物，她的宠物］（94）。他的莱斯比亚取代了马丁与特里门希尔的麻雀，代之以一群空灵的年轻女子，她们心不在焉地逗弄着金丝雀："She lets you for warmth in her soft bosom linger, / And smiles when you peck at the tip of her finger"［她让你在柔软的怀里取暖，/ 你啄她指尖时她在微笑］（95）。这种"温暖"虽然与赖特的场景语境尚且兼容，但或许是出于韵律的需求而已。在原著中，卡图卢斯的莱斯比亚从未笑过。

尽管许多译者试图接近卡图卢斯的音韵效果，但西莉亚（Celia）与路易斯·茹科夫斯基[①]是唯一在翻译原作时明确优先考虑发音层面的诗人。他们毫不掩饰，试图译出声音，而不是意义，竭力反抗那个时代的翻译诗学。因此，他们的译作仅仅获得了一些恶名，成为茶余饭后的消遣，从未得到认真对待。原作的第7行变成："I think, it is the crest of passion quieted,"［我想，这是激情的顶峰，平静了下来］，同一行的第二部分实际上模仿了拉丁语的声音，并取得了一定程度的成功，最后一行也模仿了原文的声音："could I but lose myself with you as she does, / breathe with a light heart, be rid of these cares"［我能不能像她那样迷失在你的身边，/ 用一颗轻松的心呼吸，

[①]　路易斯·茹科夫斯基（Louis Zukofsky, 1904—1978），美国诗人，客观主义诗人群体（the Objectivist group of poets）的奠基人和主要理论家之一。

摆脱这些忧思］（未标页码）。

　　综上所述，对传统的分析表明，卡图卢斯第二首诗的译者们，为读者提供了有时由同一框架所激活的差异迥然的场景。他们运用了以下几种极为常用的策略：语音近似、补偿、显化、在措辞与文化脚本层面使用陈词滥调，原语在译语中的形态句法投射，形态句法转换以及语法范畴、押韵与韵律转换，尝试创造新词，迂回用语，补偿与填词，"扁平化"（即减少言外效果），重复语素以及使用同源词，等等。

83　　　我在这里不打算评价不同的译文，那也并非是我的任务所在：评估只会揭示隐藏的规定性假设，而我却用这些假设来研究译文。因为我已经试着描述，而不是规定。所以，我没有理由去评价译文。这项任务还是留给读者们吧。

　　我也希望能向读者表明，因为大多数读者都不会对照译作与原作，所以在他们看来，阅读译作，就是在阅读原作。改写者与改写的作品投射出原著、原作者、原语文学与原文化的形象，而这一形象往往比原著对读者的影响更大。在以上四章中所分析的诸种改写，往往最终决定了一部作品、一位作家、一种文学作品或者一个社会，在不同于其原文化的文化中的接受度。在后面的四章中，我将讨论诸种改写作品如何在自己的文化中重塑作品、作家、文学、社会的形象及其接受度。

第九章　编纂文学史

84

从畅销书到非人：威廉·福肯布洛赫

荷兰作家威廉·戈德沙尔克·范·福肯布洛赫（Willem Godschalk van Focquenbroch）1640 年出生于阿姆斯特丹，可能于 1670 年去世。他先在阿姆斯特丹行医，可是不大成功，后来成为荷兰东印度公司在西非黄金海岸经营的一个定居点的财务主管。他是一位相当多产的诗人兼剧作家，也是将滑稽剧（the burlesque）引入荷兰文学的作家正如法国诗人斯卡龙（Scarron）。

福肯布洛赫离世后，在大约一个世纪里都非常受欢迎。在此期间，他作品的合集在当时绝非廉价，且重印了八次，就连他的剧本也定期出版。大约一个世纪后，他及其作品在荷兰文学史上的声誉才渐不如前。他的书绝版了，戏剧不再上演，他的名字也几乎被遗忘，直到最近才被重新发现。

换言之，几代荷兰文学的"专家"，在其文学与文化编辑工作中都"删除"了福肯布洛赫。他们这样做，是因为他们认为当时占主导地位的文学话语早已深入人心，显然福肯布洛赫不合时宜了，或者说，在他们看来，他已不适合这一话语。接下来，我将尝试调查这种"文化编辑行为"（cultural editing）所使用的主要策略。这些策略绝不仅限于荷兰文学，在其他外国文学作品中也很容易看到这个轨迹。

"这很难理解"，伯特·德考特[①]在《福肯布洛赫诗集》的《引言》中写

---

① 伯特·德考特（Bert Decorte，1915—2009），荷兰导演兼演员。

道:"怎么可能会没有人致力于透彻分析这位 17 世纪作家的生活和工作呢? 说得委婉些, 他的生活和作品都非常了不起"。19 世纪唯一一位站出来为福肯布洛赫辩护的批评家 H. 德·古耶尔 (H. de Gooijer), 从哲学角度来看待这件事:"在荷兰文学史上, 不公正的事情经常发生" (353)。

　　福肯布洛赫在过去三个世纪中所遭受 (通常是恶意的) 忽视, 既非"很难理解", 也不是出于非个人、抽象正义或不公正的因素。事实上, 他的例子说明文学史及其衍生作品 (参考作品) 在很大程度上受到了意识形态与诗学的制约。

　　福肯布洛赫在 17 世纪曾非常受欢迎, 但他的美誉显然不是那些"专业人士"所需要的, 因为正是这些所谓的专业人士塑造了那个时代文学的主导话语。在诗学领域, 福肯布洛赫受欢迎的程度并不合适, 因为滑稽剧这一形式的确不符合诗人和评论家模仿古典主义①伟大范例的企图, 尤其是为了证明荷兰语也已"成熟", 可以成为各种话语有价值的载体, 并可用于新独立的尼德兰联合共和国②。

　　福肯布洛赫在意识形态方面也不是受欢迎的那类人, 因为他作为滑稽剧、讽刺诗与戏剧作家的形象, 以及他成长的故事, 都不符合 17 世纪阿姆斯特丹作为国家建设者、发现者与严肃商人的理想形象, 更不符合《圣经》或古代理想诗人的形象。

　　一旦某一文化的历史已经形成了某种经典化形象 (a canonized image), 它就会倾向于编辑掉 (edit out) 那些不符合这一形象的人物和特征。对这

85

---

　　①　古典主义 (Classical Antiquity), 又称古典时代、古典时期, 公元前 8 世纪至公元 6 世纪之间以地中海为中心的时期, 由古希腊和古罗马的相互连接的文明组成, 其影响深远。

　　②　尼德兰联合共和国 (the Republic of the United Provinces, 1581—1795), 或称"七省联合共和国" (the Republic of the Seven United Provinces), 是现代荷兰王国的前身。

一过程的分析再次表明，文学作品的"内在"价值，绝不足以保证其一定能够存在下去。而不同的改写却能确保它在某种程度上的延续。如果作家不再被改写，他们的作品将注定被历史遗忘。

福肯布洛赫不受欢迎的意识形态原因，也许在洛德·贝克尔曼①编辑的《福肯布洛赫诗集》的《引言》中已有最为简洁的描述："得体的观念变动不居，这使诗人福肯布洛赫几乎被遗忘了"（9）。另一方面，J. C. 布兰特·克斯提乌斯（J. C. Brandt Corstius）进而指出了其中的诗学原因（123），他将福肯布洛赫定义为"不能或者不愿适应'官方'诗学的诗人"。

奥内（Ornee）和维恩加德（Wijngaards）把这两个因素加起来说道："他的滑稽风格显然也是对那个时代某些清教潮流的反抗"（73）。对此申克维尔德－范·德·杜森（Schenkeveld-van der Dussen）进一步解释："现代观点倾向于评价的一切，都被他否定、模仿或者完全嘲笑了"（44-45）。换言之，福肯布洛赫并没有全然欣赏那个时代的"得体与社会傲慢"，"文艺复兴的理想也没能激发他，反倒激发了霍夫特（Hooft）、冯德尔②和惠更斯③"（Calis 26）。卡利斯列举了三位试图用古代诗学改写荷兰文学的作家：诗人、剧作家和历史学家霍夫特；剧作家兼诗人冯德尔；诗人和剧作家惠更斯。在这方面，惠更斯唯一的喜剧《特里金特杰·科内里斯》（*Trijntje Cornelis*）也含有滑稽的语言和情节，其直接来源极有可能就是福肯布洛赫。那么，为什么福肯布洛赫遭到排斥而惠更斯却没有呢？因为福肯布洛赫的全部作品都打上了滑稽的标签，而惠更斯，却还有外交官、科学家、

---

① 洛德·贝克尔曼（Lode Baekelmans，1879—1965），荷兰诗人及翻译家。

② 约斯特·范·登·冯德尔（Joost van den Vondel，1587—1679），17世纪荷兰最杰出的诗人和剧作家。

③ 康斯坦丁·惠更斯（Constantijn Huygens，1596—1687），荷兰剧作家、诗人、作曲家，著名科学家克里斯蒂安·惠更斯之父。

作家与贵族的多种身份，可以帮他暂时屈尊"下降"到剧作家的身份：曾经做过剧作家，剧里还有很多警句。但是，他还总是能安全地重新"上升"到那个时代所需要的得体话语（the discourse of decorum）里。

86   在更深入地分析将福肯布洛赫从荷兰文学史中删除的各种策略前，我要公平公正地指出，当代文学史的编纂也已开始纠偏。例如，C. J. 奎伊克（C. J. Kuik）在其《福肯布洛赫诗集》的引言中写道："17 世纪中叶，在公认的伟大作家的行伍中，我们这里的一位诗人因为缺乏严肃性而遭到遗忘，但其驾轻就熟的朗诵调（parlando），似乎是我们这个时代愿意再次聆听到的声音"（11）。值得注意的是，这并不是福肯布洛赫作品的内在价值，如果真有的话，这一价值必须是永恒的。这才是他再次被发现的唯一原因。在这个问题上，主要诗学随着时代发展而发生变化，这也利于再次接纳福肯布洛赫的诗歌。这一事实至关重要，加之二战结束以来，"得体"观念的自由度在荷兰也得到了大幅提升。

        然而，更传统的立场仍与我们同在。在上述奎伊克文集出版的同年，鲁斯（Roose）在其编纂的《17 世纪荷兰十四行诗》的《引言》中急于澄清真相：

> 一旦读者熟悉了福肯布洛赫对十四行诗的嘲讽，我们建议他重新翻阅这本集子。该集子专为十四行诗的伟大时代所编，借此可以检讨这位最伟大的诗人将才华都奉献的文学样式能否经受住这种讽刺。我们认为这一实验将会产生积极的结果。

（101）

换言之，福肯布洛赫从"被排斥者"（outcast）的地位上升到了"持不同政见者"（dissident）的地位。很难否认他与文学及文化的关联，但他仍未进入"我们最好的诗人"的队伍。这些最好的诗人所信奉的诗学，恰好比福肯布洛赫的更接近文集编纂者的品味。既然大局已定，福肯布洛赫就也就难逃被遗忘的命运了！

那些试图"删掉"福肯布洛赫的人面临着一个很大的问题，首先如维特森·盖斯比克^①所说，他后来又不断地强调："只消阅读几页这些所谓的滑稽诗……就会让任何有一定品味和体面的人作呕；然而，我们现在正在看的第三版，正在散发出福肯布洛赫《塔丽娅》（*Thalia*）中排泄物般的气味。到1766年，肯定有人还在阅读他。"（309）59年后，沃普（Worp）也面临了同样的问题，他设法找出福肯布洛赫作品的更多版本："100年内就至少出版过8个版本的全集，这一荣誉只给予那个年代为数不多的诗人。要解释福肯布洛赫的成功并不容易。"（529）最终，考布斯（Kobus）与德·里维科尔特（de Rivecourt）在沃普五年后开始写作时，甚至仍不去尝试解决这一问题。他们只是轻描淡写地说道："尽管福肯布洛赫的作品中不时会闪现某些智慧，但作品大多是懦弱与肮脏的，充满了低级趣味，且粗俗滑稽。"（542）这意味着福肯布洛赫的得体观念确实与他们的不相符合。他们不加评论，甚至不做任何形式的转变，继续说道："然而，他的诗作却多次印刷"（542）。

像他们阵营中的其他人一样，他们甚至无法开始思考显而易见的问题：福肯布洛赫的诗歌曾经一度极受欢迎且持续流行，很可能是因为这些诗作与那时生活在阿姆斯特丹黄金时代的大多数人在意识形态与诗学上相投契。此点也可从霍夫特和惠更斯周期性地进入福肯布洛赫的领域来探索一番清晰地看出。后来通过编撰成为那个时代"伟大诗人"的意识形态和诗学（除了滑稽剧和污秽剧），在那个时代几乎都不占主导地位，而

<hr>

① 维特森·盖斯比克（Witsen Geysbeek，1775—1833），荷兰文学史家。

是被文学史家事后加以回顾所投射上去的。无论是意识形态还是诗学，都
是投射给那个时代努力建设一个新共和国这一"奠基神话"的一部分。假
如阿姆斯特丹是新罗马的话，那么它应当可以容纳一个维吉尔、一个贺
拉斯、一个塞涅卡①、一个塔西佗②；却不需要一个马提雅尔③或一个尤维
纳尔④。

　　因此，那些想把福肯布洛赫"编辑掉"的人，必须制定一个双重策
略：一方面，必须尽可能令人信服地告诉读者，福肯布洛赫本人到底有多
"坏"；另一方面，他同时代的人必须被免除真正的"内疚"，因为此内疚
关系到他不幸且短暂的美誉。因此，他们需要被描绘为不优雅的人，可能
比不同改写者和读者更差。这也解释了黄金时代的"伟大诗人"，为什么
有时会屈从于他们那可疑的品味的原因。综上所述，尽管 17 世纪的确是
荷兰文化的黄金时代，但其居民容易出现某些不幸的味觉失调症，虽然此
病后来得到了救治。

　　沃普首先使用了第二个策略："正如我们所读到的，我们一次次地惊
讶于我们的祖先愿意倾听和能够倾听的东西，还惊讶于他们所欣赏的那

---

　　①　塞涅卡（Seneca，约前 4—65），古罗马政治家、哲学家、悲剧作家、雄辩家、新
斯多葛主义的代表。塞涅卡一生著作颇丰，其伦理学对于基督教思想的形成起到了极大
的推动作用，因此有基督教教父之称。文艺复兴以来，他的妙言佳句在欧洲一直广为采
用。"塞涅卡说"之类的话就像中国的"子曰诗云"一般，为西方人所耳熟能详。尤其是
他的《道德书简》，历来都是为大众所公认的首选必读书。

　　②　普布里乌斯·克奈里乌斯·塔西佗（Publius Cornelius Tacitus，约 55—120），古罗
马最伟大的历史学家，他继承并发展了李维的史学传统和成就，在罗马史学上的地位犹
如修昔底德在希腊史学上的地位。

　　③　马提雅尔（Martial），古罗马诗人，因其警句、诗集而出名，作品有《警世言》
（Epigrams）。

　　④　尤维纳尔（Juvenal，约 60—约 140），古罗马讽刺作家，拉丁名（Decimus Junius
Juvenalis，汉译为德西默斯·尤尼乌斯·尤维纳利斯），其 16 首讽刺诗猛烈抨击了图密善
皇帝统治时期的古罗马社会的罪恶和荒唐。

些双关语"（503）。沃普口吻略带遗憾，接着说道：

> 我们的民族性喜欢喜剧、诗歌、绘画和素描中的粗俗。我们贵族家庭
> 婚礼上使用的基调太有名了，我们许多画家如此巧妙地处理的多种
> 主题也太有名了；我没有必要在此详细讨论。
>
> （530）

28 年后，卡尔夫（Kalff）同情地说道："这个古老民族的民族性保持着通
俗的幽默和敏锐的机智，但也留下了粗俗，往往把肮脏与厌恶误以为是喜
剧。"（578）两位作者（持怀疑态度地？）对福肯布洛赫最喜欢的方式的评
价遥相呼应："然而，幸运的是，他的写作方式、滑稽样式，现在已经完全
过时了"（Worp 530）；"幸运的是，为了我们民族的发展，这一页很快就会
翻过去了"（Kalff 580）。

　　贝克尔曼（Baekelmans）第一个指出，这两个论点利弊兼有。如果 17
世纪的贵族们容忍绘画与素描中的粗俗，并且，如果这些绘画与素描现
在还陈列在博物馆里，那么为什么他们明显喜欢的粗俗文学，却在文学
选集与文学史中遭到压制了呢？贝克尔曼写道："他［福肯布洛赫］同时
代的人及众多精英，如扬·斯丁[①]、范·奥斯塔德[②]、约斯特·范·克雷斯贝克[③]、

---

　　① 扬·斯丁（Jan Steen, 1626—1679），荷兰风俗画画家，其绘画即使是宗教题材，
也带有浓厚的现实风俗特征，画面构图和人物形象构成的场面类似于舞台，所以他即使
描绘普通平凡的日常生活，也有一种舞台戏剧效果。他很注重人物某些细节的描绘，带
有故事性，还略带幽默感。这些都体现了当时的荷兰人民对快乐的精神生活的向往。

　　② 范·奥斯塔德（van Ostade, 1610—1685），荷兰黄金时代的画家。

　　③ 约斯特·范·克雷斯贝克（Joost van Craesbeek, 1625—1660），荷兰画家。他通过
酒馆场景和放荡的肖像画，在 17 世纪中叶荷兰风格绘画的发展中发挥了重要作用。他的
体裁场景既描绘了中产阶级的场景，也描绘了低生活水平的人物。

阿德里安·布劳尔①这些画家，在绘画中体现出的粗犷、粗俗的感官特征，并没有阻止他们在接下来的几个世纪里得到无条件的赞美。"（9）贝克尔曼接着说道，荷兰绘画中表现得极为明显的滑稽元素，时常也会在荷兰文学中出现。这主要是因为荷兰的民族性似乎与之有着天然的契合，或者说至少某种荷兰的民族性格确实如此，而这正是文学史改写者认为"不体面"的那种，但艺术史的改写者却不认同。贝克尔曼说，福肯布洛赫因此得罪了他那个时代的专业人士，他被滑稽所吸引，因为"对于荷兰人来说，他与自己的存在有着更深的契合"（17）。

在卡尔夫的文学史出版两年后，贝克尔曼的选集也出版了。他在当时可能被认为只是一个单独的不同的声音而遭到遗忘，但他的观点基本上是正确的。荷兰黄金时代的居民并不像人们通常认为的那样纯洁（或者说人们希望他们纯洁）。为了转移人们对这一群体诸多失败的注意力，文化编辑行为（cultural editing）将福肯布洛赫选为害群之马（the black sheep），认定他喜欢夸大其词，沉溺于那个时代不幸的恶习，而不去努力将其同时代人塑造为高贵形象。

由于同样的指控可以针对这个时代的经典诗人，不仅是霍夫特与惠更斯，而且尤其是布雷德罗②，所以特点抹杀的策略（the strategy of character assassination）变得越来越不可避免。尽管布雷德罗那首常被解读为他悔改"证据"的诗译自法语，或是将他对一位女作家不可能实现的爱，如中世纪典雅爱情的那种最佳传统加以"崇高"化，但至少可以说，布雷德罗在

---

　　① 阿德里安·布劳尔（Adriaan Brouwer，1605—1638），荷兰画家，风俗画的创新者，其画作生动地描绘了农民、士兵和其他"下层"人员，在酒馆或乡村环境中饮酒、吸烟、打牌或掷骰子、打架、作乐等活动。
　　② 格布兰德·布雷德罗（Gerbrand Bredero，1585—1618），荷兰黄金时代的诗人及剧作家。

信仰的层面上已经做出了"忏悔"。

福肯布洛赫所从事的诸多工作，都没有留下任何的痕迹和证据。因此，特点抹杀的策略必须以最无情的方式应用于其本人及其诗人身份。在我们更详细地分析之前，必须牢记两个因素："一是二战后，尽管人们越来越关注福肯布洛赫的生活和工作，但至今就其生活却仍知之甚少"（van Bork 206）。既然知之甚少，那么多有推断甚至编造也不会怎样；二是福肯布洛赫"几个世纪以来一直享有放荡者的名声，归结于那些人云亦云的评论家的轻率诽谤"（Kuik 13）。从下面的段落中，我们可以清楚地看到有多么轻率。

范·德·阿（Van der Aa）在1859年写道："他（福肯布洛赫）由于生活放荡，一事无成，这就是他1666年去几内亚海岸想发财的原因"（142）。沃普在这一问题上的看法则小有不同，刊发于1881年："他在行医过程中没有取得多大成功，也许至少部分原因是由于他生活放荡。他的滑稽诗对他也没什么好处。"沃普接着穿针引线地说道："福肯布洛赫的写作样式不适合激发病人，尤其是女病人的信心"（512），沃普最终得出福肯布洛赫的集合形象，只是基于书面作品的推断。沃普及其之后的研究者，把福肯布洛赫在其诗作中引入的人物当作他本人。此外，无论是他还是其继任者，都没有考虑到样式的要求：某些类型的诗歌要求其人物采取一种不完全靠近道德顶峰的立场。

无论沃普及其继任者是否蓄意将作者及作品相关联，沃普对福肯布洛赫一生的总结都将载入荷兰文学史："带着空空的钱包、恶名与绝望的爱情，福肯布洛赫离开了祖国，远走他乡，去寻找属于他的财富"（512）。1888年，弗雷德里克斯（Frederiks）与范·登·布兰登（van den Branden）（可能是非自愿地）添加了一条有宿命论意味的注释，就沃普的观点做出如下调控："他的读者可能从来没有想过他为什么会于1666年离开荷兰去几内亚海岸，在那里，他做了财务主管，当然很快就去世了。"（252）难免给人留下了这样的印象：是加尔文教的上帝亲自用早逝惩罚了福肯布洛赫。

1901年，埃弗茨（Everts）撰写了一篇关于"生活放纵的威廉·福肯布洛赫"的文章（272）。1920年，普林森（Prinsen）将福肯布洛赫描述为"一个性格阴暗的医生，最终在黄金海岸找到了职位"（294），与另一个"医生彼得·伯纳吉（Pieter Bernagie）形成了鲜明对比，后者设法维护了自己的尊严，后来成为阿姆斯特丹雅典娜俱乐部①的教授"。问题不在于他在经济上缺乏成功，而在于他在生活与艺术上（或更确切地说，从他的艺术所推断出来的生活中）缺乏体面。用W. F. 赫尔曼斯（W. F. Hermans）的话来说："很明显，作为一个阴暗的医生，福肯布洛赫到现在仍然困扰我们，但冯德尔（Vondel）作为一个阴暗的袜子商人并没有困扰我们"（15），尽管冯德尔在经济上的成功肯定也没比福肯布洛赫大多少。当然，两者的不同是，冯德尔既为自己也为他后来的时代创作了"正确的"文学，福肯布洛赫则没有。1924年，特·温克尔（Te Winkel）写道，福肯布洛赫"由于生活放荡，无法在阿姆斯特丹行医（他1662年获得学位）"。晚至1952年，特尔·拉恩（Ter Laan）才给我们提供了一个无法弥补的福肯布洛赫的形象："他在莱顿上学之时，在道德方面，过着放荡的生活；在阿姆斯特丹当医生时，做得也不太好。"（158）

大约25年后，我们接触到了"新的"福肯布洛赫。虽然他还没有完全"赎罪"，但将其归为"受诅咒的诗人"（poète maudit）之列（而不是有点陈腐），倒至少可以被接受了。似乎其他文学作品都有论据，那么为什么荷兰文学就不能提供至少几个论据以便将其作家保留在即使是相对边缘的地位呢？雷恩斯（Rens）还写道"这一阿姆斯特丹人的行医失败了"

---

① 雅典娜俱乐部（Athenaeum），1824年成立于伦敦，为文学、艺术、学术名流所设。阿姆斯特丹有该俱乐部的分支机构，还有以该俱乐部为名的书店。

（60），但他添加了一条表示理解的注释，尽管绝对不是宽恕：

> 福肯布洛赫饱受生活之苦，令他无法承受。不会有人比他更深信生活
> 的虚荣、无意义与残酷。他用冷酷的嘲讽和愤世嫉俗，摧毁了那个时
> 代的价值观、意见、情感和形式。这种"受诅咒的诗人"的悲观使他
> 具有了现代特征。
>
> （60）

同年，另一位文学史家描述道："福肯布洛赫医生在阿姆斯特丹时，周旋于 90
女人之间，饮酒抚琴，很少出诊"，他是"我们的文学中最具冒险精神与
魅力的一位"（Dangez 118）。在这一背景下，重要的是，作家贝克尔曼虽不
总与他那个时代的主流意识形态、诗学相契合，但他是第一个称福肯布洛
赫为"受诅咒诗人"的人（9）。64年后，主流意识形态与诗已经发生重大
变化，才允许雷恩斯与丹格兹（Dangez）在主要针对学术读者的著述中使
用这一相同的称谓。

　　比较一下《现代世界文学百科全书》（*Moderne Encyclopedie der Wereldli-
teratuur*）第1、2版中有关福肯布洛赫的词条，也许会发现最新转变的最简
明的证据。闵德拉（Minderaa）在1965年第一版的词条中仍然说福肯布洛
赫的"行医并不景气，可能是因为他有诸多爱好：抽烟、喝酒、睡觉、吹
笛子、拉小提琴、长谈与写诗"（77）。但在1980年第二版中则省略了这句
话，词条改由"P.闵德拉兼编辑"撰写，就此只做了简单陈述："尽管17、
18世纪的'鉴赏家'无法欣赏他的作品，但大量再版足以证明读者的想法
不同。其作品在本世纪再次受到追捧。"（252）

　　诗人福肯布洛赫首先遭到来自米切尔·德·斯旺①编辑的《低地德语

---

① 米切尔·德·斯旺（Michiel de Swaen, 1654—1707），荷兰外科医生和修辞学家。

诗艺》(*Nederduitsche Dichtkonde*) 的攻击。德·斯旺将其列为"用有趣的思想与语言把缪斯女神羞辱到人渣的脚下"的人之一（281）。他接着说："从很多学者的判断可以看出，这些作品应该使他得到何种尊重。"如果我们提醒自己，德·斯旺所指的学者是尼勒·沃伦提布斯·阿杜姆协会①的成员，那么他们对法国新古典主义诗学的偏爱就会使他们极不可能对福肯布洛赫或其法国主人斯卡龙给予任何尊重了。有了这一点认识，我们就会很容易理解为什么德·斯旺的评价注定会成为一个自我实现的预言。

1822 年，维特森·盖斯比克（Witsen Geysbeek）写道："如果允许人们把粗俗的街头语言与不雅的妓院欢笑称为智慧与喜剧的话，那么福肯布洛赫在他的时代就已经成为了'诙谐'和'喜剧'诗人。我们在此不想引用他肮脏押韵的例子来玷污我们的纸张。"（309）37 年后的 1859 年，范·德尔·阿简单地复制了盖斯比克的用语，将福肯布洛赫的诗定义为"在他的时代被认为是诙谐与滑稽的作品，但在我们这个时代，由于粗俗的街头语言与不雅的妓院欢笑，已经不再值得阅读、不再值得在舞台上演出了。"（142）13 年后的 1872 年，霍夫迪克（Hofdijk）原样照搬了这些用语，作为他对"肮脏的威廉·范·福肯布洛赫"（212）描述的一部分。37 年后的 1909 年，卡尔夫写道，福肯布洛赫被认为是诗人中的"智者第欧根尼②/生活在一个大桶里"（580）。43 年后的 1952 年，特尔·拉恩再次以几乎完全相同的形式复制了这一评论："目前我们只知道他的饮酒歌：'智者第欧根尼 / 住在一个大桶里'"（158）。

---

① 尼勒·沃伦提布斯·阿杜姆协会（the Nil Volentibus Arduum Society），该协会的名字是拉丁语，意为"勇者无畏，愿者无艰"（nothing is impossible to the valiant, nothing is ardous for the willing），该协会是荷兰诗人的协会，于 1669 年成立，主要关注荷兰戏剧、诗歌中新古典主义艺术原则的确立。

② 第欧根尼（Diogenes，约前 412—前 324），又译为"狄奥根尼""戴奥真尼斯"。古希腊哲学家，犬儒学派的代表人物。其真实生平难以考据，但留下了大量的传闻轶事。

　　福肯布洛赫从未赢得过很多拥护者，尤其在其作品绝版之后。他的编 91
辑亚伯拉罕·博加特（Abraham Bogaert）有几分轻率地写道："Who does not
burst out laughing when he puts his tones / To the wedding feast and sings the bride to
bed / Who, joyous and awake / Awaits the groom who mollifies her with stories / And
would rather have her moist field / Sown by him?"（他为婚宴、为新娘唱歌，/ 让
新娘去婚床 / 谁不放声大笑？/ 谁快乐而清醒地 / 等待着用故事抚慰她的新
郎 / 谁愿意让她潮湿的田地 / 由他播种？）（3）。1721 年，最后一位能用既
不辱骂也不道歉的语气来描写福肯布洛赫的作家和评论家皮耶特·兰根迪
克（Pieter Langendijk），在续写福肯布洛赫的《埃涅阿斯》滑稽剧时，向福
氏做出了如下的致敬：

> 不久，他也看到了非洲海岸
>
> 那是福克大师埋葬的地方
>
> 他双齿间叼着一根小烟斗
>
> 恭敬地抽着烟
>
> 向伟大的诗人致敬
>
> 我今天为这位圣人
>
> 心灵活力的恢复者，快乐的携带者
>
> 点燃这只美妙的烟斗。

（470）

这是荷兰文学史上对于福肯布洛赫最后的评价，可以说是友好的，甚至
是温柔的。1868 年，当德·古耶尔追问为什么"在别人的案例中被不好意
思地掩盖的东西，在福肯布洛赫却被认定是致命的罪行"（355）时，他已
经处在了守势。他提到的其他人是普特（Poot）。不足为奇的是，兰根迪克

说道:"普特不为伤害纯洁的耳朵而感到内疚吗?""兰根迪克总是那么脆弱?"(355)我们也可以将布雷德罗列入古耶尔的名单,但事实是,他本人并不倾向于强调禁忌的力量,因为这一力量关系到荷兰黄金时代的经典作家。

德·古耶尔也为福肯布洛赫后来"受诅咒的诗人"形象铺平了道路,只是大约一百年后已没有其他评论家走得那样远:"没错,他沿着错误的道路奔跑,但他确实看到了路标,向他展示了一条更好的道路。"(360)我们得到了潜在悔改的罪人福肯布洛赫,他的罪行可以再次解释,尽管不能被社会"阻止他得到所需的"事实所宽恕(357)。对于福肯布洛赫而言,不幸的是黄金时代已经有了经典忏悔的罪人布雷德罗。他已忝列经典,也允许他"走私"一些"低级"与"粗俗"的素材,但对大多数荷兰文学史学家来说,这显然已经足够了。福肯布洛赫发现他的潜在位置已经被占,他不可能驱逐布雷德罗,因为他的"救赎"至少可以被认为已成"既定"事实。然而福肯布洛赫究竟如何度过了他生命中的最后几年,已无人知晓。布雷德罗死后可以挽回,福肯布洛赫却不能。

到了1980年,黄金时代的禁忌已经大大减弱,德·沃伊斯(de Vooys)与斯图伊委林(Stuiveling)可以简单地把福肯布洛赫的作品与"布雷德罗或斯塔特的作品"相联系。相比之下,福肯布洛赫的一些诗"通过语言的直率与朴实的坦诚保持了自己的风格"(71)。范·希里克惠珍(Van Heeri-khuizen)承认福肯布洛赫是诗人,他的创作灵感源自对其所处时代的抗议,但哀悼"这一抗议会有沿这一方向下滑的危险,因为它没有找到一个可以遵循的、有用的新理想:在诗人其他的诗句中,朝无味粗俗的方向走得过于遥远"(83)。似乎不受黄金时代理想的启发已经变得可以接受,但嘲笑这些理想又是另一回事——这会让你降到受诅咒的诗人的边缘地位,在文学史上常见的传统主题中,范·希里克惠珍与雷恩斯和丹格兹的相遇，合力创造出一个更为文学界所接受的福肯布洛赫。

不过，两年后，洛德维克（Lodewick）、科恩（Coenen）与斯穆尔德斯（Smulders）在那一传统主题上又迈出了一步。他们对福肯布洛赫的描述包含下面几句话：

> 幸运的是，20世纪对这种独立精神有了更深的理解，既因为他的语言简洁明了，也因为他的诗歌有时苦涩，有时滑稽，尤其是他看待生活与世界的勇气与诚实。
>
> 　　　　　　　　　　　　　　　　　　　　　　　　　　　　（221）

他们的论断与以下两位前辈的论断遥相呼应，这并不出人意料。W. F. 赫尔曼斯说道："他的原创诗歌充满了感情，极富感染力，技术上非常微妙完美，不带任何修辞的痕迹。"（10）但出人意料的是，沃普也说："此外，我们医生的诗句也不错；他写得轻松流畅，并在很多诗行中都显示出伟大的艺术才华。"（580）沃普准备在诗学方面做出一些妥协，但福肯布洛赫仍然受到谴责，因为他的意识形态与那个时代的主流意识形态相左。

文学史，似乎常常不是从一个永恒的"高于冲突"的观点来写作的；相反，它常常把自己时代的"冲突"投射到过去，争取那些为某一意识形态、诗学或两者所推崇的作家的支持。文化调控着它的过去，以服务于该文化中主导群体希望它现在应呈现的样子。事实上，我们自己的现状，比一百年前的现状对福肯布洛赫仁慈多了，这恰恰证明了诗学与意识形态并不能永远存在。似乎有着某种"历史时刻"，某一时代的意识形态与诗学在这一时刻中将有重大突破，使它们能够再次接纳以前被抛弃的人。

重要的是，贝克尔曼与赫尔曼斯都是作家，因而不算是"真正的"专业读者。他们二人出版的福肯布洛赫的作品选集，无法带来这种转变。新一代的文学学者似乎已经使一种文化上可以接受的关于文学的话语深入人心。这与其前辈们推广的话语有些不同，他们似乎已经奠定了重新理解福肯布洛赫的基础。

第十章 选集

制作非洲的诗集

出版商投资文集，并决定想要投资的页数。几乎在所有文集的引言中，人们都会不约而同地感叹"篇幅或者空间的限制"，这些限制乃是人为的实情。可是，它们所反映的是市场的预期需求。霍华德·萨尔珍特[1]在其文集《非洲之声》（*African Voices*）的《导言》中写道："然而，在奉献这本文集时，我并不主张把每一位功勋诗人的作品都囊括在内。事实上，如果要尽可能都将其呈现，篇幅将会是现在的两倍。"（xiii）伊西多尔·奥克佩翁[2]在其《非洲诗歌遗产》（*The Heritage of African Poetry*）的导言中相当直率地说道："我再次感到遗憾的是，没有足够的篇幅来尽可能多地呈现诗人、群体或作品，所以不能满足所有人的各种需求。"（34）里德（Reed）与维克（Wake）在其《非洲诗集新编》（*A New Book of African Verse*）的导言中观点基本相同，但表述方式更为优雅："从篇幅的角度考虑，我们只好将1964年介绍的马达加斯加诗人排除在外，因为我们对目前所熟知的非洲文学的界限，采用了更为严格的解释。"（1984: xii）

出版商投资大量的篇幅，因为他们在为潜在的读者出版书籍。克格

---

[1] 霍华德·萨尔珍特（Howard Sergeant, 1914—1987），英国诗人，《前哨》（*Outposts*）编辑，1978年度帝国勋章获得者。

[2] 伊西多尔·奥克佩翁（Isidore Okpewho, 1941—2016），尼日利亚小说家与评论家，曾获1976年非洲文学艺术奖，1993年英联邦作家奖，非洲最佳图书奖。

西特西尔^①对受众的构成有着强烈的反应："谁是当代非洲作家的受众？无聊的欧美自由主义文豪是在他们帝国的非洲一角寻找文学的异国情调吗？非洲的精英们在学院通过训练将欧洲设计从自己身上褪去了吗？"（xv）这里讨论的文选没有一本是在非洲出版的，12本全在伦敦、哈蒙德斯沃斯、布卢明顿或纽约出版。

当今非洲诗歌的大部分受众是白人。早期将非洲诗人经典化及塑造非洲诗歌形象的努力，并非非洲黑人所为，而是欧美白人所为。由于非洲诗歌的读者数量相对较小，出版商将尽量吸引更多的潜在读者来购买他们出版的文集。至少自1973年以来，其结果首先是竞争，接着才带来了选择的多样性。那时，新的出版商将用向潜在的读者提供新诗人文选的方式来试图打入市场。

出版商不愿意在非洲诗歌选集上投入太多的篇幅，除非这些选集也94 可以在（非洲）学校和（非洲与其他地方）大学用作教科书。如果某一选本想做教科书，它最好不要包含太多被潜在用户可能认为具有攻击性的材料。1964年，里德和维克在其选集的序言中写道："例如，选自南非与中非的斗争的材料很少"（4）。休斯（Hughes）、摩尔（Moore）和贝尔（Beier）的选集都在一年前出版，其中有相当数量的反种族隔离的诗篇。

如果出版商想吸引潜在的自由主义白人的注意，他们选择编出选集的时机应该在"具有历史性的时刻"（即当非洲在非洲以外的地方成为新闻热点）。这也有助于有威望的欧美（最好是黑人）作家，且由对非洲的东西表示出某种亲和力的作家来编订或引介该文集。早在用英语书写的非洲文学在伦敦被认可并接受以前，用法语书写的非洲文学在巴黎早已得

---

① 克奥拉佩西·克格西特西尔（Keorapetse Kgositsile, 1938—2018），南非诗人，政治活动家，是最早弥合非洲诗歌与黑人诗歌之间鸿沟的诗人之一。

到了接受，因为"安德烈·布勒东[①]和让－保罗·萨特（Jean-Paul Sartre）向法国人宣布，他们都为黑人性（le Négritude）文艺运动感到自豪"（Chevrier 39）。布勒东在1947年为艾美·塞泽尔[②]的《返乡笔记》撰写序言，萨特在1948年为列奥波尔德·塞达·桑戈尔[③]的《非洲黑人的语文与诗歌》撰写序言。印地安纳大学出版社出版了《黑非洲诗集》，是由兰斯顿·休斯[④]编纂并撰写导言的。因为体现黑人精神的诗歌至少在15年前就已被法国文学主流所接受，休斯与其后继者都为此投入了相当多的篇幅。这一体现黑人精神的故事当时被认为很成功，非常适合非洲诗人用英语创作的模仿。

作品方便获得与否，也是一个制约因素，非洲诗歌选集的编者必须在这一因素下运作。这里提到的诗集中只有5部包括了古代与现代的口头诗。在这5部诗集提供的英语口头诗歌中，有约鲁巴语[⑤]诗27首，埃维语[⑥]

---

① 安德烈·布勒东（André Breton，1896—1966），法国超现实主义诗人。

② 艾美·塞泽尔（Aimé Césaire，1913—2008），非洲政治领袖与诗人。

③ 列奥波尔德·塞达·桑戈尔（Léopold Sedar Senghor，1906—2001），塞内加尔国父、著名的政治家、外交家、思想家、文学家、文化理论家、语言学家、诗人、作家。1960年至1980年连任五届塞内加尔总统，执政二十多年，大力推行民主社会主义，但极力避免在后殖民时代盛行于非洲的马克思主义和反西方意识形态，维持与法国和西方世界的密切关系。这被许多人视为促进塞内加尔的政治稳定的重要因素。他是非洲民族解放运动的先驱，是第一位当选法兰西学术院院士的非洲人。桑戈尔是黑人哲学"黑人学"创始人之一，又是非洲统一组织的创始人之一。桑戈尔的一生在3个领域取得了巨大的成就：一是创立了"黑人性"政治－文化理论，使非洲人找到了种族自尊；二是成为优秀的政治家，争取了国家的独立并使塞内加尔成为相对稳定而富裕的国家；三是创作了大量享誉世界的诗歌。

④ 兰斯顿·休斯（Langston Hughes，1902—1967），美国黑人，诗人、社会活动家、小说家、剧作家和专栏作家。

⑤ 约鲁巴语（Yoruba）是西非超过2500万人使用的方言。它是约鲁巴人的母语，在尼日利亚、贝宁、多哥、巴西、塞拉利昂、北加纳、古巴使用。

⑥ 埃维语（Ewe），非洲的一种语言，在加纳和多哥使用。

诗排名第 2，有 8 首入选。紧随其后的是阿坎语^①诗，7 首入选。斯瓦希里语^②排在其后，有 6 首诗入选。阿姆哈拉语^③和祖鲁语^④各有 4 首入选，其他非洲语言就再没有超过 3 首的了。这种状况不仅反映了约鲁巴语口述诗歌压倒性的优势，而且还反映了它在很长时间里被研究与翻译的优势，并为很多人所接受的事实。同样，尼日利亚诗人在摩尔和贝尔^⑤1984 年版中的相对优势，可以准确地解释为尼日利亚"毕竟拥有非洲大陆近一半黑人人口"（22）。

用法语撰写的非洲文学作品的译本通常可以列入用英语出版的非洲诗歌选集，但翻译葡萄牙语的作品就不行了。只有当安哥拉和莫桑比克的反殖民斗争开始在白人自由派的报纸与晚间新闻中有规律地提及时，这些译本才开始大规模地出现。

选集专家所认同的诗学也有助于形成选集。例如，1963 年，摩尔与贝尔决定在其诗集中只收录来自非洲的"现代"诗歌。他们把"现代"定义为"诗人对欧美诗歌中现代习语的意识问题。正是这种意识使得他们能够使用各自的语言，而不会转而使用古语（archaism），还要立即吸引当代人的耳朵。"（30）在 1984 年版中，"现代"的意思是"主要关注技巧"（23）。但它仍被认为是选择的标准，尽管 1984 年版的选择更偏重于政治。与此

95

---

① 阿坎语（Akan），主要通用于加纳以及象牙海岸，总共约 1900 万人使用。

② 斯瓦希里语（Swahili），属班图（Bantu）语族，是非洲语言当中使用人口最多的一种（5500 万多人）语言，是坦桑尼亚的唯一官方语言，肯尼亚和刚果国家语言之一，以及同赞比亚、马拉维、布隆迪、卢旺达、乌干达、莫桑比克等国家的重要交际语。

③ 阿姆哈拉语（Amhara）是埃塞俄比亚的官方语言，原先分布于埃塞俄比亚阿姆哈拉地区，故此得名，现分布于埃塞俄比亚中部、南部地区。使用人口约 900 万。

④ 祖鲁语（Zulu），南非第一大民族祖鲁族的语言，是非洲最流行的语言之一，也是南非最大的语言。目前大约有 900 万人使用，其中的 95% 居住于南非境内。

⑤ 摩尔和贝尔（Moore and Beier），1963 年企鹅版《现代非洲诗歌》（*Modern Poetry from Africa*）的两位编者，杰拉德·摩尔与乌里·贝尔，此诗集于 1984 年再版。

同时，里德和维克在其1984年版的前言中说："我们的品味引领着我们更倾向于诗的经验与观察，而非哲学思考与政治宣言；更倾向于诗歌的直接表达，而并非典故与阐释。"（xii）

一旦非洲诗歌获得了一定程度的早期经典化，这大约在1970年左右，新的诗选就能接受这一新出现的经典，并试图颠覆它，或者试图扩大它。1973年，艾伦（Allen）、克格西特西尔和萨尔珍特出版了三本选集，意在建设经典，1985年奥克佩扈出版的选集也如法炮制。另一方面，1974之后出版的选集，意在强化既有经典。虽然他们也引进了新诗人，但他们并没有明显扩大已经确立的主题或诗学范围。

奥克佩扈的《非洲诗歌遗产》一书表明，他正在有意识地建立一个既包含现在又包含过去的遗产，这必然意味着对口头诗歌的重新审视。因此，奥克佩扈指出需要"在文学课程和我们对诗歌的一般理解中，给予非洲口头传统诗歌应有的地位"（3）。另一方面，克格西特西尔与萨尔珍特两人，都把自己定义为反正统的，或是"真正"经典的缔造者。克格西特西尔则将他的诗集献给兰斯顿·休斯与克里斯·奥基博①，他声称自己是英译非洲诗歌选集的第一人，已被许多人公认为是非洲最重要的诗人。有了这些资质，克格西特西尔宣称："如果诗歌是真实的，就像任何其他表达一个民族精神的东西一样，它也总是社会性的。"（15）这一断言宣告了他的诗集的诗学基础。萨尔珍特没有一部"真正的"经典准备取代既有经典，原因很简单，他相信经典的形成永远不会结束。因此，他说道："我故意要给新诗人以及不为人知的诗人留有更多的空间。"（xv）

1963年与1964年出版的三本诗集反映了非洲诗歌的第一幅形象。

---

①　克里斯·奥基博（Chris Okigbo, 1932—1967），尼日利亚诗人，是非洲最优秀、入选诗集最多的诗人之一。

1973 年出版的三部文集成为第二次反经典浪潮。从那时起至今，情况则一直较为稳定。兰斯顿·休斯的《黑非洲诗集》证明了其存在的合理性，说明是时候该了解非洲了，不仅因为它的未来"越来越进入非洲人民自己的控制"（11），也因为"艺术和生活在非洲并没有分道扬镳"。休斯很明显地提到了理想化的非洲，在他的黑人性诗歌（the poetry of negritude）中，他大胆地延伸到说英语的非洲国家，尽管其根基最不牢靠："法英表达最好的诗歌都带有非洲个性的印记，其大部分情感光环可能包含在'黑人性'一词中"（13）。这不单是对事实的陈述，还是对策略的陈述：由于用法语写96 诗的非洲诗人在法国取得了黑人性的成功，用英语写诗的非洲诗人则应该效仿他们的成功。

休斯在其选集中试图在类比策略与谨慎的异国情调间找到平衡。由于他正在引介新的诗人与新的主题，帮助读者"放置"新事物的最好方法就是告诉他们，这一事物与他们已知的东西相"像"。因此，休斯在他的引言中说道："法裔非洲诗人，特别是桑戈尔，倾向于创作惠特曼式的目录"（12）。他的选集之一有关非洲的"耶稣诞生"："Within a native hut, ere stirred the dawn / Unto the Pure One was an Infant born / Wrapped in blue lappah that His mother dyed / Laid on His father's home-tanned deerskin hide"［在一个乡间小屋里，黎明来临前，/一个婴儿出生在贞女家中/裹着蓝色的腰巾，是他的母亲亲自染成/铺在他父亲家里鞣制的鹿皮上］（76）。然而，这本选集也包括沃莱·索因卡[①]的"阿比库"（Abiku）。阿比库是关于儿童的诗，但有一个约鲁巴语的转变。休斯在该诗的提要中说道，阿比库"是约鲁巴婴儿的死亡神话，字面意思是'生来就是死婴'，因为人们相信，死去的孩子会再

---

① 沃莱·索因卡（Wole Soyinka, 1934— ），尼日利亚剧作家、诗人、小说家、评论家。其作品《雄狮与宝石》获 1986 年诺贝尔文学奖。获奖理由是："他以广博的文化视野创作了富有诗意的关于人生的戏剧。"

次折磨母亲"（103）。他接着把这首诗完整地刊发出来，尽管它表现了对童年的浪漫理想化遥远的呼唤。休斯还从当时可以获得的口头诗歌中挑选了一首，但他的提要透露出他对非洲现实的某种无知，居然把"班图"和"约翰内斯堡"都列为了"语言"。

休斯的选集已经包含了所有的主题，这些主题将再次出现在所有后续的选集中，即使它们并不占有相同的篇幅。非洲诗歌中的一些主题包括：第一是传统的爱情主题，包括与作为母亲的女性、爱人、某一国家甚至整个非洲大陆的神话化身的关系；第二是死亡；第三是连续性和变化；第四是诗人的角色；第五是对环境的描述。其他主题则更具时效性：殖民主义、种族隔离、两种文化之间的非洲人与改写非洲历史，等等。通过强调它们的自然相遇点——黑人性，休斯将传统与主题联系起来。

休斯的选集业已包含一个诗人的核心集团，他们将以各自的方式进入所有随后的选集：大卫·鲁巴迪里[1]、克维西·布鲁[2]、加布里埃尔·奥卡拉、约翰·佩珀·克拉克[3]、克里斯托弗·奥基博、沃勒·索因卡、奇卡亚·尤·谭西[4]、列奥波尔德·塞达·桑戈尔与大卫·迪奥普[5]。休斯还将马达加斯加诗人拉贝阿里韦洛[6]和拉纳伊沃（Ranaivo）选入，他俩将被巧妙地排除在随后的选集之外，"因为篇幅所限"。

摩尔与贝尔在同年出版的185页《非洲现代诗歌》中没有收入口头诗歌，因为他们的选择主要基于诗学。他们所选择的必须是现代的，即它必

---

[1] 大卫·鲁巴迪里（David Rubadiri, 1930—2018），肯尼亚诗人，被誉为"东非诗歌之父"。

[2] 克维西·布鲁（Kwesi Brew, 1928—2007），非洲诗人。

[3] 约翰·佩珀·克拉克（John Pepper Clark, 1935— ）尼日利亚诗人。

[4] 奇卡亚·尤·谭西（Chicaya U Tam'si, 1931—1988），刚果诗人。

[5] 大卫·迪奥普（David Diop, 1927—1960），西非诗人，其诗反映的是反殖民主题。

[6] 拉贝阿里韦洛（Rabéarivelo, 1901—1937），马达加斯加诗人。

须"再现语言方面的新探索"（20）。因此，他们排除了第一代用英语写作的所谓"先锋诗人"（pioneer poets），因这些人"完全缺乏风格"（20）。就在休斯宣布所有非洲诗歌都要在黑人性的标志下创作的同年，摩尔和贝尔认为"黑人性的源泉正在枯竭"（23）。尼日利亚大学城伊巴丹的气氛，比战前的巴黎更有利于非洲诗歌的发展。伊巴丹是尼日利亚第一代诗人摩尔和贝尔等人接受高等教育的地方，因为在伊巴丹学习的青年诗人"能够习得一种文学文化，而不必感受异化感和流亡感。可是，这在二三十年前，聚集在巴黎的黑人作家却感受到了。"（20）

97　　　从主题上讲，摩尔和贝尔的选集与休斯的并无二致，可能是因为存在一个传统非洲诗歌主题的核心贯穿了所有选集。这也许甚至不为选集编者所知，直到这一核心出现在编排索因卡1975年选集的主题中，并在十年后被奥克佩扈的选集所重申。摩尔和贝尔引介了一种更为传统的非洲诗歌：反思的、哲学式的诗歌。他们还引介了另外两个主题：个人主义和非洲政治。后者的处理方式是讽刺的。摩尔和贝尔把很多篇幅放在反对殖民主义（而不是战胜殖民主义）斗争的诗歌上，特别是所选译自葡语的诗歌。因为他们的选择主要由诗学引导，所以也给强调诗人在社会中作用的诗歌以更多的篇幅，正如给那些对其技艺最有意识的诗人更多的篇幅一样：休斯刊选了5首桑戈尔的诗，摩尔和贝尔则刊选了桑戈尔的13首；奥基博从1首到7首；索因卡从1首到8首；克拉克从2首到9首。摩尔和贝尔引介的新诗人则加入了将在随后的大多选集中都能找到的核心群体。他们是莱尼·彼得斯[①]、科菲·阿沃诺[②]、迈克尔·埃切罗[③]、马兹西·库内

---

① 莱尼·彼得斯（Lenrie Peters，1932—2009），塞内加尔外科医生、小说家、诗人和教育家。

② 科菲·阿沃诺（Kofi Awoonor，1935—2013），加纳诗人、作家。

③ 迈克尔·埃切罗（Michael Echeruo，1935— ），尼日利亚学者、教授、文学批评家。

内①、阿戈斯蒂诺·内托②与比拉戈·迪奥普③。

里德和维克于1964年出版了119页的诗选，题为《非洲诗集》。他们没有介绍任何新的主题，并放弃了种族隔离的主题。他们收录的唯一一首南非诗歌，是最早在科萨④写成的关于科萨少女图图拉生活的长篇叙事诗，只摘录了其中19页的内容。在20年后出版的第二版中，里德和维克选入了不少新名字，都属于"南非诗坛中升起的杰出诗人"，但还说"詹姆斯·约罗布⑤的长篇叙事诗《图图拉》"可能"在1964年的选本中不得不"很特意地"被删去了。与休斯、摩尔和贝尔相比，里德和维克显然增加了两位马达加斯加诗人拉贝阿里维洛和拉纳伊沃诗歌的数量，后来又在1984年版中则删除了这两位诗人。里德和维克于1964年引介的新诗人，都没有在之后的选集中幸存下来。

摩尔和贝尔的选集（于1968年增订），还有里德和韦克的选集销量最大，因此可能是最有影响力的非洲诗歌选集。1964年的版本持续发行了20年，在此期间，它没有跟上非洲本身的发展。一个令人清醒的想法是：1976年索韦托暴动后，读者转向里德和维克了解南非诗歌，只能读到图图拉。1963年摩尔和贝尔及其1968年的后续版本之间没有显著的主题差异，但新的选本引入了第三波诗人。这些诗人也进到了核心群体：姆贝拉·索恩·迪波科⑥、丹尼斯·布鲁特斯⑦、克奥拉佩西·克格西特西尔与奥

---

①　马兹西·库内内（Mazisi Kunene，1930—2006），南非诗人。

②　阿戈斯蒂诺·内托（Agostinho Neto，1922—1979），安哥拉总统、诗人。

③　比拉戈·迪奥普（Birago Diop，1906—1989），塞内加尔诗人。

④　科萨（Xhosa），亦作 Xosa，旧称卡菲尔（Kaffir 或 Kafir，阿拉伯语，意为异教徒）。南非民族，主要聚居在南非开普省东部，使用科萨语，多信原始宗教，部分人已皈依基督教。

⑤　詹姆斯·约罗布（James Jolobe，1902—1976），南非诗人。

⑥　姆贝拉·索恩·迪波科（Mbella Sonne Dipoko，1936—2009），喀麦隆小说家、诗人。

⑦　丹尼斯·布鲁特斯（Dennis Brutus，1924—2009），南非小说家、诗人。

科特·普·比泰克①。

诗学方面，1963 年至 1968 年间出版的诗集涉及面很广。一方面，有"先锋诗人"，他们"就源自赞美诗或维多利亚民谣的诗节与措辞而言，似乎不仅狭隘，而且还极为古老"（Moore and Beier 1984: 23）。另一方面，60年代早期的伊巴丹诗人，其诗歌"过多使用庞德、霍普金斯与和艾略特的元素"（1984: 23）。在这两种情况中，诗人明显地受到英语诗歌在其形成时期占主导地位的模式的影响。不同的是，虽然其中一种模式得到了摩尔和贝尔所推崇诗学的青睐，另一种却没有。

里德和维克指出，他们的选诗标准明显受到了影响:《图图拉》"高度模仿阿尔弗雷德·丁尼生勋爵的叙事无韵诗"（1964: 3）。加布里埃尔·奥卡拉"写作的方式表明，他深受狄兰·托马斯②的影响"（3），而"大卫·鲁巴迪里的诗《斯坦利与穆萨的相遇》则受到 T. S. 艾略特《贤士之旅》的影响"（3）。里德和维克奉行的诗学比摩尔和贝尔的更具天主教性质，但在这两代诗人身上发生的事情显然相同：萌芽期的诗人面对的是他们那个时代"流行"的方式，并开始模仿它们，就像各地的萌芽诗人一样。人们还可以指出被萨尔珍特编辑在文集中的鲁巴迪里的 "The Tide that from the West washes Africa to the Bone"［来自西方的浪潮将非洲冲刷得只剩骨头］，是仿自狄兰·托马斯的 "The force that through the green fuse drives the flower"［力量顺着绿色导火索催动花朵］。同时，艾略特和狄兰·托马斯又都影响了编入了索因卡的《黑非洲诗歌》的阿瑟·诺杰③的 "伦敦印象 2"。最后，霍普

---

　　①　奥科特·普·比泰克（Okot p'Bitek，1931—1982），乌干达诗人。

　　②　狄兰·托马斯（Dylan Thomas，1914—1953），威尔士诗人和作家，作品包括诗歌《不要温柔地走进那个良宵》和《死亡将没有领土》等。他在有生之年广受欢迎，39 岁时在纽约早逝后依然有很高的名声。

　　③　阿瑟·诺杰（Arthur Nortje，1942—1970），南非诗人。

金斯对丹尼斯·布鲁特斯的十四行诗《在葬礼上》产生了广泛的影响，该诗编入摩尔和贝尔1968年版的诗选。如果编纂诗集者是以诗学为基础来编选诗歌的，那么，他们会排除不符合这一诗学的诗歌；如果选诗不以诗学为基础，那么，他们将不会排除相同的诗人或相同的诗作。

1973年出版的三本非洲诗歌选集，多少带有"反经典"的色彩。塞缪尔·艾伦[①]205页的《非洲诗歌》省略了译自葡萄牙语的译文，但收录了口头诗歌，因为诗歌"在意义与实现的框架内，反映了富有满足感与悲伤的、充满活力和目标的生活"（4）。口头诗歌中所包含的非洲形象，显然是为了抵抗"长期以来一直被埃德加·赖斯·巴勒斯[②]、瓦切尔·林赛[③]或没有头脑的卡通电视产业所扭曲的形象"（1）。因而，艾伦的选集投射出自己的非洲形象，旨在试图纠正当前的陈词滥调。

非洲政治主题的处理，比以前更加悲伤和痛苦，由此产生的对公共事务的幻灭导致更加关注自我："尤其是尼日利亚诗人，已经从公共主题转向个人关注"（6）。艾伦选集中体现了种族隔离的主题，但是，他在引言中处理此事的方式与实际选入的明显不同。《引言》说道："南非现代诗歌中包含着一个重大主题，即被压迫民族的持续苦难。该诗中对痛苦与愤怒的表达，与非洲国家开始自由之前的早期黑人性诗歌相似。"（11）实际选文包括三首叙事诗的节选，背景放在过去，一首是关于海洋的沉思，另一首关于离别。实际上，四首诗都是关于种族隔离本身，一首是祖鲁的诗，还有库内内创作的一首，和布鲁图斯创作的两首。当时已经出名的诺杰和克

99

---

① 塞缪尔·艾伦（Samuel Allen，1917—2015），美国黑人诗人，曾用笔名保罗·维西（Paul Vesey）。

② 埃德加·赖斯·巴勒斯（Edgar Rice Burroughs，1875—1950），美国小说家，以历险小说和科幻小说闻名，他塑造了驰名的丛林英雄人猿泰山（Tarzan）。

③ 瓦切尔·林赛（Vachel Lindsay，1879—1931），美国诗人，被认为是现代歌唱诗歌（modern singing poetry）的奠基人。

格西特西尔不包括在内。

霍华德·萨尔珍特在其137页的《非洲之声》中并未选入操法语的诗人，该诗集有意要"给新诗人以及不为人知的诗人以更多篇幅"（xiv）。然而，在萨尔珍特引介的许多诗人中，只有贾里德·安吉拉①、阿明·卡萨姆（Amin Kassam）和约翰·阿图克威·奥凯②会入选随后的大部分诗集。萨尔珍特留给反殖民主义斗争的篇幅比非洲政治的篇幅要小，特别是比亚夫兰战争。个人主义的主题越来越得到认可，该主题无涉非洲诗歌，但与世界政治有关，例如1967年的阿以战争则入选诗集。其大部分篇幅都在描写人类环境，无论是写自然环境的还是写城市环境的诗歌，而非常有意识地违背了对种族隔离主题的处理。理查德·里夫③的《彩虹的尽头》就能证明此点。该诗由一位黑人诗人创作，就是以这一主题所创作的最具和解性的诗作（the most conciliatory poems）之一。

克格西特西尔在其173页《词就在这》的引言中说道："诗歌作为社会评论，与其他任何艺术形式一样具有教育目的。那么，在我们的时代，非洲诗人要么是压迫的工具，要么是寻求解放的使者。"（16）他一开始就把局势分为两极，以试图证明他企图完全排除一个极点的合理性。集结在他诗选中的诗人都是"解放的使者"，但在他引介的所有诗人中，只有一位名叫阿玛·阿塔·艾杜④的诗人出现在随后的多部选集中。因为克格西特西尔的政治立场，他选了更为激进的黑人诗人乌·塔姆西与大卫·迪奥普，而桑戈尔却未入选。他还选入了北非的军旅诗人，通常不属于"非

---

① 贾里德·安吉拉（Jared Angira，1947—　），肯尼亚诗人，是该国第一位真正重要的诗人。

② 约翰·阿图克威·奥凯（John Atukwei Okai，1941—2018），加纳诗人。

③ 理查德·里夫（Richard Rive，1931—1989），南非作家、诗人、学者。

④ 阿玛·阿塔·艾杜（Ama Ata Aidoo，1942—　），加纳诗人。

洲文学极限之更严格的诠释"之列的诗人（Reed and Wake 1984: xii）。然而，阿戈斯蒂诺·内托完全忽略了葡萄牙语诗人，尽管他们的诗歌完全符合其意识形态的立场。在这方面，他可能是可及性限制因素（the availability constraint）的受害者。

可想而知，克格西特西尔为非洲政治奉献了相当数量的诗歌。比亚夫兰战争凸显了对极致幻灭的表达。历史被改写了，但这是从斯特拉·恩加索（Stella Ngatho）的《克拉尔》中的一位黑人女性的角度做出的改写，此诗更强烈地传达了这样一种印象：无论黑人性男性诗人在多大程度上把非洲的过去理想化，对非洲女性来说，非洲的过去都没有那么光彩。种族隔离也在相当多的诗歌中得到了反映。丹尼斯·布鲁特斯曾经专注于小种族隔离的非人性化方面（the dehumanizing aspects），但他也有些出乎预料地在第 14 封《写给玛莎的信》中写出如下的诗行："我们有多幸运／没有接触／修辞／它会篡改／简单的经历"（89）。这与北非诗人跟黑人性诗人的激烈修辞形成了鲜明的对比。殖民主义的主题是以有关同化的（不）可能性的诗歌为代表的。

1975 年，索因卡出版了《黑非洲诗集》，这显然是一部想成为"权威"的选集。他也许已经是当时最著名的非洲作家，应伦敦赛克尔与沃堡出版社（Secker and Warburg）之邀在黑人经历与"欧美自由文豪"之间进行沟通。直到那时，该出版社才把非洲诗歌留给企鹅、朗文还有海那曼（Heinemann）出版。索因卡的诗集选入了 1963—1968 年的诗人与 1973 年的一些诗人。诗集还介绍了奥斯瓦尔德·姆沙利①、奥迪亚·奥菲蒙②和塔班·罗·莱昂③，这些诗人的诗作又入选了之后的选集。

① 奥斯瓦尔德·姆沙利（Oswald Mtshali, 1940—　），南非诗人。
② 奥迪亚·奥菲蒙（Odia Ofeimun, 1950—　），尼日利亚诗人。
③ 塔班·罗·莱昂（Taban Lo Lyiong, 1939—　），乌干达诗人。

典型诗人诗作选段的数量比其他选集的更多。索因卡选入操用法、英、葡语的许多诗人及口头诗歌。这本选集既可以愉悦地阅读，也可以用于教学。特别是平装本在海娜曼非洲作家系列重新发行后，标志着赛克尔与沃堡出版社结束了对非洲诗歌市场的短暂进军。出版社投资了长达378页的篇幅，是目前为止本书讨论的诗选中投入最多的一本。索因卡的诗选是一本合集。所有著名诗人都已入选，通常都带有以前选集中熟悉的多首"签名诗"（signature poems）。并且，它涉及从休斯开始的所有主题，包括那些在1973年出版的选集中不再认为具有时效性的主题。

自1963年休斯首次介绍不同主题以来，索因卡放置在这里的篇幅，反映了其相对重要性所发生的变化。索因卡引介的13首诗，涉及两种文化间的非洲被撕裂的主题，计有16首诗关注主题的连续性，33首诗涉及环境的描述，20首诗描述反对殖民主义的斗争，16首诗关注种族隔离，30首诗涉及爱与女性，10首诗涉及死亡，12首涉及诗人角色。这一诗集致敬非洲诗歌的主题连续性。索因卡诗集中的另外两个主题不是休斯，而是摩尔和贝尔同样于1963年所引介的。索因卡为非洲政治，特别是比亚夫兰战争创作了30首诗，其中为自我发展与分析创作8首。当然，要解释索因卡选集所表现出的连续性并不难，因为它提到了非洲各地后殖民发展所固有的连续性，而且事实上，大多数主题也都是非洲传统诗歌的主题。

K. E. 塞纳努和文森特合编的224页《非洲诗选》是为课堂使用而设计的。也许为了适销，《引言》尽力避开索因卡选集的存在。两位编者痛惜"不仅缺少一本非洲诗歌入门的选集，而且缺少一本能展现非洲诗歌各种美好的选集"（1）。其实，索因卡选集就恰好做到了这一点。因为他的选集专门为课堂编写，所以被认为"太难"的诗人都未选入，如克里斯托弗·奥基博。

表面看来，塞纳努和文森特已接受了该经典："从传统诗歌的样本开始，然后选入桑戈尔与迪奥普这样的老一代诗人，我们在此提供了一个历史视角"（2）。但从某种程度来说，黑人性先驱者确已成为口头诗歌的"经典"，但也可以从不同角度来研究，对桑戈尔作品的重新评价并不太热情，认为他的许多诗作都是"情绪化或过度情感化的，尤其是写怀旧的回忆的那些诗作"（23）。桑戈尔已经日薄西山了，同样，摩尔和贝尔也把用英语写作的先锋诗人的作品驱逐到了暮色地带，而且原因相同：他的诗学不再与当时占主导地位的诗学相一致。另一方面，口头诗歌受到坚定的捍卫，主要是因为非洲需要"古典"诗歌来支撑其既定的现代性。此外，口头诗歌，曾一度被白人传教士视为"非文学"，现在却被认为"能够常常让人想起被视为最高艺术表现形式的真正起源"（9）。非洲，似乎更接近诗歌的源泉，这一源泉不是白人，因为他们已经失去了与口头诗歌作为活的传统的一切联系。

到了1980年，在非洲研究非洲诗歌已经成为制度化的事情。一定程度上，欧洲、北美亦如此。一旦制度化，它就能掌控较为稳定的市场，出版商便会准备投入更多的纸张用以更新两本最受欢迎的早期选集。里德和维克于1984年推出《非洲诗集新编》（*A New Book of African Verse*），同年，摩尔和贝尔也出版了其选集的第三版，题名为《现代非洲诗歌》（*Modern African Poetry*）。由于自1964年以来他们就没有更新选集，里德和维克抓住这个机会，删去了33首诗，增加了79首诗。他们延续了非洲诗歌普遍化（universalization of African poetry）的趋势，首次结集于萨尔珍特的诗集中，但仍在塞纳努和文森特的诗集中向普遍化致歉。里德和维克只收入了约翰·佩珀·克拉克（John Pepper Clark）的《在瓦里警察局的事件》，其副标题为《题于皮耶罗·德拉·弗朗切斯卡画作〈鞭打基督〉之后》"，也没做任何致歉。瓦里是尼日利亚的一个小镇，但若是提及文艺复兴时期的欧洲，这首诗的主题就会普遍化了。对黑人性而言，修正主义的趋势仍在继续。朗利·彼得斯（Lenrie Peters）严厉地将桑戈尔赞美的非洲"自我"降低为"巧克力糖霜和睫毛膏'自我'"（74）。非洲政治的研究越来越让人感到屈从，种族隔离似乎并没有在所有反对它的诗歌的共同重压下崩溃，现在又激发出了一种千年态度，正如诺杰的诗《老家来信》所表达的，希望"历史的周期"将在数量上压倒"至高无上的枪"（55）。

摩尔和贝尔的修订幅度不及里德和维克，但其立场却是一种更为公开的政治立场，只是不像在 1968 年到 1984 年间那么乐观。他们的引言这样写道："失去自由、生命、希望与年轻时的伙伴，就像洪水一样贯穿该诗集"（19）。他们似乎最被安哥拉的反殖民主义斗争所吸引，很可能是因为"在诗歌与反抗并行不悖的情况下，许多诗人成为斗士，许多斗士转向诗歌"（21）。这种情况允许他们默默地扩大完全基于诗学的遴选标准，这一标准他们在早期版本的诗选中就使用过。因此，在 1984 年的版本中，安哥拉的部分增加了许多内容，更多译自葡萄牙语的诗作被全文纳入诗选。非洲政治的待遇是屈从的，但有新的变化发生。人们渴望有新的出发点，远离旧的主题与旧的陈词滥调，特别是关于黑人的旧陈词滥调，就像塞帕姆拉（Sepamla）在其诗歌《审判日》（265）中所说，"让我们变得天真"的迷思 [①]（myths）。此外，有人还想加上"最后"一词，希望彻底改变诗歌话语的前提条件，以逃避"英语文学的束缚"。这一说法引自姆沙利（Mtshali）的诗，由摩尔和贝尔收入在 1984 年版的选集（139）中。

1985 年，奥克佩扈出版的《非洲诗歌遗产》，也许是迄今为止最有意识建构的经典作品诗选。它从（既定的）现在追溯到过去，试图通过主题方法将两者联系起来。与塞纳努和文森特的诗选一样由朗文出版，奥克佩

---

① 迷思，英文为 myth，兼有"神话、错误见解、谎言、编造的话、歪曲、虚构的人、想象中的人"之意，故此将该词音译为"迷思"。

扈没有提及索因卡的主题选集，该选集首先有塞克尔和沃堡出版，然后由海那曼重新发行。奥克佩扈的诗选《遗产》中约有一半的诗歌属于口述传统，还比以往任何时候的比例都要大。诗选的另一半呈现了熟悉的名字与熟悉的主题。当然，其中的大多数，一直属于口头传统。

由于奥克佩扈的诗选认为非洲诗歌既可在非洲中学，也可在非洲的大学及非洲以外的大学普遍使用，所以，该诗集并不包含出人意料的主题或诗歌，也没有选入新诗人的名字。经典不仅建立了，而且还追溯到了过去。其他诗人也还有加入的空间，但围绕入选或不选标准的争论也已无须重演。相比之下，1984年的选集则引介了希德·切尼－柯克[1]、西弗·塞帕姆拉[2]、蒙甘·沃利·塞洛特[3]和杰克·马本杰[4]等新的天才。他们还引介了超现实主义和表现主义两种风格的英国诗歌，以及塞洛特的"表演诗"[5]。在不同的情况下，这些诗歌与其他大陆诗歌的"现场阅读"都有联系。他们甚至引入了自我仿拟（self-parody）：由于非洲诗歌得以确立，并且其口头传统也已被承认，也获得模仿口头文学的许可，并像科菲·安尼奥多霍（收入 Moore and Beier 1984: 103）一样，可以创作"仿造口头诗"（mock orals）。在仿造口头诗中，先祖曾以一种神话语域与街头俚语奇怪的混合语体谈论过窃贼般的政客。

休斯与1984年之间的距离也许可以通过比较的方式来得到最佳的衡量：可以比较上述休斯非洲的"耶稣降生"及一位"先锋"诗人根据"本土"条件做出的"迷人"改编，还可以把它同摩尔和贝尔诗选《乘着死亡

---

① 希德·切尼－柯克（Sid Cheney-Coker，1945—　），塞拉利昂诗人。

② 西弗·塞帕姆拉（Sipho Sepamla，1932—2007），南非诗人。

③ 蒙甘·沃利·塞洛特（Mongane Wally Serote，1944—　），南非诗人。

④ 杰克·马本杰（Jack Mapenje，1944—　），马拉维诗人及作家。

⑤ 表演诗，performance poetry，此术语流行于20世纪80年代，用来描述为表演而作的诗歌，并非为印刷而作，大多为即兴创作。

战车》中，姆沙利将复活节的故事同南非列强的寓言做比。这首诗的第一节写道："They rode upon / the death chariot / to their Golgotha / three vagrants / whose papers to be in Caesar's empire / were not in order"〔他们乘着 / 死亡战车 / 去他们的各各他 / 三个游民 / 他们在凯撒的帝国居留的文书 / 违规失效了〕（272）。非洲"耶稣降生"是以舶来话语诗学创作的。姆沙利的诗歌是越来越多的黑人诗人试图利用白人符号的尝试之一，因为他们越来越多地在自己的话语中使用白人的形式。

第十一章　批评

斯塔尔夫人的性别及其他

1817 年 7 月 14 日，德·斯塔尔夫人[①]在巴黎去世时，已是全欧洲闻名的、才华横溢的伟大作家。在拿破仑统治期间，斯塔尔夫人是反对拿破仑的重要政治人物。她富甲一方，与那个时代一些最重要的、某些不太重要的男人都有过绯闻。在她去世之后，她的家人希望她不管怎样都能被后人铭记，除了最后这件事情。由于她的家庭也继承了她的财富与私人文件，他们就可以利用这两者进一步实现自己的目的。用评论家弗朗索瓦·德·奥博恩（Françoise d'Eaubonne）的话来说，这个家族是想"用传说

---

① 斯塔尔夫人（Madame de Staël, 1766—1817），原名安娜·路易丝·日耳曼妮·内克（Anne Louise Germaine Necker），是法国大革命时期的文学家、政治思想家和社会活动家，法国浪漫主义的文学先驱。其父内克先生曾出任路易十六的财政大臣，在当时的政界具有相当的地位。在父亲的影响与帮助下，她较早涉足政界，并与一些政界要人，如西耶斯（Emmanuel Joseph Sieyès）、塔里安（Tallien）、贡斯当（Constant）等过从甚密。日耳曼妮的母亲苏珊·内克（Susan Necker）是当时著名的沙龙女主人之一，她的沙龙是启蒙哲人们经常聚会的场所。日耳曼妮在母亲的沙龙中长大。狄德罗（Diderot）、达朗贝尔（d'Alembert）等启蒙哲人常常出入其间。因此，她自幼便受到启蒙思想的熏陶，并常常在客人们的鼓励下谈论自己的看法，言谈中流露出的智慧与聪颖，往往博得众人的称赞。1786 年，日耳曼妮与瑞典大使斯塔尔男爵结婚，人们就开始称她为斯塔尔夫人了。她的主要作品有《论卢梭的性格与作品》，赞扬卢梭思想；小说《黛尔菲娜》和《柯丽娜》，描写妇女渴求从家庭生活中获得解放，揭露贵族的专横阴险；论著《论文学与社会制度的关系》，提出文学决定于社会和政治生活的主张；《论德意志》探讨德国文学的人文环境，其中对于德国浪漫主义文学形成机制的分析，对法国浪漫主义文学产生了一定影响。

中的人物来代替真实的斯塔尔夫人，尽可能把她塑造为官方圣徒传记中的圣人"（260）。由于这个家庭富有且强大，足以充当自己的赞助人，它几乎在数年内就完全实现了这一目标，甚至还确立了迄今为止有关斯塔尔夫人的批评话语的范围。

在本章中，我要分析有关斯塔尔夫人批评性文章的写作策略。我故意采取了非专业的文学读者的立场，因为他们可能会对斯塔尔夫人感兴趣，可能也想收集一些有关她的资料。我选择的是在 1820 年到 1987 年之间，仅发表在法国的批评作品。原因很简单，如下所示，通过挑选出版时间相隔足够长的书籍，就可以得出假设：它们之间的差异较大。与非专业读者一样，我并不一定只关注斯塔尔夫人"最佳"或"最受赞誉"的作品，而是关注读者在大型图书馆中可能发现的作品，而且阅读时不会有特别的预定顺序。

1820 年，斯塔尔夫人的第一本"圣徒传记"（hagiography）出版。这本书是她的堂姐阿尔贝蒂娜·内克·德·萨苏尔（Albertine Necker de Saussure）按照"斯塔尔夫人孩子们的要求"（1）所创作的。阿瓦隆的维克托·库辛①对新故的斯塔尔夫人的评价不怎么热情。内克·德·萨苏尔在作品的第 2 页提出了斯塔尔夫人的第一个战略举措，并说"她创作的任何作品都无法与她本人相比"。通过将已发表的作品降级以利于原作者的个性，内克·德·萨苏尔将话语转到了更容易掌握的层面：掌握其个性即可，个人档案赋予他们权力，使他们可以按照自己认为合适的方式改写斯塔尔夫人的个人生活。时至今日，大多数已发表的有关斯塔尔夫人的批评作品，都集中在她的个性上，而不是她的作品上。即使这些批评家有时强烈反对内克·德·萨苏尔的观点，他们也不会试图改变她已建立起来的话语范围。

104

---

① 维克托·库辛（Victor Cousin d'Avalon，1792—1867），法国哲学家。他是折衷主义（eclecticism）的创始人，影响较为短暂。

斯塔尔夫人的作品被降级不止一次，而是两次。其作品不仅被表现为不如她的个性，而且内克·德·萨苏尔还进一步指出，斯塔尔夫人从未真正打算创作出这样的"艺术"："在写作中，她总是寻求表达自己心中所传递的东西，而不是想创作一件艺术品"（7）。因此，对她的作品应该主要解读为"她性格痕迹"的一个指标（6），这样才能找到她真正的批评对象。时至今日，除了最近发表了一两篇研究性质的作品以外，对斯塔尔夫人的所有批评都是传记性的。是那些痛惜这一事实的批评家，比如玛丽-路易斯·佩耶宏（Marie-Louise Pailleron）就公正地评论道："事实上，无论是她的支持者还是批评者，都没有费心去阅读她的作品，顺便说一句，仅对她个人做了一些了解而已。"（43）这些批评家也没有改变1820年首次建立的批评话语的范围。

只有约瑟夫·图尔泉[①]提到过斯塔尔夫人的实际著作，评论如下："斯塔尔夫人试图通过文学创作来安慰自己政治上的诸多失败"（138）。图尔泉著作的题目提到了斯塔尔夫人的"多情""世俗"以及她的"政治"生涯。这一题目很好地表明了传记方法可以而且确实导致了许多过度解释。在关于斯塔尔夫人的作品中，有相当数量的评论都没有超出恶意流言蜚语的程度。批评家们似乎能够在既定的范围内提请人们注意斯塔尔夫人实际作品的唯一方法，是从他们那里引用那些（有时是过分的）文字。安德烈·拉格（André Larg）说道："人们不得不引用一切"（54）。但这些引文要么自说自话，要么仅只表明支持作者希望提出的一些传记观点而已。

内克确实提到了斯塔尔夫人的语言艺术，但只提到了其中从未真正记录下来的那一部分，因此除了通常使用光鲜亮丽的一般术语，即她的谈话之外，无法对其加以评论。我们被告知，在斯塔尔夫人身上，思想的连

---

① 约瑟夫·图尔泉（Joseph Turquan，1854—1928），法国作家。

续性太过迅速，普通人无法跟上它的步伐"（Necker de Saussure 200）。玛丽亚·柴尔德①回应内克时写道："我们无法再现到她生动的名望，就像那些看到她的天分与相似的心灵快速碰撞并擦出火花的人"（100）。即使是对斯塔尔夫人持相当消极态度的批评家，也不得不认可她的谈话技巧。讽刺的是，这都是基于一些前辈所撰写的"圣徒传记"所提供的信息，但他们其实是在设法将其扭曲以达成自己的目的。约瑟夫·图尔泉写道："像所有的女人一样，斯塔尔夫人在出生时就具有了比男人更高的谈话天赋。"（176）。对于这些喋喋不休的谈话者，拉格给出了这样的评价："六月，在两次谈话之间，斯塔尔夫人生下了女儿阿尔贝蒂娜"（226）。德·奥博恩直截了当，八卦道："她在做爱时是不是很安静呢？后人对此没有留下任何有趣的细节。"（45）

105   一旦确定了有关斯塔尔夫人批评话语的范围，内克·德·萨苏尔"已经把她塑造成了天才、天分和美德的原型"（Cousin d'Avalon 2）。可以理解，内克·德·萨苏尔使用的是不同程度的措辞。因为她的斯塔尔夫人"满怀希望地使它（法国民族）生机勃勃，并用天上的棕榈枝向法国民族指出了真正光荣和神圣自由的道路"（16）。然而，尽管斯塔尔夫人可能在传统上被尊为圣人，在拿破仑统治下，她可以被描绘成"殉道者"，但是永远不会被描绘成正统意义上的"处女"。她的婚外情过多，也太出名了。用图尔泉的话来说，"她是一个不会被自己的不道德所震惊的女人"（16）。内克·德·萨苏尔则用选择性记忆策略反击。她不承认任何事情，甚至把斯塔尔夫人14年的情人本杰明·贡斯当称为"当今非常有名的作家本杰明·贡斯当先生"（114），事情到此也就为止了。在描述斯塔尔夫人与驻路易十六时代的瑞典大使德·斯塔尔男爵不幸的第一次婚姻时，内

---

    ① 玛丽亚·柴尔德（Maria Child，1802—1880），美国废奴主义者，女权活动家，美洲原住民权利活动家，小说家，记者，美国扩张主义的反对者。

克·德·萨苏尔带着选择性的记忆说道:"目前,当我费尽心思,我可以努力想起斯塔尔男爵的某些细节,但我并不认识他。"(236)

选择性记忆策略之外,还有道歉策略相辅。毕竟,斯塔尔夫人也是人,因此可能会在大多数人的情感问题上也犯错:在爱情问题上。内克·德·萨苏尔不承认斯塔尔夫人的任何绯闻,她为她的第二次婚姻向拉格道歉时说道:"一个年轻的痨病患者,没有理性或文化,总是执着于一个固定的想法。这是荒谬的结合,注定会带来灾难性的后果。"(166)内克·德·萨苏尔并没有讨论新郎的实际功过,而是斥责斯塔尔夫人对这段婚姻保密,同时又为她辩护,以减少对她的诟病:

> 如果她承认这段婚姻,无疑更好;从一定程度上的胆怯中可以看出,她并没有足够的勇气解放自己,是她对自己显赫名声的依恋束缚了她。
>
> (270)

玛丽亚·柴尔德在描述斯塔尔夫人的"友谊"时,也出现了类似的歉意口吻:"一种不满足的精神的急躁使她所有的依恋都变得异常强烈;她的感激和友谊沾染上了热烈的爱的色彩"(29),但这些评价,只有旁观者才信,因为他们并不"真正"了解"真实"的斯塔尔夫人。

道歉策略热衷于使用心理学性质的论点,如前弗洛伊德的偏见及女性的某些观念相关,而并非与弗洛伊德观念的琐碎化相关,以及拉康对这些观念的重新解释。前弗洛伊德时期,毛利斯·苏里奥(Maurice Souriau)写道:"和斯塔尔夫人一样,当你不明白的时候,就去找个男人吧"(81)。奥博恩用弗洛伊德的惯用语来解释斯塔尔夫人的风流韵事:"日耳曼妮[①]将

---

① 斯塔尔夫人的名字。

106　永远忍受她和那些评判她的人所认定的'丑陋';正是在这种屈辱的痛苦中,她才会发现需要进行多姿多彩、频繁而反复的多情冒险,而不仅仅是出于她天性的热情。"(48)换言之:如果斯塔尔夫人的长相更漂亮些,她就不会有任何绯闻,或者不会有那么多。在弗洛伊德之后很久,迪斯巴赫(Diesbach)写道,斯塔尔夫人"并不隐藏她需要强大的、可以支配的男人"(102),因为她从来没有找到,也别无选择,只能继续追求。图尔泉的观点则相反:"她需要的是钢铁般的男人,爱才能从她身上迸发出来"(44)。他心底甚至知道这个男人是谁:"米拉博会是这个女人的男人"(44)。拉格指出了斯塔尔夫人的三个情人(纳博恩、贡斯当、罗卡)性格中的"女性气质",并明确地说道:"正是这种女性气质使他们一开始就走到了一起"(133)。瓦洛(Vallois)对此有另一种说法:斯塔尔夫人遭受着"一种根本性的缺乏,一个和她父亲一样的情人"(9)。当读者的注意力被吸引到"将父亲形象与悲剧法则联系在一起的亲密关系"上时,父亲其人被赋予了一点拉康式的扭曲(118)。值得注意的是,这里提到的每一位评论家都声称找到了斯塔尔夫人个性的钥匙,可他们又都认为钥匙只有一把,而且每个人却都选择了不同的钥匙,这可能也是因为老调心理学(cliché psychology)的解释力毕竟有限吧。

　　但是,这个全部内容很轻易就被另一个老调的全部内容所补充,它更古老,也没有任何科学地位。毕竟,斯塔尔夫人是一位女性,几个世纪以来,女性一直被男性丑化。这一点不应被忘记。在解释斯塔尔夫人与拿破仑·波拿巴的敌对关系时,佩耶宏明智地将心理和"女人"的陈词滥调结合起来:"这种反感是一种更大的爱的反面;这种被排斥的爱变成了一种比真实更明显的仇恨:女人的心充满了软弱。"(115)

　　苏里奥在分析斯塔尔夫人的伦理观念时,发出了一种熟悉的赞助人的口吻:"她自相矛盾,表里不一,这是非常女性化的,甚至这才是人的举动"（23）。这样，斯塔尔夫人就坚定地成为了人类的一个亚种——女性——的一员，并且成为了一个不属于她自己的世界里的一员，她不应该冒险走出图尔泉为她划定的世界。苏里奥感到遗憾的是，斯塔尔夫人和其他许多女人一样

> 贪图荣誉、享乐和强烈的感受，只想成功。她们不会屈尊去成为使丈夫幸福的配偶、引导子女接受正确教育的母亲、因其和蔼可亲而使家庭令人愉快的家庭主妇的甜蜜角色。然而，这才是每个有头脑、有爱心的女性真正的角色；她的荣耀就在那里，只有她扮演好这个角色，她才会付出并找到幸福。

（315）

难怪图尔泉站出来为可怜的德·斯塔尔男爵辩护，他可是斯塔尔夫人的第一任丈夫，"谁不愿给那个可怜的人减轻罪责，因为他妻子的独立令他生厌？"（195）

　　尽管斯塔尔夫人显得很强大，可是拉格却提出："一旦威胁变得精确、紧迫，完美的理论家就会退位，我们看到的就是一个可怜的女人，摔成碎片，抓住土地，利用受伤动物的迟钝惯性与猎人的积极诡计作斗争。"（28）显然，迪斯巴赫对20年来的女权主义写作并不感到不安，说道："她有上述作为女人的所有固执，因为她缺乏感情与机智，而且缺乏调动所有优秀品质为性格缺陷服务的艺术"（231）。人们无法完全摆脱印象，即批评家们，无论男女，都在极力利用他们模棱两可的立场。既然"女人"策略是为斯塔尔夫人的性格和行为的某些方面道歉，那么道歉越强烈，她就越能被证明是个女人。因此，评论家们可以自由地把她与其对女性愠怒的偏见联系起来。只有最近新出版的几本著作才试图给出正

107

确的观点。西蒙娜·巴拉耶（Simone Balayé）写道："在她那个时代，妇女在家庭之外没有任何能耐，没有任何政治角色，根本就没有权力；因此，无论是她表现什么意见，或者发表什么意见，都是极不可接受的。"（96）

因此，做事的女人肯定有问题。库辛引用某位耶稣会士塞鲁蒂（Cerutti）的话说道："斯塔尔夫人有个计划，这点很清楚：她想超越她的性别"（56）。在同一著作中，德·根利斯夫人（Madame de Genlis）甚至暗示斯塔尔夫人真的没有其他选择，因为她有着"像男人一样的容貌和身材"（40）。她之所以不像个女人，不仅仅是因为她想表现得像个男人，而是因为她注定要成为男人。佩耶宏认为她有"男子般的大脑"（virile brain）（147），拉格把她形容为"躯体中带有男子的智力，唉，但却毫无女性气质"（80）。

因此，第三种道歉策略就集中在斯塔尔夫人的教育问题上。圣·柏夫（Sainte Beuve）对这一过程作了一个无关痛痒的描述：

> 我几乎可以在书房里看到她，就在她母亲的眼睛底下，在房间里走来走去，手中拿着一卷必读书，边读边走近她母亲的椅子。然后，她又慢慢走开，取而代之的是感伤的浪漫。
>
> （52）

由于斯塔尔夫人的母亲负责她的教育，"女人"策略是对"教育"策略极好的补充。这怪不得事情出了差错。斯塔尔夫人还是孩子的时候，为了恢复健康，不得不离开巴黎。这就证明"内克夫人（她母亲）的体系的破产；她对女儿的离开有些怨恨，因为她认为已经背叛了自己的希望"（Diesbach 36）。而"教育"策略又与"心理"策略紧密相连。一旦内克夫人不再监督她女儿的教育，女儿就更依恋父亲，而内克夫人"也不无痛苦地注意到，她的女儿在内克身边篡夺了属于自己的地位和影响"（Diesbach 41）。同样，"女人"策略的正确之处也同样存在：教育程度越差的斯塔尔夫人，道歉策略就越强烈。因此，批评家们可以自由地宣泄其对教育的看法："她被父亲过度宠爱，父亲从不强迫她，原谅她所有的心血来潮；她被母亲过度宠爱，母亲放弃了所有的纪律，小女孩只做她不讨厌的事。她一辈子都要这样度过。"（Turquan 4）同样，"女人"和"教育"策略结合了佩耶宏对内克夫人相当廉价的评论，佩耶宏认为她"毫无疑问，会让她（斯塔尔夫人）在换牙时翻译《启示录》"（6）。教育也许担负了斯塔尔夫人卷入诸多绯闻骂名的责任，甚至如果评论家们不愿意承认她的确有诸多绯闻，还要为人们怀疑她会有绯闻的事实负责。因为年轻时的日耳曼妮在母亲的沙龙里有机会接触当时许多知识分子并同他们交谈，于是她变得有能力与许多男人发展出"知识分子的友谊"（the intellectual friend-ships）。然而，"知识分子的友谊，在她自己和所有国度的杰出男性间产生了如此多的、令人愉快的友谊，自然会被禀赋稍差的女士归因于其动机不纯"（Child 75）。

上述许多法国评论家也倾向于认为，斯塔尔夫人所受的教育应该为她要么不是"真正的"法国人，要么就是"不够法国人"的事实负责。苏里奥遗憾地说道："她不再信任还有祖国的想法"，结果却自相矛盾。应当记住，作为批评家，他控诉斯塔尔夫人自相矛盾，并以女人的立场为她寻求借口，就在他著作的结尾处，那时他还称赞斯塔尔夫人在百日政权[1]内与拿破仑的会合："面对陌生人，面对敌人，人们不会注意到举旗的是哪只

---

① 百日政权（the Hundred Days，法语为 Cent Jours）。1815 年 2 月 28 日，拿破仑带领 900 名卫兵从厄尔巴岛（Elba）偷渡回国，3 月 1 日在法国登陆，一路上受到人民的欢迎。3 月 20 日，拿破仑返回巴黎，重登帝位，路易十八慌忙逃走。拿破仑此举震惊了欧洲各国的统治者，他们很快组成了第七次反法同盟，并在滑铁卢再次大败拿破仑军队。6 月 22 日，拿破仑被迫第二次退位，路易十八再度复辟。从拿破仑重建帝国到第二次退位，共计 97 天，接近 100 天，历史上把这个短暂的政权称为"百日政权"。

手；人民跑向旗帜，因为那面旗帜代表法国"（110）。另一方面，佩耶宏并不原谅斯塔尔夫人早先反对拿破仑："渴望法国遭受耻辱，它的不幸，它牺牲了军队，不是一个法国女人的所作所为。斯塔尔夫人不是一个女人。"（48）尽管这些情绪在当时的背景下是可以理解的（苏里奥的著作于1910年出版，佩耶宏的于1931年出版），但迟至1984年，这些情绪在迪斯巴赫那里仍有出现，这次不是冲着斯塔尔夫人，而是冲着贡斯当："看到瑞士沃利斯州的一个名为贡斯当的臣民，贪婪地将法国视为一个被征服的国家，并狂妄无耻地计算出他能从中获得多少财富与荣誉。这是相当令人不快的。"（173）

从1870年到1960年，反法（anti-French）意味着必然亲德（pro-German）。那一时期的法国批评家们，傲慢地允许其反德情绪侵入有关斯塔尔夫人无可争议的杰作《论德意志》（De l'Allemagne）的所有讨论。这可是欧洲浪漫主义开创性的著作之一。苏里奥简短地说道："1870年的法国人应该阅读过这一作品，如果他们还想为更古老的著作找到一个主题的话。斯塔尔夫人错了，她误导了我们，难道不是这样吗？"（95）关于斯塔尔夫人1820年的德国旅行，内克·德·萨苏尔或许仍可写道："天赋异禀的男人，与她有同样天赋的男人，接待了她；君主们为她争先恐后；友好的社会为她的才干、她的政治行为与她对父亲的热情致敬鼓掌。"（112）索雷尔（Sorel）于1893年就曾说过："那些德国人很少关心自由国家的建立，也很少关注旨在塑造有道德公民的法律的颁布。"（107）另一方面，拉格却给了斯塔尔夫人某些信任，她"似乎提前意识到了德国神秘主义的必要性的诸多危险，这些危险压垮了费希特的《演讲》、谢林的《对人类自由本质的研究》以及施莱格尔的《戏剧诗讲稿》（158）。1984年，在描述斯塔尔夫人对意大利与意大利人的反应时，迪斯巴赫使用了委婉语来掩盖他对斯塔尔夫人"种族"起源的评价："斯塔尔夫人对人口的关注保持着北方人对南方人的返祖蔑视"（327）。苏里奥在1910年更直截了当地说道："斯塔尔夫人不完全是法国人；她有一些瑞士血统，很有可能是日内瓦人，她还带有一些传自她祖先的日耳曼血统。"（4）

矫正失衡的声音还是出现了。弗朗索瓦·德·奥博恩写道："拿破仑为未来的复仇企图做了很多准备，首先是羞辱德国人，然后建立民族团结的基础，而不是针对斯塔尔夫人对欧洲那些高贵野蛮人（noble savages）的天真"（195）。然而，这一时期法国批评界的核心反德偏见，再加上法国批评传统民族中心主义的倾向，当是忽视"科贝团体"①在批评与历史写作中所扮演角色的部分因素，即在瑞士聚集在斯塔尔夫人科贝城堡的一群世界级的知识分子，包括贡斯当、拜伦与A.W.施莱格尔。他们在发展与讨论"欧洲"文学未建立前的概念与现实。因此，难怪在佩耶宏著作出版的1931年，她感到必须抵制国际联盟将斯塔尔夫人翻新为时尚主义者的形象："他们想在她身上发现，这一欧洲精神品味的倡导者如今要求知识分子与势利小人所披着的外衣"（42）。事实仍然是，"很长时间以来，法国历史学家都不认为科贝团体的创作是一场文学运动。为什么会有这种差距？可能主要是因为这个群体并不完全是法国人吧。"（Balayé 110）

道歉策略的最后一项，是传统的圣徒传记策略。许多圣人变成罪人，而不是最卑鄙的人，在此人世俗存在的早期，只不过是皈依了真正的信仰，并将以此终其一生。既然一切皆好，结局必好，罪人就会得以宽恕，

---

　　① 1802年12月，斯塔尔夫人出版新著《黛尔菲娜》（*Delphine*），标志着她与拿破仑关系的进一步恶化。在盛怒之中，拿破仑将斯塔尔夫人逐出巴黎。斯塔尔夫人回到瑞士的家：科贝城堡（Château de Coppet）。科贝远离巴黎的喧嚣与动荡。斯塔尔夫人在科贝继续举办沙龙，邀请昔日好友，并接纳离开巴黎的要人。他们齐聚此处交谈、演戏，通过信件了解革命进展。斯塔尔夫人的《论文学》就是这样写出的。科贝不再仅是一座城堡，而是一种智慧与精神上的存在：科贝团体（Coppet group）。他们共同撰写的文字，成为反思法国革命的重要思潮之一。

他不仅会成为圣人，而且还将被其他罪人争先效仿。这里，内克·德·萨苏尔又一次率先在著作中描写了中年的斯塔尔夫人："她有着独立的思想，她的智慧，与光明为友，她不遗余力地去获得光，她越来越深信基督教的崇高真理。"（10）圣·柏夫回应道："最终，在这条胜利之路的尽头，如同在最谦卑虔诚之人的尽头，我们将看到一个十字架。"（94）把斯塔尔夫人的道路与卑微的圣·柏夫的道路联系起来的方式，就是设法把她从针对富人的诽谤中解救出来，最好让她加入自己为拯救法国与欧洲的新基督教运动，即使"基督教重新获得未来社会控制的方式仍然模糊"（76）。

　　由于圣徒的皈依越值得称赞，阻碍圣徒皈依的障碍就越难以克服，索雷尔仁慈地罗列了一份斯塔尔夫人所接触到的种种诱惑与邪恶影响的目录，然而她并未奇迹般地努力克服：

> 她就站在这个充满恶意与敌意的社会里，接触了所有的惊喜与激情的诡辩。没有什么能为她辩护。一种模糊的自然神论，被哲学家的讽刺毁掉的宗教的灰尘；一种罗马式的道德倾向于感情的所有诡辩，一种冰冷而缺乏吸引力的婚姻：对腐败世界冲击的脆弱防御。
>
> （30）

显然，对一个曾得出过"除了基督教之外，没有别的哲学"（Sorel 136）结论的女人来说，最高的赞誉是必须给出的。她仅有的瑕疵是，她终归是一个女人，因而据此不能事事皆合逻辑："如果逻辑仍然引导着她，她会走向帕斯卡；但帕斯卡会把她抬得太高。"（Sorel 136）帕斯卡毕竟是个男人，还是数学家。后来的评论家否认斯塔尔夫人是被宗教拯救的，"在这一方向上，她得到的帮助比以往任何时候都少"（Larg 213）。可能是因为"她自己已经找到了解决问题的方法"（Diesbach 449）。

由于斯塔尔夫人的批评仍然牢牢地扎根于传记领域，从小说话语中提取的特征进入批评话语的情况屡见不鲜。例如，圣·柏夫对科贝城堡给出"田园诗般"的描述如下："这是一种隐居，在绿荫下，这些客人交换思想、交流想法。在绿意盎然的湖水边，白天的闲谈正在进行。"（118）弗朗索瓦·德·奥博恩为读者提供了两个巴黎人之间的以下完全虚构的对话，这段对话就记录在斯塔尔夫人的著作中，显然只是为了给读者留下这些谈话"可能带有"的"味道"：

——蒙特隆德先生（M. de Montrond）要决斗，是真的吗？

——否则怎么可能是因为他的恶名？他不是所有放荡女人的宠儿吗？

——与此同时，他在赌桌上狼吞虎咽般地吞掉了妻子的财产。可怜的艾美·德·科尼（Aimée de Coigny）……

——多么好的团体："年轻的俘虏"与"地狱里的基督孩子"！

（34）

最后，大多数斯塔尔夫人的法国批评家，并没有因为对准确性的考虑而 111 受到不恰当的困扰，尤其是涉及到对德国文学批评之处。拉格写道："与歌德一样，斯塔尔夫人用恰当的天赋在巨大的痛苦中创作了一些小歌曲"（28）。不幸的是，这段虚假的引语不应归于歌德，而应归于海涅，同一个海涅，从未说过"施莱格尔是无性别的"（79），因为同一个拉格迫使他在自己的《论德意志》中如是说。该作是对德·斯塔尔夫人同名著作的回应。同样，歌德去世后，德国诗歌中也很难说再出现过"堕落，颓废"（Sainte Beuve 125）。

总之，斯塔尔夫人并没有得到法国改写者们的礼遇，这一印象不是容易摆脱的。不管后来的评论家是否认同她的形象，他们为斯塔尔夫人所投射出的形象仍然都源自阿尔贝蒂娜·内克·德·萨苏尔第一次所投射出的形象。他们无法超越这一形象，只能把斯塔尔夫人的名声归咎于莫名其妙的传记猜测与无端的流言蜚语。

第十二章　编辑行为

损毁以得拯救：毕希纳 ① 的《丹东之死》②

毕希纳终其短暂的一生都在竭力推翻暴政，他在逃亡此暴政的途中，把剧本《丹东之死》（*Dantons Tod / Danton's Death*）的手稿寄给了当时著名

① 毕希纳（Georg Büchner，1813—1837），德国剧作家。1831—1833 年在斯特拉斯堡攻读医学，参加当地民主运动，接触到了圣西门的空想社会主义学说。1834 年建立秘密革命组织"人权协会"，秘密发行政治小册子《黑森信使》，被称为《共产党宣言》之前 19 世纪最具革命性的文献。他因有人告密而被通缉。1835 年，他被迫逃往斯特拉斯堡，后转往瑞士，任苏黎世大学讲师。1837 年，他偶患伤寒，引发高烧而去世。毕希纳的主要剧作有描写法国大革命的《丹东之死》、讽刺喜剧《莱翁采和莱娜》、悲剧《沃伊采克》和中篇小说《棱茨》。他的作品已被翻译出版，见李士勋、傅惟慈译《毕希纳文集》，北京：人民文学出版社，1986 年。毕希纳被称为德国现代戏剧的创始人、现实主义戏剧的先驱。他作品为数不多，但在德国戏剧史上却占据重要地位。为了纪念他而设立的"毕希纳文学奖"是德国最著名的文学奖项。该奖项设立于 1923 年，起初用于表彰有杰出贡献的作家、艺术家、演员和歌唱家，自 1951 年起转变为纯文学奖项。"毕希纳奖"的评奖标准是"该奖项颁发给用德语写作并表现突出的作家和诗人，获奖者本人要对现今德语文学界的发展起到巨大的推动作用"。

② 1836 年，毕希纳在逃亡苏黎世的日子里，查阅了法国大革命的历史档案，仅用时五周，就搞清楚了"丹东之死"的原因。于是，他将案情写成同名剧《丹东之死》。丹东与罗伯斯庇尔都是法国革命时期的领导人。可是，罗伯斯庇尔相信人民民主专政，并打着以法律治国的幌子实行暴政。丹东在思想上与其产生分歧，他所信奉的自由是自然权利与每个人都有的身体伦理的自由。手握大权的罗伯斯庇尔因此将丹东处死。毕希纳认为，丹东不是被罗伯斯庇尔害死的，而是丹东自己不想活了，因为丹东懂得了"人"自身的欠缺。丹东的临刑，代表了现代人不怕死的精神。见傅惟慈译《丹东之死》，李士勋、傅惟慈译《毕希纳文集》，北京：人民文学出版社，1986 年，第 21-128 页。如无特别加注，此处译文中出现的人名，皆从傅惟慈译文中的译名。

的德国小说家兼散文家卡尔·古茨科[①]。古茨科以其自由主义的政治倾向闻名，因此，他就成了评估手稿的最佳人选。古茨科喜欢这个剧本，并试图将其出版。考虑到剧本的内容，在 19 世纪 30 年代的专制德国，这绝非一件易事。一部以正面积极的方式描绘法国大革命中一些主要人物的戏剧，不能指望会得到 1815 年维也纳大会后梅特涅[②]所塑造的德国（与奥匈帝国）多少官方的同情，这一大会的直接目的是抵制法国革命的有害影响。

　　梅特涅的"正义"掌控着一切法律手段以防止"煽动性"文本的出版。德国国家在法律上有权诉诸"预防性审查以及出版后的审查制度，要求编辑们对各自出版的内容负责。这就禁止了书籍在国内外的出版。"（Hauschild 165）面对这一切，古茨科决定利用他作为法兰克福文学杂志《凤凰》共同编辑的职位。他利用当时主编正在度蜜月的空档期，在杂志上刊发了毕希纳剧本的摘录。

　　接下来，古茨科受到了这些摘录出版之后积极反应的鼓舞，就把这部戏剧的全部内容提供给了出版商索尔兰德（J. D. Sauerländer）。二人都意识到，要让该剧得以顺利出版，就必须诉诸预防性审查制度（preventive censorship）。用古茨科自己的话来说："为了不给审查员留下删除段落的乐趣，

───────────

　　① 卡尔·古茨科（Karl Gutzkow, 1811—1878），德国作家，"青年德意志"文学的主要代表。

　　② 克莱门斯·梅特涅（Klemens Wenzel von Metternich, 1773—1859），19 世纪奥地利外交家。他是 1806 年驻法国大使；1809 年，又促成法奥联姻，使奥地利在短时间内不再是法国的敌人。1814 年 10 月，拿破仑被打败后，梅特涅主持维也纳会议（Congress of Vienna, 1814—1815）。决定会议大计的是奥地利帝国、英国、俄罗斯、普鲁士王国以及法国波旁王朝。这次会议名义上是为了重建欧洲和平，实际目的却是复辟封建王朝，从而打压各国的民族、民主运动。因梅特涅及多数与会领袖都认为，民族主义及民主运动是致乱之源，采取敌视法国大革命的原则，他们致力使欧洲回归到 1789 年法国大革命前的原状，坚持恢复旧秩序的思想与制度，重新建立欧洲的保守势力。在梅特涅的主导下，维也纳会议订下了欧洲各国以后的"协调"方针，由此奠定日后四国同盟的建立。

我自己完成了这项工作"（64）。这项工作既不容易也不愉快。回看毕希纳的讣告，古茨科早已在其中描述了他所做的事情：

> 在熟知的场景中，冗长、模棱两可的对话，那些闪烁着智慧与思维游戏的对话必须被留下。双关语的锋芒必须用附加的愚蠢短语来加以钝化或扭曲。毕希纳真正的丹东从未出版过，出版的只是可怜的残羹剩饭、遭到破坏的废墟之作。
>
> （64–65）

然而，这些"废墟"之作实则出版于1835年，即将成为毕希纳成名的基础。虽然毕希纳的名声也不算太响亮，但仍然维持了相当长的时间。赫贝尔（Hebbel）是当时较为幸运与著名的人士，非常喜欢索尔兰德版，并给出良好的评价。索尔兰德版在几年之后再版，这才确保了毕希纳的名声得以在文学界流传下来：从1835年到1870年出版相对完整的《作品集》，再到1916年第一次成功上演他的一部戏剧。

其他版本都仿效索尔兰德版，其中一个是毕希纳的弟弟路德维希于1850年编辑的版本。该版声称是毕希纳《全集》，然而对《丹东之死》原作的重新确立却并未起到多大作用。豪斯柴尔德（Hauschild）对其给出了如下的判断："大部分印刷错误已经删除。经过约20次修复，手稿也得以保存原样。但其他多次修复仍显示，存在着与1835年相同或相似的'愚蠢的胡说八道'。"（89）

直到1870年的弗兰佐斯（Franzos）版，《丹东之死》"真正"的全本才得以出版，因为弗兰佐斯复原了毕希纳自己从手稿中删掉的13段。但即使这个全本几乎与毕希纳所写的一样，也并不意味着它就能在舞台上演出。事实上，与毕希纳的其他剧目一样，《丹东之死》在很长一段时间里一直是一出秘密的戏剧。该剧于 1902 年在柏林第一次被搬上舞台，演出方是两个剧团与当时的政治左派，演出并不成功。1910 年与 1911 年汉堡的演出也遭遇了相似的命运。只有 1916 年在柏林德国剧院上演的由马克斯·雷因哈特出品（the Max Reinhardt production）的制作，才"在国际上取得了巨大成功，使毕希纳一夜之间成为剧院的经典"（Goltschnigg 27）。1911 年至 1916 年间，确切地说是 1913 年，鲁道夫·弗朗茨（Rudolf Franz）出版了《丹东之死》的"表演版"，旨在说服更多的戏剧公司上演这部戏剧。

在本章中，我们将精研《丹东之死》的两个版本，一个是古茨科出版的，另一个是弗朗茨出版的。实际上，我们要查看的是两个改写本，一个（古茨科的）主要是出于意识形态原因而改写，另一个（弗朗茨的）主要是出于诗学原因。我已经核对了两个改写版，并与最流行的现代版（雷克拉姆①版）做了对照，因为该版可能是当代读者都能找到的版本。

第一眼看到古茨科的版本，我们就能看出它的基本策略。古茨科增加了一个很长的副标题 "*Dramatische Bilder aus Frankreichs Schreckensherrschaft*"，毕希纳也增加了副标题，简单地称其为 "*Ein Drama*"［一场戏剧］。古茨科所加上的副标题，英译为 "*Dramatic Scenes from France's Reign of Terror*"［法国恐怖统治时期的戏剧］，并将该剧宣传得"耸人听闻"，这样做显然是为了缓和其政治影响。毕希纳的剧本成了警告性的描述：如果德国人效仿法国，德国也会发生什么。同时，该剧给德国读者带来一两种借由他人情感而感受到的刺激。古茨科在引介《凤凰》出版的剧本片段时，非常清楚地总结了这一切："我们的年轻人研究革命，是因为他们热爱自

---

① 雷克拉姆出版社（Reclam Verlag），1828 年由安东·菲利浦·雷克拉姆（Anton Philipp Reclam）在莱比锡成立，是德国最著名的出版社之一。

由，但他们希望能避免在为革命服务时可能犯下的错误"（65）。这种态度 114
也使得丹东的形象，与毕希纳所创造的丹东的形象相比不再模糊且更容
易把握，与豪斯柴尔德所描述的审查者所代表的官方态度相对吻合："毕
竟，一种沉默的、冷淡的自由主义已被容忍，这是一种恳求有节制进步的
自由主义"（165）。

然而，由于政治原因，剧本中的改动相对较少。绝大多数的改动都是
为了淡化或减少"性暗示"。在出于政治考虑的改动中，可以列出以下几
点。在毕希纳写下"gekrönte Verbrecher"［加冕的罪犯］（42）的地方，古茨
科将指代统治者的人的名词改为更抽象与中性的名词"gekröntes Verbrech-
en"［加冕的罪行］（82）。毕希纳在作品中写下丹东被指控"gekrochen"［爬
到］（53）了可悲的暴君脚下，而古茨科非常了解德国暴君的警察力量，他
写下的是"gesessen"［坐在］（104）。

在毕希纳的剧本中，当狄龙将军说："Man füttert das Volk nicht mit
Leichen"［不能喂人民吃死尸］时，古茨科干脆把这句话完全省略了。他
也省略了诋毁宗教的语句。在毕希纳的剧本中，丹东的一个朋友亥劳
（Hérault）告诉同为囚犯的萧美特（Chaumette），他可以"in Madame Momoro
das Meisterstück der Natur anbeten, wenigstens hat sie dir die Rosenkränzedazu in den
Leisten gelassen"［你尽管把摩穆罗夫人当作大自然的杰作而崇拜，反正她
已经把念珠留在了你的大腿根上］（48）。古茨科则把这句话完全删掉了。

同样，当丹东经常光顾的妓女玛丽昂（Marion）说，人们在"Leibern"
（身体）、"Christusbildern"（基督肖像）、鲜花或者儿童玩具（Büchner 20）中
找到乐趣没有多大区别时，古茨科（35）则用"Reliquien"（圣物）取代了
"身体"，用"Lebendigen"（生命）取代了"基督肖像"。

古茨科还删除了一些可能会冒犯中上阶层读者口味的内容。毕希纳
一次提到"Krebs"（癌症）这个词（57）被删除了，他三次提到体味，或是

人身上发出的臭味（67，72），也被删除了。同样，支持罗伯斯庇尔、对抗丹东的政治家巴雷尔（Barrère），必须接受梅毒治疗（Büchner 59）的细节描写也被省略了。巴雷尔要求同事们不要告诉罗伯斯庇尔他的困境，他们回答说罗伯斯庇尔是个"性无能的共济会成员"（59），以此来揭示罗伯斯庇尔支持的脆弱性，也证明了丹东关于罗伯斯庇尔不会比自己活得太长的预言。古茨科删除了这行文字，也就从剧本的结构中删除了一个极为重要的元素。

　　删除法也是古茨科处理毕希纳剧作中涉性内容的主要策略。古茨科版本完全删除了丹东与拉克罗阿（Lacroix）交流中的"Hure"（妓女）一词（71）。"Zur Hure machen"［变成妓女］（71）因为有拉丁语特征，改为了不那么无礼的"prostituirt"［卖淫］（140）。毕希纳（13，30）使用与"Hure"相似的其他例子，古茨科（22，56）则将其改为了不那么令人讨厌的、更为古老的"Meze"［开胃小菜］。

　　毕希纳对性的冷嘲热讽都被古茨科删除了。在毕希纳的剧作里，丹东谈到巴黎那些妓女经常光顾的地方的气氛时说："Möchte man nicht drunter springen, sich die Hosen vom Leibe reißen und sich über den Hintern begatten wie die Hunde auf der Gasse?"［你难道不想扑过去，把裤子扯掉，像狗一样在街上做爱吗？］（33），在古茨科那里，毕希纳的言语与此则毫不相干。

　　同样，当一名公民告诉前来逮捕丹东的民兵，夜晚是"perpendiculars are sticking out from under the bedclothes"［到了被窝底下的时针都竖起来的时候了］（Büchner 40），古茨科省略了这一句。然而，古茨科也试图使用"钝化"或者"扭曲"的方式来改写毕希纳许多句子所蕴藏的锋芒。当毕希纳的丹东说，他"out of the bed of a merciful nurse"［要像溜出一个慈爱的看护的床铺那样］逃离生活，并补充道，生活"ist eine Hure, es treibt mit der ganzen Welt Unzucht"［是个妓女，跟整个世界胡乱调情］（68），而古茨科的

丹东只想 "sneak out of a girl's room" ［溜出姑娘的房间］（136）。

当一个女人出来观看丹东和他的朋友们受刑时，对亥劳喊道，她要用亥劳美丽的头发做一副假发，毕希纳的亥劳答道："Ich habe nicht genug Waldung für einen so abgeholtzten Venusberg" ［我的林苗可不够栽种你那为人频频采伐的阴阜啊］（74），古茨科的亥劳省略了 "Venus"［阴阜］（147），因此整个对话有点令人费解，实则感觉更为荒谬。

然而，古茨科还是在毕希纳的剧本中留下了一些内容，可能认为这些内容过于机智，审查人员无法捕捉。剧中的一个妓女罗莎丽和一个士兵有如下的对话：

Soldat: Du bist sehr spitz.

Rosalie: Und du sehr stumpf.

Soldat: So will ich mich an dir wetzen

（33）

士　兵：你真犀利。

罗莎丽：你真钝。

士　兵：那我就在你身上磨磨吧。

（33）

古茨科没有改动上述对话。他还利用毕希纳文本中使用拉丁语的每一个例子来暗含性暗示和推理，正如审查员无疑也会做的那样，大多数读者无论如何都读不懂。当毕希纳让拉克罗阿警告丹东："der Mons Veneris wird dein Tarpejischer Fels" ［这位姑娘的大腿要做你的绞架］（23）古茨科没有做任何改动，只在第43页写下了他在第147页德语版中删除的拉丁语对等词。

最后，古茨科还改写了一些典故，尽管这些改写失去了毕希纳赋予的浓烈口吻，但仍有一定的意义。毕希纳的拉克罗阿将妓女称为"Queck-silbergruben"［水银矿］（21），与德语的 Silbergrube 构成双关，这个词意思是"银矿"；Quecksilber 的意思是"水银"，是当时已知的治疗梅毒的唯一方法。用矿藏来暗指妓女，男人可以在里面找到能采掘水银矿的东西。古茨科则简单地称这些妓女为"银矿"（38），仅仅强调了她们职业中贪财的一面。

与古茨科相反，弗朗茨认为，《丹东之死》很难搬上舞台表演，不是因为它的主题仍会"危害国家"（1），而是因为观众不再了解法国大革命的历史，因而会失去剧幕间的线索。因此，他推敲了"每一个无足轻重的典故与场景，因为它只是描述性的，并预设出一个更准确、更熟悉的主题"（1）。每当弗朗茨觉得很难决定时，就在正文中使用方括号，在其中添加上"这些部分，在对话中可以随意省略"（2）。弗朗茨认为自己更有权遵循这一行动方针，因为用他的话来说："毕希纳只是匆忙地把作品写在了纸上，并利用了阅读他的剧作的这种结果。因为如果他更严格地检查剧本时，无疑也会把'无机'的部分删除的。"（1-2）

为了使毕希纳的戏剧能在他那个时代"登上"德国的舞台，弗朗茨把它改编成了具有席勒传统意味的"历史剧"（他简单地称之为"戏剧"）。由于这种戏剧比毕希纳的情节剧（其灵感源于"风暴与压力"组织的启发）更接近时间、地点与行为的"三个统一"，弗朗茨"通过将［毕希纳剧本的］32 个场景减少到 15 个，尽可能简明扼要地提炼出丹东一系的堕落。我之所以这样做，是我给了它必要的形式，以便让每一个严肃的戏剧公司都能上演它，让每一个严肃的观众都能回应它。"（2）

与席勒传统一样，弗朗茨的剧本增加了许多角色，艰难地钩沉出毕希纳最初的角色列表中的"等"的角色。然而，弗朗茨也完全删除了一个角色：托马斯·裴恩（Thomas Payne）。弗朗茨删除了毕希纳第三幕的第一个场景。在这一场景中，裴恩向同一囚牢中的囚犯论证上帝不存在。毫无疑问，弗朗茨将这一场景解释为"仅仅是描述性的"，对毕希纳戏剧中愤世嫉俗的暗流着墨颇多。由于这一场景在雷克拉姆版本中的篇幅长达三页多，弗朗茨一定也认为这会分散观众对剧情发展的注意力。

同样，弗朗茨省略了毕希纳第三幕第五场，这一场景对整部戏剧的情节又至关重要。这一场景的背景是一间狱室，狄龙将军密谋越狱的计划，以便招集足够多的士兵来解救丹东。他还建议丹东的妻子与嘉米叶·德墨林（Camille Desmoulins）的妻子向人群扔钱，以煽动他们。不幸的是，狄龙被他密谋的同伙告发。公诉人正是用这个计划作为证据，指控丹东与他的朋友犯有叛国罪，将他们定罪，并判处死刑。整个场景从弗朗茨的剧本中消失了，但证据却在第56页浮出水面，正好与毕希纳的第63页相对应。毕希纳剧本的读者或观众知道证据从何而来。弗朗茨的版本向读者或观众原原本本地呈现出事情发生的戏剧性变化（coup de theatre），而不是毕希纳的逻辑积累。此外，战俘对将军愤世嫉俗的背叛，一个接着一个背叛，在动荡的时代也成为可能（而且必要？）。这些情节也在弗朗茨版中删除了。

为了保持一致性，丹东与朋友们的死刑没有出现在弗朗茨的舞台上，但毕希纳的第四幕第七场却上演了。同样，或多或少为了保持一致性，弗朗茨剧中有三幕都发生在同一地点，而毕希纳剧本的逻辑性又不那么紧密，四幕剧各有各的地点。弗朗茨为了达到"一致"，不得不重新安排场景并改写舞台的方位。例如，毕希纳第二幕的第一到第六场，都融入了该幕之中。在第三幕中，毕希纳的第二场被放置在了第三场之后。同一幕中地点的"一致"，作为"革命法庭"，简化了主要演员上台下台的重复动作。

117

因此，弗朗茨在第48页上写道"陪审团成员与被告上"，在第50页上写道"法官下"，在第52页上写道"被告被带走"，几页后又再次出现。

弗朗茨的第二幕全部发生在"第二场的街道"上（30）。毕希纳的第二幕在"一间屋子"（29）中开始，丹东在里面"穿衣服"（29）。在弗朗茨版中，他必须"离开屋子"让观众在街上看到他。毕希纳在同一幕第二场发生在"一条林荫道"上，散步的人你来我往。弗朗茨没有改动这一背景，但他的场景还在继续发展。嘉米叶与妻子露西尔在毕希纳的第二幕第三场与丹东会面的房间也变成了"街道的另一头"。"丹东对生与死的沉思，发生在毕希纳第二幕第四场的"旷野"上。弗朗茨的该场景却是在街道上，有点不太令人信服。同样，万能的街道也是丹东与妻子朱丽之间对话的地点，对话发生在毕希纳第二幕第五场的一个房间里，因为毕希纳的丹东在这一场景的房间里，可以很合乎逻辑地站在"靠窗"的位置（38）。弗朗茨不得不笨拙地使用不完全合理的舞台方向，把丹东从毕希纳的第二幕第四场中转换到毕希纳的第五场中。弗朗茨的丹东（在街上，原文如此）睡着了。夜幕降临，突然他惊醒了（38）。

为了与席勒的历史剧保持一致，弗朗茨的舞台方向也比毕希纳的更加明确。毕希纳写下"eine Gasse"［一条小巷］（11）的地方，弗朗茨却写着"eine Strasse, Häuser, Bäume, eine Bank"［一条街、一栋房子、一棵树、一张长凳］（11）。毕希纳简洁的"ein Zimmer"［一间屋子］（5，19，24）变成了"ein elegantes Zimmer"［一间优雅的屋子］（7）、"ein anders Zimmer"［另一间屋子］（19）与"einsher einfaches Zimmer"［一间非常简单的屋子］（25）。最后，为了证明不在舞台上演死刑是合理的，弗朗茨必须精心设计舞台的方向，这在毕希纳的剧本中是找不到的："有人能听到路人唱卡尔马尼奥拉歌。一个女人尖声喊道：'让开，让开。我的孩子们在哭，他们饿了。我得让他们看着，这样他们就安静了。让开！'"（65）

为了与弗朗茨的观众对法国革命历史认识的怀疑相一致，他建议缩短罗伯斯庇尔的第一次大型演讲（16）、科洛·德尔布瓦（Collot d'Herbois）的演讲（14）、拉克罗阿的演讲（24）、罗伯斯庇尔的自我辩护（42、43）以及丹东为自己辩护的台词（54）。此外，弗朗茨坚持在"历史"的基础上进行删减，以使读者／观众更难理解情节。例如，毕希纳的亥劳在第 6 页说："他们都想把咱们变成洪荒时代的没有开化的人。圣·茹斯特如果能看到咱们手脚并用地在地上爬，不见得会不高兴。这样，那位阿拉的大律师（指罗伯斯庇尔）就能模仿日内瓦钟表匠（指卢梭）的机械，给咱们发明出护头小帽、课桌课椅和一个亲爱的上帝来。"这样，他立刻确定了在戏剧能中发挥作用的两个阵营。一个阵营由罗伯斯庇尔与圣·茹斯特组成，渴望进一步推进革命；另一个阵营是丹东及其朋友们，认为革命已经走得够远了，现在该是停止革命的时候了。亥劳又说道："是该让革命停步，让共和国开始的时候了"（7）。弗朗茨在第 6 页保留了亥劳的第一部分，但删除了第二部分，因而增大了读者／观众的理解困难。无论是有意识还是无意识地，通过压制历史细节和整个场景，弗朗茨还将丹东塑造成席勒式的悲剧英雄，与丹东在毕希纳剧中被塑造成放荡、愤世嫉俗的政治家的形象形成对比。

毕希纳的作品中多次提到罗马共和国的历史。这样做是因为法国大革命见证了，或更确切地说，其源头可以追溯到共和国的罗马。因此，拉克罗阿的言语中夹杂着大量革命时期的常用语："大声喊出十人委员会的暴政，要说匕首，才能召唤布鲁图斯"（29）。弗朗茨把这些话放在方括号里，表示可能会被导演信手删除，这就破坏了毕希纳认为适合在剧本中加入的大部分地方色彩。巴雷尔在第 54 页提到的卡蒂莉娜（Catilina）与他的阴谋，也遭遇了同样的命运。

弗朗茨不仅改变了戏剧中场景的顺序，经常使事情变得更复杂，而且他还省略了通常认为是毕希纳陈述自己诗学的一段话：第二幕第三场（35-36），嘉米叶·德墨林在舞台中陈述自己观点的那段。同样，嘉米叶在戏剧的结尾（72）仍待在监狱里表达对生死的哲学思考，这被弗朗茨（63-64）放在了方括号中。

　　弗朗茨想尽一切办法简化行为，以便让观众的注意力始终盯在舞台上。因此，从弗朗茨的角度来看，毕希纳的诗学与哲学段落就变成了"插话"，必要时还可以省去。弗朗茨对他所说的阅读毕希纳（1-2）的"结果"的看法是一样的，也就是毕希纳几乎逐字逐句从梯也尔（Thier）和米涅（Mignet）的法国大革命历史中拿来的这些段落，这并非完全不可想象。毕希纳这样做是想要反映历史的真实性。弗朗茨一定认为真实性阻碍了行动的进行。这反过来又可能激发了他对同时代人缺乏革命事件知识的痛惜。他可能很乐意用这个真实的或宣称的"缺乏"作为"命令"，凭此就可以省略他认为毕希纳的作品中有损于主要行动的任何东西。

　　最后，弗朗茨也不完全满意毕希纳愤世嫉俗的、露骨的性暗示。上面提到的"Quecksilbergruben"（水银矿）（21）被放在了方括号中，而对丹东类似犬类交配的形象描述（33），也全被删除了。

　　在对毕希纳《丹东之死》的两个版本/改写版进行简要分析的最后，仍需指出的是，显然，改写者/编辑并非从一开始就有意或自愿地毁坏剧本。他们别无选择，只能这么做。如果古茨科没有像他那样"肢解"毕希纳，《丹东之死》很可能就不会出版，那么，这部戏剧与其他毕希纳作品的出版与接受的整个命运将完全不同。同样，弗朗茨肢解《丹东之死》，并不是因为他这样做会感受到虐待狂般的快感，而是为了制作一个"表演版"，旨在帮助和鼓励某些戏剧公司能再次尝试上演毕希纳的戏剧，因为1902年柏林两次上演都不成功，而1910年和1911年汉堡的两次也都未能获得成功。

弗朗茨版准备于1913年，即毕希纳百岁诞辰之年出版，这绝非巧合。毫无疑问，这一日子的象征意义是为了激励戏剧公司最终能把毕希纳搬上舞台，并让他常留在舞台上。不用说，弗朗茨的改写只是众多帮助毕希纳戏剧成功上演而制作的作品之一。另一种性质的改写作品，例如引领当时风气之先的剧作家格哈特·霍普特曼（Gerhart Hauptmann）所撰写的评论文章，以及与戏剧相关的许多其他文学人物，都助力完成了这一预期的目标。

毕希纳作品的命运也许是改写与改写者具有强大权力最明显的例子之一。如果古茨科与弗朗茨不作为，我们现在可能会看到一个迥异的毕希纳，甚至根本不会有他的存在。对他们改写作品的分析，如本章给出的，有助于以最明显的方式说明"限制因素"的性质及其对改写者工作的影响。改写者所拥有的权力，似乎总是受限于另一种权力，一种更明显的权力。

参考文献

再版前言：一本书的来生

Amit-Kochavi, Hannah. 1995. "Review of André Lefevere. *Translation, Rewriting and the Manipulation of Literary Fame.*" *Target* 7 (2): 389–391.

Bassnett, Susan. 1998a. "The Translation Turn in Cultural Studies." In: Susan Bassnett and André Lefevere. *Constructing Cultures: Essays on Literary Translation.* Clevedon: Multilingual Matters, pp. 123–140.

Bassnett, Susan. 1998b. *Comparative Literature: A Critical Introduction.* 2nd edition. Oxford: Blackwell.

Bassnett, Susan and André Lefevere (eds). 1990. *Translation, History and Culture.* London: Pinter Publ.

Bassnett, Susan and André Lefevere. 1998. *Constructing Cultures: Essays on Literary Translation.* Clevedon: Multilingual Matters.

Bermann, Sandra and Catherine Porter (eds). 2014. *A Companion to Translation Studies.* Chichester: Wiley-Blackwell.

Gentzler, Edwin. 2001. *Contemporary Translation Theories.* 2nd edition. Clevendon: Multilingual Matters.

Hardin, James (ed.). 1992. *Translation and Translation Theory in Seventeenth-Century Germany.* Ed. Amsterdam and Atlanta: Rodopi.

Hermans, Theo (ed.). 1985. *The Manipulation of Literature: Studies in Literary Translation.* London: Croom Helm Ltd.

Hermans, Theo. 1994. "Review Essay: Translation between Poetics and Ideology." *Translation and Literature*, Vol. 3: 138–145.

Hermans, Theo (ed.) 2006. *Translating Others*, Vol. 1 and 2. Manchester: St. Jerome Press.

Lefevere, André. 1982. "Mother Courage's Cucumbers: Text, System and Refraction in a Theory of Literature." *MLS* 12(4): 3–20.

Lefevere, André. 1985. "Why Waste our Time on Rewrites? The Trouble with Interpretation and the Role of Rewriting in an Alternative Paradigm." *The Manipulation of Literature: Studies in Literary Translation.* Theo Hermans (ed.). London: Croom Helm Ltd, pp. 215–243.

Lefevere, André. 1992a. *Translating Literature: Practice and Theory in a Comparative*

Literature Context. NY: MLA.

Lefevere, André. 1992b. *Translation, Rewriting, and the Manipulation of Literary Fame.* London/NY: Routledge.

Lefevere, André (ed). 1992c. *Translation, History, Culture: A Sourcebook.* Ed. André Lefevere. London/NY: Routledge.

Lefevere, André. 1998. "Acculturating Bertolt Brecht." In: Susan Bassnett and André Lefevere. *Constructing Cultures: Essays on Literary Translation.* Clevedon: Multilingual Matters, pp. 109–122.

Lefevere, André. 2002. "Composing the other." In: *Postcolonial Translation: Theory and Practice.* 2nd Edition. Ed. Susan Bassnett and Harish Trivedi. London/NY: Routledge, pp. 75–94.

Lefevere, André and Susan Bassnett. 1990. "Proust's Grandmother and the Thousand and One Nights. The 'Cultural Turn' in Translation Studies." In: *Translation, History and Culture.* Susan Bassnett and André Lefevere (eds). London: Pinter Publ, pp. 1–13.

Lefevere, André and Marian De Vooght. 1995. *Go Dutch!: A Beginning Textbook for University Students.* Newark: LinguaText, Ltd.

Marinetti, Cristina. 2011. "Cultural approaches." *Handbook of Translation.* Vol. 2. Yves Gambier and Luc van Doorslaer (eds). Amsterdam: John Benjamins Publ. Co., pp. 26–30.

Marinetti, Cristina. 2013 "Translation and Theatre: From Performance to Performativity." *Target* 25(3): 307–320.

Munday, Jeremy. 2012. *Introduction to Translation Studies.* 3rd edition. London/NY: Routledge.

Pym, Anthony. *Exploring Translation Theories.* 2nd edition. London/NY: Routledge, 2014.

Pym, Anthony. 1995. "European Translation Studies, une science qui dérange, and Why Equivalence Needn't Be a Dirty Word" *TTR : traduction, terminologie, rédaction,* 8(1): 153–176.

Snell-Hornby, Mary. 1990. "Linguistic Transcoding or Cultural Transfer? A Critique of Translation Theory in Germany." *Translation, History and Culture.* Susan Bassnett and André Lefevere (eds). London: Pinter Publ, pp. 79–86.

Snell-Hornby, Mary. 2006. *The Turns of Translation Studies.* Amsterdam: John Benjamin's Publ.

Venuti, Lawrence (ed.). 2004. *The Translation Studies Reader.* 2nd Edition. London/NY: Routledge.

第一章　序章

Augustinus, Aurelius (St Augustine). *On Christian Doctrine.* New York: Liberal Arts Press, 1958.

Bartels, Adolf. *Geschichte der deutschen Literatur.* Braunschweig, Berlin, Hamburg: Bestermann, 1943.

Cohen, Ralph. "Introduction." *The Future of Literary Theory.* Ed. Ralph Cohen. London and New York: Routledge, 1989. vii–xx.

Dorfman, D. *Blake in the Nineteenth Century.* London and New Haven: Yale University Press, 1969.

Fitzgerald, Edward. "Letter to E. B. Crowell." *The Variorum and Definitive Edition of the Poetical and Prose Writings.* Vol. 6. New York: Doubleday, 1902.

Golding, Alan C. "A History of American Poetry Anthologies." *Canons.* Ed. Robert von Hallberg. Chicago: University of Chicago Press, 1984. 279–308.

Hillis Miller, J. "Presidential Address 1986. The Triumph of Theory, the Resistance to Reading, and the Question of the Material Base." *Publications of the Modern Language Association* 102 (1987): 281–291.

Johnson, Barbara. *A World of Difference.* Baltimore and London: Johns Hopkins University Press, 1987.

Morson, Gary Saul. "Introduction: Literary History and the Russian Experience." *Literature and History.* Ed. Gary Saul Morson. Stanford: Stanford University Press, 1986. 1–30.

Scholes, Robert. *Textual Power.* New Haven and London: Yale University Press, 1985.

Warnke, Frank. "The Comparatist's Canon." *The Comparative Perspective on Literature.* Ed. Clayton Koelb and Susan Noakes. Ithaca and London: Cornell University Press, 1988. 48–56.

第二章 系统：赞助行为

"Archipoeta." *Lateinische Lyrik des Mittelalters.* Ed. Paul Klopsch. Stuttgart: Reclam, 1985.

Belsey, Catherine. *Critical Practice.* London and New York: Methuen, 1981.

Bennett, H. S. *English Books and Readers.* Vol. 1. Cambridge: Cambridge University Press, 1952. 4 vols.

Forster, Leonard. *The Poets' Tongues.* Cambridge: Cambridge University Press, 1970.

Foucault, Michel. *Power/Knowledge.* Ed. Colin Garden. New York: Pantheon, 1980.

Gibb, H. A. R. and Landau, J. M. *Arabische Literaturgeschichte.* Zürich: Artemis, 1973.

Glasenapp, Helmut von. *Die Literaturen Indiens.* Stuttgart: Kröner, 1958.

Gutzkow, Karl. "Nachruf." *Gutzkows Werke.* Vol. 11. Ed. Reinhold Gensel. 1912. Hildesheim and New York: Georg Olms, 1974. 15 vols.

Jameson, Fredric. *The Prison House of Language.* Princeton: Princeton University Press, 1974.

Kavanagh, James H. "Shakespeare in Ideology." *Alternative Shakespeares.* Ed. John Drakakis. London: Methuen, 1985. 144–165.

Lyotard, François. *The Postmodern Condition. A Report on Knowledge.* Tr. Geoff Bennington and Brian Massumi. Minneapolis: University of Minnesota Press, 1985.

Martindale, Colin. "The Evolution of English Poetry." *Poetics* 7 (1978): 231–248.

Schmidt, Siegfried J. " 'Empirische Literaturwissenschaft' as Perspective." *Poetics* 8

(1979): 557–568.

Schwanitz, Dieter. "Systems Theory and the Environment of Theory." *The Current in Criticism*. Ed. Clayton Koelb and Virgil Lokke. Lafayette: Purdue University Press, 1987. 265–292.

Steiner, Peter. *Russian Formalism*. Ithaca and London: Cornell University Press, 1984.

Tompkins, Jane. *Sensational Designs*. New York: Oxford University Press, 1985.

Weber, Samuel. *Institution and Interpretation*. Minneapolis: University of Minnesota Press, 1987.

White, Hayden. *The Content of the Form*. Baltimore and London: Johns Hopkins University Press, 1987.

Whiteside, T. "Onward and Upward with the Arts." *The New Yorker* September 29, 1980: 48–100.

第三章　系统：诗学

Abd el Jalil, J. M. *Histoire de la littérature arabe*. Paris: Maisonneuve, 1960.

Baldick, Chris. *The Social Mission of English Criticism*. Oxford: Oxford University Press, 1983.

Bombaci, A. *Storia della letteratura turca*. Milan: Nuova Academia, 1956.

Browning, Robert. "The Agamemnon of Aeschylus." *The Poetical Works of Robert Browning*. New York: Macmillan, 1937.

Coseriu, Eugenio. *Textlinguistik*. Tübingen: Gunter Narr, 1981.

Eagleton, Terry. *Literary Theory*. Minneapolis: University of Minnesota Press, 1983.

Eibl, Karl. *Kritisch-rationale Literaturwissenschaft*. Munich: Fink, 1976.

Genette, Gérard. *Introduction à l'architexte*. Paris: Editions du Seuil, 1979.

Goethe, Johann Wolfgang. "Goethe." *Translating Literature: The German Tradition*. Ed. and trans. André Lefevere. Assen: Van Gorcum, 1977. 38–41.

Homberger, E., ed. *Ezra Pound. The Critical Heritage*. London: Longman, 1972.

Klopsch, Paul. "Die mittellateinische Lyrik." *Lyrik des Mittelalters*. Ed. Heinz Bergner. Vol. 1: 19–196. Stuttgart: Reclam, 1983. 2 vols.

Miner, Earl. "On the Genesis and Development of Literary Systems, I." *Critical Inquiry* 5 (1978): 339–354.

Musset, Alfred de. "Un spectacle dans un fauteuil: Namouna." *Premières Poésies*. Ed. F. Baldensperger and Robert Doré. Paris: Conard, 1922. 389–441.

Schlegel, August Wilhelm. "A. W. Schlegel." *Translating Literature: The German Tradition*. Ed. and trans. André Lefevere. Assen: Van Gorcum, 1977. 51–55.

Scholes, Robert. *Structuralism in Literature*. New Haven and London: Yale University Press, 1975.

第四章 翻译: 范畴

Aristophanes. *The Eleven Comedies.* London: The Athenian Society, 1912.

Coulon, Victor and van Daele, Hilaire, eds. *Aristophane.* Paris: Les Belles Lettres, 1958.

Dickinson, Patrick. *Aristophanes.* London: Oxford University Press, 1970.

Fitts, Dudley. *Lysistrata.* New York: Harcourt, Brace, 1954.

Hadas, Moses, ed. *The Complete Plays of Aristophanes.* New York: Bantam Books, 1962.

Harrison, T. W. and Simmons, J. *Aikin Mata. The Lysistrata of Aristophanes.* Ibadan: Oxford University Press, 1966.

Hickie, W. J. *The Comedies of Aristophanes.* London: Bell, 1902.

Housman, L. *Lysistrata.* London: The Woman's Press, 1911.

Lindsay, Jack. *Lysistrata.* Garden City, NY: Halcyon House, 1950.

Maine, J. P., ed. *The Plays of Aristophanes.* Vol. 1. London: Dent; New York: Dutton, 1909. 2 vols.

Parker, Douglass. *Lysistrata.* Ann Arbor: University of Michigan Press, 1964.

Rogers, Benjamin B. *The Comedies of Aristophanes.* London: Bell, 1911.

Seldes, Gilbert. *Aristophanes' Lysistrata.* New York: Farrar and Rinehart, 1938.

Sommerstein, Alan H. *Aristophanes. The Acharnians. The Clouds. Lysistrata.* Harmondsworth: Penguin Books, 1972.

Sutherland, D. *Lysistrata.* San Francisco: Chandler Publishing Company, 1961.

Way, A. S. *Aristophanes.* London: Macmillan, 1934.

Wheelwright, C. A. *The Comedies of Aristophanes.* Oxford: Talboys, 1837.

第五章 翻译: 意识形态

Caren, Tylia and Lombard, Suzanne, trans. *Le Journal d'Anne Frank.* Paris: Calmann-Lévy, 1950.

Mooyaart-Doubleday, B. M., trans. *The Diary of Anne Frank.* London: Pan Books, 1954.

Paape, Harry *et al.,* eds. *De dagboeken van Anne Frank.* Gravenhage and Amsterdam: Staatsuitgeverij and Bert Bakker, 1986.

Schütz, Anneliese, trans. *Das Tagebuch der Anne Frank.* Frankfurt am Main: Fischer, 1955.

第六章 翻译: 诗学

Arberry, Arthur J., trans. *The Seven Odes.* London: Allen and Unwin; New York: Macmillan, 1957.

Blunt, Wilfred Scrawen, trans. *The Seven Golden Odes of Pagan Arabia.* London: The Chiswick Press, 1903.

Cambridge History of Arabic Literature. Ed. A. F. L. Beeston and Julia Asthiany. Vol. 1.

Cambridge: Cambridge University Press, 1983.

Carlyle, Joseph D., ed. and trans. *Specimens of Arabian Poetry.* London: Cadell and Davies, 1810.

Filshtinksy, I. M. *Arabic Literature.* Moscow: Nauta, 1966.

Fitzgerald, Edward. *The Variorum and Definitive Edition of the Poetical and Prose Writings.* New York: Doubleday, 1902. 7 vols.

Gibb, H. A. R. *Arabic Literature.* Oxford: Clarendon Press, 1963.

Hamori, Andreas. *On the Art of Medieval Arabic Literature.* Princeton: Princeton University Press, 1974.

Huart, Clement. *A History of Arabic Literature.* Beirut: Khayats Reprint, 1966.

Johnson, F. E. *The Seven Poems Suspended in the Temple at Mecca.* Bombay: Education Society, 1893.

Jones, Sir William. *The Works of Sir William Jones.* Delhi: Agam Prakashan Reprint, 1980. 17 vols.

Kritzeck, James, ed. *Anthology of Islamic Literature.* New York: Holt, Rinehart, and Winston, 1964. San Francisco: Meridian Books, 1975.

Lichtenstadter, Ilse. *An Introduction to Classical Arabic Literature.* New York: Twayne, 1974. New York: Schocken Books, 1975.

Lyall, Charles J., ed. and trans. *Translations of Ancient Arabian Poetry.* New York: Columbia University Press, 1930.

Nicholson, R. A. *Translations of Eastern Poetry and Prose.* Cambridge: Cambridge University Press, 1922.

——— *A Literary History of the Arabs.* Cambridge: Cambridge University Press, 1930.

Polk, W. R., ed. and trans. *The Golden Ode by Labid Ibn Rabiah.* Chicago and London: Chicago University Press, 1974.

Tuetey, Charles, ed. and trans. *Classical Arabic Poetry.* London: Kegan Paul International, 1985.

Wilson, Epiphanius, ed. *Oriental Literature: The Literature of Arabia.* New York: P. F. Collier and Son, 1900. Freeport, NY: Books for Libraries Press, 1971.

第七章　翻译：话语世界

Barbin, Claude. *L'Iliade d'Homère.* Paris, 1682.

Bitaubé, P. *Oeuvres d'Homère.* Paris: Tenré, 1822. 2 vols.

Cowper, William. *The Iliad and Odyssey of Homer.* Boston: Buckingham, 1814.

Dacier, Anne. *L'Iliade d'Homère.* Paris, 1713. 3 vols.

——— *Des causes de la corruption du goût.* Paris, 1714.

De la Motte, Houdar. *Oeuvres Complètes.* 1754. Geneva: Slatkine, 1970.

Hobbes, Thomas. *The Iliads and Odysses of Homer.* London, 1714.

Macpherson, James. *The Iliad of Homer.* Dublin: Thomas Ewing, 1773. 2 vols.
Ozell, John, Brown, William, and Oldsworth, William. *The Iliad of Homer.* London, 1714.
Rochefort, M. *L'Iliade d'Homère.* Paris, 1772.
Roscommon. "Essay on Translated Verse." *English Translation Theory.* Ed. T. R. Steiner. Assen: Van Gorcum, 1975.
Wood, Robert. *An Essay on the Original Genius of Homer.* Hildesheim and New York: Georg Olms, 1976.

第八章　翻译：语言

Aiken, W. A., ed. and trans. *The Poems of Catullus.* New York: Dutton, 1950.
Copley, Frank O. *Gaius Valerius Catullus. The Complete Poetry.* Ann Arbor: The University of Michigan Press, 1957.
Goold, Charles. *Catullus.* London: Duckworth, 1983.
Gregory, Horace. *The Poems of Catullus.* New York: Norton, 1956.
Hull, William. *The Catullus of William Hull.* Calcutta: Lake Gardens Press, 1968.
Kelly, W. K. *The Poems of Catullus and Tibullus.* London: Bell, 1906.
Lindsay, Jack. *Gaius Valerius Catullus.* London: Fanfrolico, 1929.
Martin, Theodore. *The Poems of Catullus.* Edinburgh and London: Blackwood and Sons, 1875.
Michie, James. *The Poems of Catullus.* New York: Random House, 1969.
Quinn, Kenneth, ed. *Catullus. The Poems.* London: St Martin's Press, 1977.
Raphael, Frederic and McLeish, K. *The Poems of Catullus.* London: Jonathan Cape, 1978.
Sesar, Carl. *Selected Poems of Catullus.* New York: Mason and Lipscomb, 1974.
Sisson, C. H. *Catullus.* London: McGibbon and Kee, 1966.
Swanson, R. A. *Odi et Amo.* Boston: The Liberal Arts Press, 1959.
Symons-Jeune, J. F. *Some Poems of Catullus.* London: Heinemann, 1923.
Toury, Gideon. *In Search of a Theory of Translation.* Tel Aviv: The Porter Institute for Poetics and Semiotics, 1980.
Tremenheere, J. H. A. *The Lesbia of Catullus.* London: Fisher and Unwin, 1897.
Vannerem, Mia and Snell-Hornby, Mary. "Die Szene hinter dem Text: 'scenes-and-frames semantics' in der Übersetzung." *Übersetzungswissenschaft – eine Neuorientierung.* Ed. Mary Snell-Hornby. Tübingen: Francke, 1986. 184–204.
Way, A. S. *Catullus and Tibullus in English Verse.* London: Macmillan, 1936.
Whigham, Peter. *The Poems of Catullus.* Harmondsworth: Penguin Books, 1966.
Wright, F. A. *Catullus.* London: Routledge; and New York: Dutton, n.d.
Zukofsky, Celia and Louis. *Catullus.* London: Cape Goliard Press, 1969.

第九章　编纂文学史

Baekelmans, Lode. *W. G. van Focquenbroch. Een keus uit zijn werk.* Antwerpen/'s Graven-
hage: Victor Resseler/M. Hols, 1911.

Bogaert, Abraham. *Willem van Focquenbroch. Alle de Werken.* Amsterdam: De Weduwe
van Gijsbert de Groot, 1696.

Brandt Corstius, J. C. *Geschiedenis van de Nederlandse literatuur.* Utrecht/Antwerpen: Het
Spectrum, 1959.

Calis, Piet. *Onze literatuur tot 1916.* Amsterdam: Meulenhoff, 1983.

Dangez, Herman. *Onze letterkunde.* Kapellen: De Sikkel, 1975.

Decorte, Bert. *Willem Godschalk van Focquenbroch. De geurige zanggodin.* Hasselt:
Heideland, 1966.

de Gooijer, H. "Een miskend dichter." *Vaderlandsche Letteroefeningen* (1868): 353–372.

de Swaen, Michiel. *Werken van Michiel de Swaen.* Antwerpen: De Sikkel, 1928.

de Vooys, C. G. N. and Stuiveling, G. *Schets van de Nederlandse Letterkunde.* Groningen:
Wolters-Noordhoff, 1980.

Everts, W. *Geschiedenis der Nederlandsche Letteren.* Amsterdam: C. L. van Langenhuy-
sen, 1901.

Frederiks, J. G. and van den Branden, F. Jos. *Biographisch woordenboek der Noord-en
Zuidnederlandsche Letterkunde.* Amsterdam: L. J. Veen, 1888.

Hermans, W. F. *Focquenbroch. Bloemlezing uit zijn lyriek.* Amsterdam: Van Oorschot, 1946.

Hofdijk, W. J. *Geschiedenis der Nederlandsche Letterkunde.* Amsterdam: Kraaij, 1872.

Kalff, G. *Geschiedenis der Nederlandsche Letterkunde.* Groningen: Wolters, 1909.

Kobus, J. C. and de Rivecourt, Jhr. W. *Biographisch woordenboek van Nederland.* Arnhem/
Nijmegen: Gebroeders E. en M. Cohen, 1886.

Kuik, C. J. *Bloemlezing uit de gedichten en brieven van Willem Godschalk van Focquen-
broch.* Zutphen: Thieme, 1977.

Langendijk, Pieter. *De Gedichten van Pieter Langendijk.* Amsterdam, 1721.

Lodewick, H. J. M. F., Coenen, P. J. J., and Smulders, A. A. *Literatuur. Geschiedenis en
Bloemlezing.* Den Bosch: Malmberg, 1985.

Moderne Encyclopedie der Wereldliteratuur. Hilversum: Paul Brand en C. de Boer Jr., 1965.

Moderne Encyclopedie der Wereldliteratuur. Haarlem/Antwerpen: De Haan/Standaard
Boekhandel, 1980.

Ornee, W. A. and Wijngaards, N. C. H. *Letterkundig Kontakt.* Zutphen: Thieme, 1971.

Prinsen, J. *Handboek tot de Nederlandsche Letterkundige Geschiedenis.* 's Gravenhage:
Nijhoff, 1920.

Rens, Lieven. *Acht Eeuwen Nederlandse Letteren.* Antwerpen/Amsterdam: De Nederland-
sche Boekhandel, 1975.

Roose, Lode. *En is 't de liefde niet.* Leiden: Sijthoff, 1971.

Schenkeveld-van der Dussen, M. A. "Focquenbroch's recalcitrante poëtica." *Traditie en
Vernieuwing.* Ed. W. J. van den Akker, G. J. Dorleijn, J. J. Kloek, and L. H. Mosheuvel.

Utrecht/Antwerpen: Veen, 1985.

Ter Laan, K. *Letterkundig Woordenboek voor Noord en Zuid.* 's Gravenhage/Djakarta: Van Goor, 1952.

Te Winkel, J. *De ontwikkelingsgang der Nederlandsche Letterkunde.* Haarlem: Erven F. Bohn, 1924.

van Bork, G. J. and Verkruijsse, P. *De Nederlandse en Vlaamse Auteurs.* Haarlem: De Haan, 1985.

van der Aa, A. J. *Biographisch Woordenboek der Nederlanden.* 's Gravenhage: Nijhoff, 1859.

van Heerikhuizen, F. W. *Spiegel der eeuwen.* Rotterdam: W. L. en J. Brusse, 1949.

Witsen Geysbeek, P. G. *Biographisch, anthologisch en critisch woordenboek der neder-duitsche dichters.* Amsterdam: C. L. Schleijer, 1882.

Worp, J. A. "Focquenbroch." *De Gids* (1881): 499–532.

第十章　选集

Allen, Samuel, ed. *Poems from Africa.* New York: Thomas Y. Crowell, 1973.

Chevrier, Jacques. *Littérature nègre.* Paris: Armand Colin, 1974.

Hughes, Langston, ed. *Poems from Black Africa.* Bloomington: Indiana University Press, 1963.

Kgositsile, Keorapetse, ed. *The Word Is Here.* New York: Doubleday, 1973.

Moore, Gerald and Beier, Ulli, eds. *Modern Poetry from Africa.* Harmondsworth: Penguin Books, 1963.

Moore, Gerald and Beier, Ulli, eds. *Modern Poetry from Africa.* Harmondsworth: Penguin Books, 1968.

Moore, Gerald and Beier, Ulli, eds. *Modern African Poetry.* Harmondsworth: Penguin Books, 1984.

Okpewho, Isidore, ed. *The Heritage of African Poetry.* London: Longman, 1985.

Reed, John and Wake, Clive, eds. *A Book of African Verse.* London: Heinemann, 1964.

Reed, John and Wake, Clive, eds. *A New Book of African Verse.* London: Heinemann, 1984.

Senanu, K. E. and Vincent, T., eds. *A Selection of African Poetry.* London: Longman, 1976.

Sergeant, Howard, ed. *African Voices.* New York: Lawrence Hill, 1973.

Soyinka, Wole, ed. *Poems of Black Africa.* London: Secker and Warburg, 1975.

第十一章　批评

Balayé, Simone. *Madame de Staël.* Paris: Klincksieck, 1979.

Child, Maria L. *Memoirs of Madame de Staël and of Madame Roland.* Auburn: Littlefield, 1861.

Cousin d'Avalon, Victor. *Staëliana.* Paris: Librairie Politique, 1820.

D'Eaubonne, Françoise. *Une Femme témoin de son siècle.* Paris: Flammarion, 1966.

Diesbach, Ghislain de. *Madame de Staël.* Paris: Perrin, 1984.

Larg, David. *Madame de Staël.* New York: Knopf, 1926.

Necker de Saussure, Albertine. *Sketch of the Life, Character, and Writings of Baroness de Staël-Holstein.* London: Treuttel and Würtz, 1820.

Pailleron, Marie-Louise. *Madame de Staël.* Paris: Hachette, 1931.

Sainte-Beuve, The Essays of. Ed. W. Sharp. London and Philadelphia: Gibbings and Lippincott, 1901.

Sorel, Albert. *Madame de Staël.* Paris: Hachette, 1893.

Souriau, Maurice. *Les Idées morales de Madame de Staël.* Paris: Bloud, 1910.

Turquan, Joseph. *Madame de Staël. Sa vie amoureuse, politique et mondaine.* Paris: Emile Paul, 1926.

Vallois, Marie-Claire. *Fictions féminines.* Stanford: French and Italian Studies, 1987.

第十二章　编辑行为

Büchner, Georg. *Dantons Tod. Dramatische Bilder aus Frankreichs Schreckensherrschaft.* Frankfurt am Main: Sauerländer, 1835.

Büchner, Georg. *Dantons Tod.* Stuttgart: Reclam, 1974.

Franz, Rudolf. *Dantons Tod. Ein Drama in 3 Akten (15 Bildern) von Georg Büchner.* Munich: Birk, 1913.

Goltschnigg, Dietmar. "Überblick über die Rezeptions- und Wirkungsgeschichte Büchners." *Materialien zur Rezeptions- und Wirkungsgeschichte Georg Büchners.* Ed. Dietmar Goltschnigg. Kronberg am Taurus: Skriptor, 1974. 9–45.

Gutzkow, Karl. "Georg Büchner: Dantons Tod." *Phönix. Frühlingszeitschrift für Deutschland* Nr 162 (July 11, 1835). Quoted in *Materialien zur Rezeptions- und Wirkungsgeschichte Georg Büchners.* Ed. Dietmar Goltschnigg. Kronberg am Taurus: Skriptor, 1974. 63–66.

Gutzkow, Karl. "Nachruf." *Gutzkows Werke.* Ed. Reinhold Gensel. Hildesheim and New York: Georg Olms, 1974, 15 vols. 11: 80–90.

Hauschild, Jan-Christoph. *Georg Büchner.* Königstein am Taurus: Athenäum, 1985.

索 引

所注页码为原书页码，即本书边码

译 后 记

还清晰地记得十二年前讲授翻译概论课时，在介绍勒菲弗尔的改写理论之前，我才"救场"般地翻看了这本为众多中外教师以及硕博学生所引用的大著 *Translation, Rewriting and the Manipulation of Literary Fame*，也即眼前的这部《文学名著的翻译、改写与调控》。之后的数十年间，我一直在向学生介绍这一理论，故此萌生了将这部名著译为汉语的想法。2019 年暑假，我有了大段时间，就开始从原著的"主编前言"到"索引"逐字逐行重新"细读"并着手汉译。

原著的正文只有 160 页的篇幅，并不很"厚"，但却十分"厚重"。勒菲弗尔在论证观点的过程中，调集了欧美亚非四大洲的多部文学名著的翻译实例，分析论述了多个不同时期不同改写者的改写行为，真是令我在阅读精妙理论的同时，又领略到看待问题的独特方法与视角。首先，这本著作涉及英语、德语、荷兰语、法语、拉丁语、非洲语言、阿拉伯语、日语、汉语不下 9 种语言。其次，原著使用了社会科学、文学理论、文学批评、文学研究等多种理论。再次，原著又徜徉于众多的作家（作品）与译者（译作）之间。勒菲弗尔广征博引，信手拈来，他不急不慌，娓娓道来，每条材料，各尽其用。在"细读"与"详析"的基础上，自然而然生发出诸多新解，闪耀着对文学、翻译、文化、社会、历史与政治殷殷关切的神韵。

以上种种，均加大了该著汉译的难度。现将翻译过程中某些处理方式，做几点说明。第一，人名的处理。统计原作后附的参考文献，可以发现勒菲弗尔总共引用了近160位作者（或译者）的作品。加上文内所提及的作者（或译者），总数超过200位。众多的人名，大都是读者（有些甚至是译者）不熟悉的，遇到这些人名，译者则给出如下的处理方式：一是对于勒菲弗尔引用的、在网络上也找不到信息的人名，做夹注说明，即在正文中先译出汉语名字，在其后加括号，括号内注出其英文或其他语言的名字。二是做脚注处理，对于在网上能找到信息的人名，做出脚注，或详或简。第二，原文中的某些术语专名，也做脚注加以注明。这种解释性的注释，无论是脚注，还是夹注，都尽量以不影响正文的阅读为准则。第三，也是最重要的，原文正文的翻译，最大限度求得与原文的对等，体现在词、句、段、章等四个层次上。勒菲弗尔的论著，汪洋恣肆，天马行空，行文多长句。好在现代汉语也有各种手段可以调集，从而能将原著的这些特点保留在汉语中。

在此，译者还要表达谢意。

感谢我的父亲。每次当我完成译稿，已到耄耋之年的父亲主动"请缨"帮我校对译稿。校对结束后，他还写出"校后续语"，与我商量如何能够更好地翻译。父亲每次校对我的稿件，静坐书桌旁，他在台灯前低头认真工作的样子，以及给我提出诸多中肯的修改意见，我始终记忆犹新。

2019年的秋冬学期事务繁杂，翻译进展较慢。想着待到寒假便可踏实翻译了。不料，没过多久，进入2020年1月，新冠疫情暴发。那是一段焦躁、焦虑、不安与寂静、寂寞并存的日子。在足不出户的百二十余天里，我每天静坐于电脑前从事语言转换工作，敲击键盘的声音也显得比往常响了许多。现在想来，要是没有疫情，可能这部译作杀青，还不知道要等到何时。如今，这部译作即将出版，就把它献给25年前去世的勒菲弗尔，这是对他最好的纪念。

　　最后，译者自知水平有限，如果译作有任何舛漏，皆由译者承担责任。

蒋　童

二〇二一年五月于北京西望斋

图书在版编目（CIP）数据

文学名著的翻译、改写与调控/（美）安德烈·勒菲弗尔著；蒋童译.—北京:商务印书馆,2023（2024.11重印）
ISBN 978－7－100－22998－2

Ⅰ.①文… Ⅱ.①安…②蒋… Ⅲ.①文学翻译—研究
Ⅳ.① I046

中国国家版本馆 CIP 数据核字（2023）第 194057 号

文学名著的翻译、改写与调控
〔美〕安德烈·勒菲弗尔　著
蒋　童　译

商 务 印 书 馆 出 版
（北京王府井大街36号　邮政编码100710）
商 务 印 书 馆 发 行
北京市白帆印务有限公司印刷
ISBN 978－7－100－22998－2

2023 年 12 月第 1 版　　开本 880×1230　1/32
2024 年 11 月北京第 2 次印刷　印张 7⅛

定价：48.00 元